二〇二一—二〇三五年國家古籍工作規劃重點出版項目

國家古籍整理出版專項經費資助項目

教育部全國高等院校古籍整理工作委員會直接資助重大項目

中華經解叢書

清經解 詩經編

整理本

董恩林 主編

鳳凰出版社

毛詩故訓傳

(清)段玉裁 訂 岳珍 點校

圖書在版編目（CIP）數據

毛詩故訓傳 / （清）段玉裁訂 ; 岳珍點校. -- 南京:
鳳凰出版社，2024.7
（中華經解叢書 : 清經解 : 整理本 / 董恩林主編.
詩經編）

ISBN 978-7-5506-4122-8

Ⅰ. ①毛… Ⅱ. ①段… ②岳… Ⅲ. ①《詩經》一詩
歌研究 Ⅳ. ①I207.222

中國國家版本館CIP數據核字(2024)第111746號

書　　名	毛詩故訓傳
著　　者	(清)段玉裁 訂　岳　珍 點校
責任編輯	孫　州
裝幀設計	姜　嵩
責任監製	程明嬌
出版發行	鳳凰出版社(原江蘇古籍出版社) 發行部電話025-83223462
出版社地址	江蘇省南京市中央路165號,郵編:210009
照　　排	南京展望文化發展有限公司
印　　刷	蘇州市越洋印刷有限公司 江蘇省蘇州市吴中區南官渡路20號,郵編:215104
開　　本	890毫米×1240毫米　1/32
印　　張	9.75
字　　數	187千字
版　　次	2024年7月第1版
印　　次	2024年7月第1次印刷
標準書號	ISBN 978-7-5506-4122-8
定　　價	78.00圓

(本書凡印裝錯誤可向承印廠調换,電話:0512-68180638)

《清經解》點校整理工作編委會

主　任　董恩林

編　委　（以姓氏筆畫爲序）

王玉德　吴　柱　周國林　陳冬冬

張固也　董恩林　趙慶偉　劉真倫

劉韶軍　譚漢生

清經解(整理本)前言

《清經解》點校整理本，經過本所研究團隊十多年的努力，終於將要與讀者見面了。按照慣例，我作爲項目主編，有責任把相關整理情况寫出來，弁於卷首，以便讀者在閲讀和使用這個整理本時，對其「身世」有所瞭解與把握。

一

經學是中華優秀傳統文化的核心與主體部分，歷來處於古典學術與文獻分類之首。而清人集歷代經學大成，涌現出諸如顧炎武、毛奇齡、胡渭、萬斯大、閻若璩、江永、惠棟、秦蕙田、江聲、王鳴盛、戴震、錢大昕、段玉裁、邵晉涵、汪中、王念孫、孔廣森、孫星衍、凌廷堪、焦循、張惠言、阮元、胡承珙、陳立、王引之、胡培翬、郝懿行、劉文淇、劉寶楠、孫詒讓，等等，一大批著名經學家。他們秉持實事求是、無徵不信的理念，皓首窮經，前赴後繼，對十三經(《周易》《尚書》《詩經》《周禮》《儀禮》《禮記》《春秋左傳》《春秋公羊傳》《春秋穀梁傳》《論語》《孝經》《爾雅》《孟子》）進行了全方位的研究與整理，撰著了系統的新注新疏，〔一〕同時對《國語》《大戴禮記》等與十三經密切相關的先秦其他典籍也作了深入探討，取得了不朽的學術成就。據不完全統計，有清一代經學著作達五千多種，可謂經師輩出，碩果累累。

正因爲如此，晚清以來，便不斷有人對清代經學成就與經學家加以總結與表彰。其著於文者，從朱彝尊《經義考》、江藩《國朝漢學師承記》、桂文燦《經學博采録》、章太炎《訄書・清儒》、劉師培《清儒得失論》等，到梁啓超與錢穆的同名《中國近三百年學術史》、支偉成《清代樸學大師列傳》等，不一而足，均着眼於人物與學派的成就總結。另一方面，徐乾學、阮元、王先謙等清

〔一〕中華書局於一九八二年開始陸續出版《十三經清人注疏》點校本，包括李道平《周易集解纂疏》、孫星衍《尚書今古文注疏》、皮錫瑞《今文尚書考證》、王先謙《尚書孔傳參證》、陳奂《詩毛氏傳疏》、馬瑞辰《毛詩傳箋通釋》、王先謙《詩三家義集疏》、孫詒讓《周禮正義》、胡培翬《儀禮正義》、朱彬《禮記訓纂》、孫希旦《禮記集解》、黄以周《禮書通故》、孔廣森《大戴禮記補注》、王聘珍《大戴禮記解詁》、劉文淇《左傳舊注疏證》、洪亮吉《春秋左傳詁》、陳立《公羊義疏》、廖平《穀梁古義疏》、鍾文烝《春秋穀梁經傳補注》、劉寶楠《論語正義》、焦循《孟子正義》、皮錫瑞《孝經鄭注疏》、郝懿行《爾雅義疏》、邵晉涵《爾雅正義》。一九九八年又出版了《清人注疏十三經》影印本，包括惠棟《周易述》（附江藩、李林松《周易述補》）、孫星衍《尚書今古文注疏》、馬瑞辰《毛詩傳箋通釋》、孫詒讓《周禮正義》、胡培翬《儀禮正義》、朱彬《禮記訓纂》、洪亮吉《春秋左傳詁》、陳立《公羊義疏》、鍾文烝《春秋穀梁經傳補注》、劉寶楠《論語正義》、焦循《孟子正義》、皮錫瑞《孝經鄭注疏》、郝懿行《爾雅義疏》、王引之《經義述聞》等。

代學者，則專注於經解文獻即學者們對「十三經」的訓解成果的集成與彙纂。徐乾學編成《通志堂經解》，收唐宋元明經解著述一百四十餘種，將清以前的經解文獻精萃彙於一爐。阮元編成《皇清經解》一千四百卷，收經解一百八十三種；王先謙編成《皇清經解續編》一千四百三十卷，收經解二百零九種，清中前期主要經解成果亦搜羅殆盡。其他中小型經解叢書，諸如陸奎勳輯《陸堂經學叢書》、吴志忠輯《璜川吴氏經學叢書》、錢謙鈞輯《古經解彙函》、錢儀吉輯《經苑》、袁鈞輯《鄭氏佚書》、朱記榮輯《孫谿朱氏經學叢書》、孫堂輯《漢魏二十一家易注》、李輔耀輯《讀禮叢鈔》、上海珍藝書局輯《四書古注群義彙解》、王德瑛輯《今古文孝經彙刻》，等等，在在皆是，不勝枚舉。

二

《皇清經解》爲阮元主持編纂，其刊刻背景不可不知。阮元（一七六四—一八四九），字伯元，號芸臺、雷塘庵主、揅經老人、怡性老人，江蘇儀徵人。乾隆五十四年（一七八九）進士，歷官户、禮、兵、工等部侍郎，山東、浙江、河南、江西、廣東巡撫，兩湖、兩廣、雲貴總督，太子少保、體仁閣大學士，卒謚文達，是清代既貴且壽，身兼封疆大吏、學問大家的傳奇人物。而他的學問之路，也極具個性：一是生平獎掖篤學之士不遺餘力，培育學子日日在心，每到一地主政，即建書院、立學舍,聘飽學之士教莘莘學子,如在杭州建詁經精舍、設寧海安瀾書院,在廣州建學海堂書院等,誠爲教育大家; 二是始終孜孜於經學研究與經學成果的融會綜貫,先後編纂《經籍纂詁》一百零六卷、《十三經注疏校勘記》二百四十八卷、《十三經經郛》百餘卷、《皇清經解》一千四百卷等,這些都是大型類書、叢書,編纂曠日持久,耗費巨大,而嘉惠學林則如陽光雨露,滋潤萬物,不可言表。

具體到阮元編纂《皇清經解》的動機與前後經過等,學者多有揭櫫,尤以虞萬里先生《正續清經解編纂考》爲詳盡。〔一〕 嘉慶三年(一七九八),阮元責成臧在東等,鈔撮唐以前群經訓詁,按韻彙纂,成《經籍籑詁》一書,爲經學研讀者提供了一部非常實用的訓詁資料工具書。八年,阮元開始命門人陳壽祺等,利用修《經籍籑詁》的資料,於九經傳注之外,廣搜古説,輯《十三經經郛》。「經郛」之名,取意於揚雄《法言·問神》「天地之爲萬物郭,五經之爲衆説郛」,其宗旨在「薈萃經説,本末兼賅,源流具備,闡許、鄭之閎眇,補孔、賈之闕遺」,而搜輯範圍則「上自周秦,下訖隋唐,網羅衆家,理大物博,漢魏以前之籍,搜采尤勤,凡涉經義,不遺一字」。陳氏秉承師意,爲定《經郛條例》,其大端有十: 一曰探原本,二曰鈎微言,三曰綜大義,四曰存古禮,五曰

〔一〕 虞著載其《榆枋齋學術論集》,江蘇古籍出版社,二〇〇一年。另可參閱陳東輝《〈皇清經解〉輯刻始末暨得失評騭》(《古籍整理研究學刊》一九九七年第五期)等。

存漢學，六曰證傳注，七曰通互詮，八曰辨剿説，九曰正謬解，十曰廣異文。經陳壽祺、凌曙等人搜輯，至十六年大致編成，百餘卷。[一]但阮元感覺采擇未周，是以未刻，輯稿後來逐漸散失。《通志堂經解》彙編清以前歷代經解著作，《經籍籑詁》與《經郛》則將清以前經師微言、古學異文、字詞訓詁等資料萃而存之，由是阮元生出廣搜本朝經學著作，纂輯《清經解》的念頭，其序江藩《漢學師承記》云："元又嘗思國朝諸儒説經之書甚多，以及文集説部，皆有可采，竊欲析縷分條，加以剪截，引繫於群經各章句之下。譬如休寧戴氏解《尚書》'光被四表'爲'横被'，則繫之《堯典》；寶應劉氏解《論語》'哀而不傷'即《詩》'惟以不永傷'之'傷'，則繫之《論語·八佾篇》而互見《周南》。如此勒成一書，名曰《大清經解》。徒以學力日荒，政事無暇，而能總此事，審是非，定去取者，海内學友惟江君與顧君千里二三人。他年各家所著之書，或不盡傳，奥義單辭，淪替可惜，若之何哉！"[二]可見阮氏意想中的《清經解》原本是想將經學專著、文集與筆記等所有文獻中的經解文字分繫於群經章句之下。道光五年(一八二五)，阮元命其門生嚴杰在學海堂開始輯刻《清經解》，至九年九月全書輯刻完畢，凡一千四百卷，分裝三十函，是爲學海堂本。

[一] 陳壽祺《經郛條例》，《左海文集》卷一，《清經解》卷一千二百五十三。

[二] 江藩《國朝漢學師承記》卷首，中華書局，一九八三年，第一—二頁。

《皇清經解》的實際主持纂修者嚴杰（一七六四—一八四三），字厚民，號鷗盟，浙江餘杭人，因寄居錢塘，又稱錢塘人。嚴杰初爲諸生，阮元督學浙江，聘其助修《經籍籑詁》。阮氏升浙江巡撫，於杭州創辦詁經精舍，嚴杰入舍就讀，遂與阮元爲師生之誼。阮元輯《十三經注疏校勘記》時，嚴氏分任《左傳》《孝經》注疏校勘。嘉慶十五年（一八一〇），阮元離浙還朝，嚴杰於次年受聘赴京，課督阮元女阮安一年餘。後阮氏與江都張氏聯姻，嚴杰又成爲阮安未婚夫張熙之師。阮元《題嚴厚民杰書福樓圖》詩云：「嚴子精校讎，館我日最長。校經校《文選》，十目始一行。」首有小序「厚民湛深經籍，校勘精詳」云云。〔一〕嘉慶二十五年（一八二〇）春，學海堂初開，嚴杰也於此時陪伴張熙來粤完婚，遂留於粤中阮元督署。道光四年（一八二四）冬，學海堂新舍建成。翌年八月，嚴杰即受阮元之命，集阮氏藏書於堂中，别擇比勘，輯刻《皇清經解》。可見嚴杰既以校勘精審爲阮氏所器重，且兼有學生、門客之誼，故阮元委以重任。

作爲經學叢書，《皇清經解》的纂修體例既不同於《通志堂經解》，又有别於《四庫全書》，而是以作者爲綱，按年輩先後，依人著録，或選其專著，或輯其文集、筆記，上起清初，下訖阮元所處時代，依次彙集了顧炎武、閻若璩、胡渭、萬斯大、陳啓源、毛奇齡、惠周惕、姜宸英、臧琳、馮

〔一〕詳見《揅經室續集》卷六，《國學基本叢書》本。

景、蔣廷錫、惠士奇、王懋竑、江永、吴廷華、秦蕙田、全祖望、杭世駿、齊召南、沈彤、惠棟、莊存與、盧文弨、江聲、王鳴盛、錢大昕、翟灝、盛百二、孫志祖、任大椿、邵晉涵、程瑶田、金榜、戴震、段玉裁、王念孫、孔廣森、錢塘、李惇、武億、孫星衍、胡匡衷、凌廷堪、劉台拱、汪中、阮元、張敦仁、焦循、江藩、臧庸、梁玉繩、王引之、張惠言、陳壽祺、許宗彦、郝懿行、馬宗璉、劉逢禄、胡培翬、趙坦、洪震煊、劉履恂、崔應榴、方觀旭、陳懋齡、宋翔鳳、李黼平、凌曙、阮福、朱彬、劉玉麐、王崧、嚴杰等七十三位學者的一百八十三種著作。其中，閻若璩《四書釋地》一卷、《四書釋地續》一卷、《四書釋地又續》一卷、《四書釋地三續》一卷算四種書，阮元《十三經注疏校勘記》算十三種書，錢大昕《十駕齋養新録》三卷、《十駕齋養新餘録》一卷算兩種書，孫志祖《讀書脞録》二卷、《讀書脞録續編》二卷算兩種，嚴杰《經義叢鈔》三十卷算一人一書。這套叢書彙集了阮元所處時代之前清人主要經解著作，是對乾嘉經學的一次全面總結。

關於《清經解》作者、卷數、種數等統計歷來語焉不詳，説法不一。原因之一是《清經解》編者對作者著作的種數計算没有嚴格標準，如齊召南《尚書注疏考證》《禮記注疏考證》《春秋左傳注疏考證》《春秋公羊傳注疏考證》《春秋穀梁傳注疏考證》五種只算作《注疏考證》一種，而閻若璩、錢大昕、孫志祖等人的經著及續編則各算一書。原因之二，《經義叢鈔》三十卷，是嚴杰鈔輯多人多種著作組成的，過去統計《皇清經解》的子目和作者總數時，往往當作嚴杰一人作品對待，這實際上是很不嚴謹很不準確的。《經義叢鈔》所收著作可分三種情況：一是個人專著，如顧棟高《春秋大事表》十卷，洪頤煊《禮經宫室答問》二卷、《孔子三朝記注》二卷、《讀書叢録》三卷，共四種；二是單篇經義散論，共收入王昶等十三人的文章三十九篇，另有佚名經論《圜丘解》《禘祫考》《明堂解》三篇，共四十二篇；三是兩種論文集，《詁經精舍文集》六卷，收入汪家禧等四十五人的單篇論文二百四十八篇；《學海堂文集》三卷，收入張杓等十人的單篇論文十四篇。

三

《皇清經解》成書後，書版庋藏於學海堂側邊的文瀾閣，阮元制訂了「藏版章程」九條，對書版的存放、印刷及保養修補等作了嚴格規定。逮至咸豐七年（一八五七）九月，英軍攻粵，文瀾閣遭炮擊，原存書版毀失過半。咸豐十年（一八六〇），兩廣總督勞崇光等人捐資，聘請鄭獻甫、譚瑩、陳澧、孔廣鏞四人爲總校，補刻數百卷，並增刻了馮登府著作七種八卷，即《國朝石經考異》《漢石經考異》《魏石經考異》《唐石經考異》《蜀石經考異》《北宋石經考異》各一卷，《三家詩異文疏證》二卷。總計收書一百九十種、一千四百零八卷，此即「咸豐庚申補刊本」，書口皆有

「庚申補刊」四字。同治九年（一八七〇），廣東巡撫李福泰刊其同里山東濟寧許鴻磐《尚書劄記》四卷，附諸《皇清經解》之後，爲卷千四百零九至千四百十二，卷千四百十二後有「粤東省城龍藏街萃文堂刊」刊記，書口有「庚午續刊」四字，但書前目録未補入許書，是爲「庚午續刊本」。

是後上海點石齋、上海書局於清光緒十一年（一八八五）、十三年（一八八七）、十七年（一八九一），先後出版庚申補刊《皇清經解》的石印本。〔一〕但其目録，按書編號，包括馮登府《石經考異》《三家詩異文疏》二種在内，列書一百八十種，反比學海堂本《皇清經解》收書一百八十三種之數爲少，致後人枉生疑異。這是由於石印本將閻若璩《四書釋地》《續》《又續》《三續》、錢大昕《十駕齋養新録》《餘録》、孫志祖《讀書脞録》《續編》各只算作一書所致。此後，續有船山書局本《皇清經解依經分訂》、袖海山房本《皇清經解分經彙纂》、鴻寶齋本《皇清經解分經彙編》、古香閣本《皇清經解》等翻刻、分類改編之作，足見《皇清經解》編成後的社會影響巨大。

一九八八年，上海書店據庚申補刊本影印出版，分七册，並補許鴻磐《尚書劄記》四卷。二〇〇五年鳳凰出版社又據上海書局光緒十三年《清經解》石印本，與蜚英館本《皇清經解續編》一起放大影印出版，名《清經解　清經解續編》。新世紀以來，山東大學劉曉東、杜澤遜二位學者

〔一〕關於《皇清經解》版本情況，虞萬里《正續清經解編纂考》述之甚詳，讀者可參考。

又先後編纂了《清經解三編》《清經解四編》，分别收經解六十五、五十種，齊魯書社遂於二〇一六年將之與《皇清經解》《皇清經解續編》合爲《清經解全編》，共收清人經解著作五百餘種，是爲目前最全的清代經解叢書。

基於《皇清經解》刊刻流傳的上述情况，本次整理采用咸豐十年「庚申補刊」本爲工作底本，各經解分别根據實際情况采用其最早或最善版本爲校本，作一次性校勘。曾有專家建議收入「庚午續刊」的許鴻磐《尚書劄記》四卷，但我們考慮到底本的一致性問題，最終没有收入該書。

四

關於《清經解》的價值，前賢時彦多有論述，特别是虞萬里先生從經義、語言學、名物考釋、天文地理、文集筆記等幾個方面，對《清經解》所收經解著作的價值作了深入細緻的分析。〔二〕陳祖武先生也宏觀地指出了《清經解》的三大意義：　首先，《皇清經解》彙聚清代前期的主要經學成就，從古籍整理的角度，做了一次成功的總結；　其次，《皇清經解》的纂修，爲一種實事求是

〔二〕 虞萬里《正續清經解編纂考》。

的良好學風作了示範，對於一時知識界，潛移默化，影響深遠； 最後，《皇清經解》集清儒經學精萃於一書，對於優秀學術文化成果的保存和傳播，用力勤而功勞巨。〔一〕

兹據整理過程所得認識與體會，對《清經解》的價值，謹補數語如下。 第一，通過編纂《清經解》，首次對阮元之前的清代經解著作進行了全面清理，摸清了家底，爲以後的經學研究指明了方嚮。 如桂文燦的《經學博采録》、王先謙的《續經解》正是因了阮元的啓發而生； 又清代經學家相互間由於不通信息而重複研究者不少，如柳興恩曾著《穀梁春秋大義述》三十卷，陳澧也曾寫作《穀梁箋》及條例，久而未竟，見柳氏書，遂放棄所作； 又如劉寶楠、梅植之、劉文淇、柳興恩、陳立等人相約「各治一經」分撰新疏的佳話，正是通過阮元組編《清經解》才發現《春秋》三傳與《論語》等經尚無新疏。 第二，《清經解》所收清人經解著作有少數已成絶版，殊爲珍貴。 如凌曙《禮説》、趙坦《春秋異文箋》《寶甓齋劄記》《寶甓齋文集》、劉玉麐《甓齋遺稿》、崔應榴《吾亦廬稿》、劉逢禄《發墨守評》《箴膏肓評》《穀梁廢疾申何》等，如今只有《經解》本傳世； 另如李惇《群經識小》、方觀旭《論語偶記》、段玉裁《儀禮漢讀考》、汪中《經義知新記》、張敦仁《撫本禮記鄭注考異》、王崧《説緯》等經著借助《清經解》彙編才得以首次版刻； 再如嚴杰《經義叢鈔》中

〔一〕 陳祖武《〈皇清經解〉與古籍整理》，載《傳統文化與現代化》一九九三年第六期。

相當一部分文章如今也别無他本可尋。第三,經過校勘,我們發現《清經解》的校勘精細,質量可靠,總體上比校本爲佳,本次整理校記不多,原因之一即由於此,如程瑶田《通藝録》被收入《清經解》的多種經解著作、盧文弨《鍾山劄記》《龍城劄記》等,底本與校本幾無差異,可見經解本校勘之精; 又如汪中《經義知新記》,經解本經過王念孫校勘,可以説是目前最佳版本。第四,阮元編纂《清經解》收入了部分筆記和文集中的經解文獻,初步揭示了經義筆記與文集在經學研究中的重要意義,爲後人揭示了重要的資料門徑。如本人目前作爲首席專家主持的國家社科基金重大招標項目「清人文集『經義』整理與研究」正是從《清經解》和先師張舜徽《清人文集别録》《清人筆記條辨》中得到啓發而設計的。

對於《清經解》的不足,前賢也早有總結。如清末徐時棟曾指出《皇清經解》有十二個方面的缺陷,認爲其中最大的欠缺在於次序未當,因而建議重組,將各文分别繫於易、書、詩、周禮、儀禮、禮記、大戴禮記、三禮、春秋、孝經、論語、孟子、四書、爾雅、群經、筆記、文集、小學訓詁、小學字書、小學韻書、天文算法等二十一類之下。[一] 先師張舜徽稱徐氏此論得其癥結,實爲後來

〔一〕見徐氏《烟嶼樓文集》卷三十六《分類重編學海堂經解贊》二十一首并序。《清代詩文集彙編》,上海古籍出版社,二〇一〇年,第六五六册,第四五四頁。

依經分訂者開示新徑，擁彗先驅。〔一〕勞崇光補刊時亦有微詞。〔二〕從後人角度審視前賢著述，肯定會産生這樣那樣的不滿意之處，這是自然規律。我們認爲，對於《清經解》，更重要的是，人們在研讀與利用這套叢書時應該注意一些什麽問題。我們應該知道，《清經解》的最大特點在於它不是一套嚴格意義上的叢書，而是兼有類書的一些成分，這是由阮元原本是想編纂一套《大清經解》類書的動機而在當時條件下又不可能實現的背景決定的。從阮元到嚴杰，大概當時所有參與者都清楚不可能按照阮元的初衷來編纂這部大書，但又必須體現阮元彙纂清人經義成果的設想。於是，一方面以彙編清代中前期經解專著爲主而成叢書形式，卻儘量删削其中大量無關直接解經的序跋與附録，儘量摒棄一切無關直接解經釋義的部分，涉卷則删卷，涉篇則删篇，涉條則删條，涉段落文字則删段落文字。如徐時棟所指責不收閻若璩《尚書古文疏證》、姜炳璋《讀左補義》、余蕭客《古經解鈎沈》、江永《古韻標準》等精博之書，可以説均不符阮元「經解」之義。閻氏之書乃考證《古文尚書》之僞；姜氏之書，《四庫全書總目》斥爲「殊非注經之體」；余氏之書輯古經解而非清人經解；江氏之書泛論古韻而非如顧炎武《易音》《詩本

〔一〕見張舜徽《清人文集别録》卷十八，華中師範大學出版社，二〇〇四年，第四五七頁。
〔二〕勞崇光《皇清經解補刻後序》，《皇清經解》庚申補刊本卷首。

音》專解《周易》《詩經》之音。另一方面又兼收清人文集與筆記中的重要經義文章,但文集與筆記中的經義文章,或一篇或數條,零金碎玉,顯然不能像最初所設想的那樣「引繫於群經各章句之下」,必須保留原文集與筆記書名以引繫其文章,這也是叢書體例所要求的。從而,形成了書名仍舊而卷數與内容大爲縮水的問題。這種情况的文集與筆記有:顧炎武《日知録》原書三十二卷,經解本節爲二卷; 閻若璩《潛邱劄記》原書六卷,經解本節爲二卷; 毛奇齡《經問》十八卷《補》三卷,經解本《經問》節爲十四卷、《補》節爲一卷; 姜宸英《湛園劄記》原書四卷,經解本二卷; 臧琳《經義雜記》原書三十卷,經解本十卷; 馮景《解春集》原書十六卷,經解本二卷; 王懋竑《白田草堂存稿》原書八卷,經解本一卷; 全祖望《經史問答》原書十卷,經解本節其《經問》爲七卷; 杭世駿《質疑》原書二卷,經解本節爲一卷; 沈彤《果堂集》原書十二卷,經解本一卷; 盧文弨《鍾山劄記》原書四卷、《龍城劄記》原書三卷,經解本各節爲一卷; 錢大昕《十駕齋養新録》原書二十卷、《餘録》三卷,經解本分别節爲三卷、一卷; 錢氏《潛研堂文集》原書五十卷,經解本節爲六卷; 孫志祖《讀書脞録》原書七卷、《續編》四卷,經解本各節爲二卷; 戴震《東原集》原書十三卷,經解本二卷; 段玉裁《經韻樓集》原書十二卷,經解本爲六卷; 王念孫《讀書雜誌》原書八十卷、《餘編》二卷,經解本選爲二卷; 孫星衍《問字堂集》原書六卷,經解本一卷; 劉台拱《劉氏遺書》原收書九種十卷,經解本收其《論語駢枝》一書一卷而名不變;

凌廷堪《校禮堂文集》原書三十六卷，經解本爲一卷；　汪中《述學》原書六卷，經解本二卷；　阮元《疇人傳》原書四十六卷，經解本九卷；　阮元《揅經室集》原有六十四卷以上，經解本七卷；　臧庸《拜經日記》《拜經文集》原書分别有十二卷、五卷，經解本節爲八卷、一卷；　梁玉繩《瞥記》原書七卷，經解本一卷；　王引之《經義述聞》原書三十二卷，經解本節爲二十八卷；　陳壽祺《左海文集》原書十卷，經解本二卷；　許宗彦《鑑止水齋集》原書二十卷，經解本二卷；　胡培翬《研六室雜著》一卷摘自其《研六室文鈔》（十卷）中的經學部分，由經解本編纂者另起書名；　趙坦《保甓齋文録》六卷，經解本易名爲《寶甓齋文集》一卷；　阮元《詁經精舍文集》原有七集，經解本取其第一集十四卷中的六卷；　洪頤煊《讀書叢録》原書二十四卷，經解本三卷；　阮元《學海堂文集》原有四集，經解本取其初集十六卷中的三卷；　王崧《説緯》原書六卷，經解本節爲一卷；　馮登府《三家詩異文疏證》原書六卷、《補遺》三卷，經解本僅録二卷。

不僅文集、筆記是這樣，經解專著中也偶有這種情況，如顧炎武《音論》原書三卷十五篇，經解本節爲一卷九篇；　任大椿《弁服釋例》原書九卷，經解本删其《表》一卷；　段玉裁《詩經小學》原書三十卷，經解本取臧庸删節本《詩經小學録》四卷；　翟灝《四書考異》原書七十二卷，經解本删其《總考》三十六卷；　顧棟高《春秋大事年表》原書五十卷，經解本删其表，僅録其叙及卷末考證議論散篇，節爲十卷；　秦蕙田《觀象授時》原書二十卷，經解本節爲十四卷；　惠棟《周易述》原書二十三卷，經解本删其末資料性質的兩卷而爲二十一卷；阮元《積古齋鐘鼎彝器款識》原書十卷，經解本節選二卷，等等，這裏不能盡舉。當然，大部分經解專著都保留了原貌，像上述删節情況只是少數。

還有一類經解，表面看經解本與原書卷數一致，但經解本内容有删節，或删條，或删篇，或删文字，如李惇《群經識小》、錢塘《溉亭述古録》、陳壽祺《左海經辨》、劉履恂《秋槎雜記》、萬斯大《學禮質疑》及程瑶田十幾種考證《小記》等等，上述抽取原書部分篇卷的經解專著、文集與筆記中，也有很多篇章條目被再加删除的情況。當然，也偶有經解本比原書卷數增多的，如惠周惕《詩説》原本三卷，經解本增入其《答薛孝穆書》一篇、《答吴超志書》兩篇文章，爲《詩説附録》一卷；沈彤《周官禄田考》卷二之末所附徐大椿序爲原本所無，書末所附沈彤《後記》三篇，而原本僅有其一。還有表面看經解本與原書卷數不一，實則是因爲經解本作了合併或分析，如程瑶田《考工創物小記》原書八卷，經解本將其每兩卷併一卷，合爲四卷，僅抽删了兩篇無關經義的「記」體文字；陳懋齡《經書算學天文考》原書二卷，經解本合爲一卷；孫星衍《尚書今古文注疏》原書三十卷，其中《堯典》《洪範》《顧命》《吕刑》《書序》各分卷上下、《臯陶謨》《禹貢》各分卷上中下，經解本則將各篇卷上、中、下各析爲一卷，便多出了九卷；沈彤《儀禮小疏》原書七卷，經解本析其附録《左右異尚考》另爲一卷；洪頤煊《孔子三朝記》原書七卷，嚴杰《經義叢鈔》將之合爲二卷，内容並未減少；洪震煊《夏小正疏義》原書六卷，包括正文四卷、《釋音》一卷、《異字記》一卷，經解本則將《釋音》《異字記》統附於正文四卷之末。此外，《清經解》所收經解，删除了大多數序跋、識語、附録之類。其删除之徹底，可舉一例以證：程瑶田《儀禮喪服文足徵記》保留了阮元之叙，卻删除了卷前程氏所云「吾於《喪服》末章『長殤、中殤降一等』四句，知其確是經文，而鄭君誤以爲傳，故觸處難通，不得不改經文以從其説。今余拈出，則文從字順，全篇一貫」等百餘字提綱挈領的識語，這也是很可惜的。

在上述删減情況中，有兩類頗爲極端，值得注意。一是删減如同改編，與原書相差甚遠。如經解本中阮福的《孝經義疏》實際是阮福《孝經義疏補》十卷的節選本，僅一卷，不僅篇幅比原書大爲縮水，書名被改，且經解選輯者只是將《孝經義疏補》「補」的部分中有關解釋《孝經》各章經文大義的内容擇要摘出，組合成書，而删除了大多數訓釋字詞名物與校勘異同的文字，至於其所釋之「經」「注」「疏」原文及序文，也一字不留，致使疏義文字無所依附，上下文順序淆亂，讀之不知所指，如墜霧中，故經解本所謂阮福《孝經義疏》實無可用之處，宜以《孝經義疏補》原書爲準。二是經解本編輯者在删減中擅自改動原作者的考證與觀點，如李惇《群經識小》，經解本不僅删掉了道光六年本中王念孫《序》及阮元《孝臣李先生傳》、李培紫道光五年《群經識小凡例》等，内容較原刻本也有不少改動，如「澤中有火」條，道光六年本後半段作：「或謂日出海中，乃其象。案：海在地中，日行黄道，相距遼遠，其説不可據。」經解本改作：「陳沛舟曰：『日出海中』，較諸説尤爲可據，自昏而明，亦與革義相近。」改動前後，看法明顯不同。當然，這兩類極端情況只是少數,瑕不掩瑜。

總之,《清經解》所收各書,一半以上經過了删除卷、篇、條、段落、序跋、附録與文字的加工,既未收全阮元之前清人所有經解專著或個人全部經解著作,所收經解多半也非原書原貌。雖然爲叢書之型,實則具類書之實,我們應該緊扣阮元彙輯「經解」「經義」的初衷來理解,切不可以純粹叢書規則論之,也不必求全責備。

五

二〇〇九年,承蒙教育部全國高等院校古籍整理研究工作委員會領導與專家評審組的信任,笔者領銜申報的「《皇清經解》點校整理」被立爲「重大項目」給予資助,到現在已過去了十四年。十四年來,我們華中師範大學歷史文獻學研究所全體研究人員,包括一部分碩博士研究生,參與了這個項目,同時還組織了華中科技大學文學院、湖北大學歷史系與古籍所及幾所省外高校老師協助整理。爲發揮整理研究人員的專業所長和專班負責作用,也爲了便於讀者分類研讀,我們從一開始就確立了分類整理、分編出版的原則,將《清經解》按照原目編號,然後按照周易、尚書、詩經、三禮、春秋三傳、四書孝經、小學、群經總義分爲八大類,每類設專人負責。

下一步是制定《點校條例》，包括「基本原則」「標點細則」「校勘細則」三個部分，達四十三條之多，並組織撰寫了「標點樣稿」「校勘樣稿」「點校説明樣稿」，制定了詳細的工作方案。做完這些步驟之後，再全面鋪開八大類的點校整理工作。設想不可謂不周全，規則不可謂不完整，組織不可謂不嚴密。但所有參與者，專業教師必須在完成教學、指導碩博士研究生、撰寫學術論文等各種繁瑣日常工作之後，碩博士生則要在完成各種課程及名目繁多的組織活動和諸多論文寫作之後，才能在「業餘」時間來展開這項點校工作，「挑燈夜戰」，即使所內專職研究人員也没有任何教學任務與科研論文數的減免，這不能不給點校質量摻進水分，留下「傷疤」，大概這也是目前部分已出版的古籍整理點校成果不盡如人意的癥結所在。其次，《清經解》算上雙行小注，總字數在二千萬以上，標點一遍，校勘一遍，校對清樣一遍，等於至少有六千萬字的工作量，如此大型的古籍整理點校，所遇到的各種標點疑難、校勘困惑、做事敷衍、經費拮据等等，一言難盡。所以，作爲主編，我既無法苛求參與者盡心盡意，保證其點校稿完美無誤，也没有時間與精力對所有點校稿逐字審閲（只做到了每種抽審、部分詳審），更没有經費聘請項目外的專家審稿，質量把關全壓在各點校者肩上。故對於整理本在所難免的訛誤與缺憾，只能在此祈求讀者海涵、專家指正，以待日後修訂。

本項目啓動前後，得到了全國高等院校古籍整理研究工作委員會及其秘書處安平秋主任、楊忠秘書長、曹亦冰副秘書長、盧偉主任等領導的悉心指導與關懷，得到了本校社科處與歷史文化學院的大力支持；也曾諮詢《清經解》研究專家虞萬里先生，得到他的指點；鳳凰出版社原社長兼總編輯姜小青先生、鳳凰出版社原編輯王華寶先生均給予了本項目諸多幫助；以汪允普先生爲首的責任編校人員，不辭勞苦，認真編輯，極大地保證了書稿質量；在此一并致以衷心感謝！另外，本項目在點校過程中，參考了部分已出版的經解標點本，也要在此向所有標點整理者致以誠摯的謝意！

華中師範大學　董恩林

二〇二三年十月五稿

清經解（整理本）凡例

一、本次整理，以《皇清經解》咸豐十年（庚申）補刊本爲工作底本。

二、本次整理，將原《皇清經解》庚申補刊本所收一百九十種書分周易、尚書、詩經、三禮、春秋三傳、四書孝經、小學、群經總義八大類，分類點校。但書種的分別與庚申補刊本稍有不同，即將齊召南原算作一書的《尚書注疏考證》《禮記注疏考證》《春秋左傳注疏考證》《春秋公羊傳注疏考證》《春秋穀梁傳注疏考證》拆開，分作五種，各歸入相關五經，而將閻若璩《四書釋地》《續》《又續》《三續》、錢大昕《十駕齋養新録》《餘録》、孫志祖《讀書脞録》《續編》原分別作爲四種書、二種書的，各回歸爲一種書。又將嚴杰《經義叢鈔》三十卷中能够獨立成書的顧棟高《春秋大事表》十卷、洪頤煊《禮經宫室答問》二卷、《孔子三朝記》二卷、《讀書叢録》三卷、阮元《詁經精舍文集》六卷、《學海堂文集》三卷各自析出，歸入八大類相關部分，而將其四卷經論雜文，作爲一書，名之曰《經義散論》，歸入「群經總義」類。這樣拆分後恰好仍然是一百九十種書。

三、原《皇清經解》本多無目録，本次整理，爲方便讀者檢尋，除極少數無法編目外，儘量爲之編制目録。

四、清人經解著述，多不分段。本次整理，爲便於讀者理解，對長篇經解文字，儘量根據文意，適當分段。

五、本次整理，對底本古今字、異體字、通假字等，一般不作改動；如要改動，則要求一書前後統一。

六、本次整理，對常見避諱字，如「元」(玄)之類改字避諱、丘(丘)之類缺筆避諱，及清代新産生的避諱字，如「貞觀」寫成「正觀」、「弘治」寫成「宏治」等，均徑改不出校；稀見避諱字，則出校説明。

七、本次整理，對「己」「已」「巳」、「祗」「祇」、「戊」「戍」之類易混字，又如「劉知幾」寫成「劉知己」、「百衲」寫成「百納」等偶誤之類，均據上下文意，徑改不出校。

八、古人引文較爲隨意，掐頭去尾、斷章取義等情況不少，故本次整理，對引號使用僅作三點原則規定：一是總體上要求核對引文，謹慎施加引號；二是凡一段引文前後無他人語者不加引號；三是儘量避免使用三重引號。對引號具體用法不作硬性規定，一書前後統一即可。

九、清人常對於估計讀者難以辨識的特殊句子，自加一小「句」字表示此處應當斷句爲讀。

本次整理對此類情況施加標點後，即將「句」字删去，亦不出校。

十、本次標點整理，遵循國家規定的標點符號用法及古籍整理標點通例，但不使用破折號、省略號、着重號、專名號、間隔號等。對特殊書名號作如下處理：（一）一書多篇名相連者，連用書名號，中間不用頓號斷開。如「禮記王制月令曾子問」，標點爲「《禮記·王制》《月令》《曾子問》」。（二）《春秋》及其三傳某公某年的標點，一律作「《春秋》某公某年」、「《左傳》某公某年」，餘類推；另如「左氏某公某年傳」，則標爲「《左氏》某公某年傳」，餘類推。（三）凡書籍簡稱加書名號，如《毛詩》《論》《孟》《説文》等；凡書名與作者相連者，如「班書」（指班固《漢書》）、「謝沈書」（指謝沈《後漢書》），則標「班《書》」、「謝沈《書》」；凡書名與篇名相連者，如「漢表」（指《漢書》諸表）、「隋志」（指《隋書·經籍志》），則標爲《漢表》《隋志》。（四）凡泛稱的「經」「注」「疏」「傳」「箋」等，以及特指的「毛傳」「鄭注」「鄭箋」「孔疏」「釋文」「正義」「音義」等常見注疏名稱，一般不加書名號；但「釋文」「正義」「音義」單獨使用時原則上需加書名號，以免與同義語詞互生歧異。

十一、本次整理，以《清經解》所收各書之原書較早或較好的一種版本作爲校本，與底本進行版本對校，主要校勘文字詳略、異同兩方面，不作多版本參校與考辨。校勘遵循目前通行原則，即底本誤而校本不誤者，酌情改正或不改，均出校説明；底本不誤而校本誤者則不論。

十二、本次整理，對於《清經解》編者所删文字，尊重原意，一律不補，亦不出校説明，只在《點校説明》中略作交代。

十三、本次整理，每種經解撰寫一篇簡明扼要的點校説明，内容有三：一是作者簡介，二是該書主要内容及經解本對原書的删減情況，三是該書版本及校本源流情況。

十四、《清經解》所收各書，目前已有少量出版了標點本，本次整理擇要吸收了這些整理成果，也改正了其中一些錯誤，並在《點校説明》中作出交代。在此，向所有點校整理成果作者敬致謝忱。

華中師範大學歷史文獻學研究所《清經解》點校整理編委會

二〇二一年二月在原《清經解點校條例》基礎上删訂而成

目録

目録

點校説明

《毛詩故訓傳》三十卷，段玉裁訂。

段玉裁（一七三五—一八一五），字若膺，號懋堂，江蘇金壇人。乾隆二十五年（一七六〇）舉人，會試不第，以舉人教習景山萬善殿官學。二十八年，從戴震問學。三十五年，吏部銓授貴州玉屏縣知縣，歷知四川富順、南溪。後稱疾致仕，移居蘇州，潛心學術。長於文字、音韻、訓詁之學。另有《説文解字注》《六書音均表》《古文尚書撰異》《詩經小學》《經韻樓集》等著述傳世。《清史稿·儒林二》有傳。

段氏以爲《漢書·藝文志》毛詩經、毛氏詁訓傳各自爲書，遂鈎輯訂正《毛傳》文字，試圖還其舊觀，定名爲《毛詩故訓傳定本》。凡正其譌踳、補其脱落者，以小字雙行夾注於相關字句下。其書除恢復《毛傳》體例、訂正《毛傳》文字外，還收録了作者自己對相關文字的辨析考證。此後研究《毛傳》者均以此本爲基礎，可見其價值與影響。

是書另有嘉慶二十年(一八一五)潘氏須靜齋抄本、嘉慶二十一年段氏七葉衍祥堂刻本、清藝海堂刻本等傳世。經解本所録即七葉衍祥堂刻本，本次整理亦以七葉衍祥堂本對校，少量段氏引書確實有誤且直接影響文義者，酌情取原書訂正。

岳　珍

毛詩故訓傳　卷一

金壇段大令玉裁訂

周南關雎故訓傳第一　國風

周南之國十一篇，三十四章，百五十九句。章句既移篇前，則都數宜在此。毛三十四章，鄭始三十六章。《關雎》三章，一章四句，二章章八句。各本章句在篇後。今案：孔穎達云：「定本章句在篇後。」然則孔氏正義本章句在前可知也。杜甫以《曲江》三章章五句爲題書於前，知唐本多如此。

關雎，后妃之德也。《周南》爲王者之風，故曰后妃。天子之妃曰后也。《召南》爲諸侯之風，故曰夫人。諸侯之妃曰夫人也。風之始也，所以風天下而正夫婦也。故用之鄉人焉，用之邦國焉。風，風也，教也。風以動之，教以化之。詩者，志之所之也。在心爲志，發言爲詩。情動於中而形於言，言之不足故嗟歎之，嗟歎之不足故永歌之。永歌之不足，不知手之舞之、足之蹈之也。情發於聲，聲成文謂之音。治世之音安以樂，其政和。亂世之音怨以怒，其政乖。亡國之音哀以思，其民困。故正得失、動天地、感鬼神，莫近於詩。先王以是經夫婦、成孝敬、厚人倫、美教化、移風俗。故《詩》

有六義焉：一曰風，二曰賦，三曰比，四曰興，五曰雅，六曰頌。上以風化下，下以風刺上，主文而譎諫，言之者無罪，聞之者足以戒，故曰風。至於王道衰，禮義廢，政教失，國異政，家殊俗，而變風、變雅作矣。國史明乎得失之迹，傷人倫之廢，哀刑政之苛，吟咏情性，以風其上，達於事變而懷其舊俗者也。故變風發乎情，止乎禮義。發乎情，民之性也；止乎禮義，先王之澤也。是以一國之事繫一人之本，謂之風。言天下之事，形四方之風，謂之雅。雅者，正也，言王政之所由廢興也。政有小大，故有小雅焉，有大雅焉。頌者，美盛德之形容，以其成功告於神明者也。是謂四始，《詩》之至也。然則《關雎》《麟趾》之化，王者之風，故繫之周公。南，言化自北而南也。《鵲巢》《騶虞》之德，諸侯之風也，先王之所以教，故繫之召公。《周南》《召南》，正始之道，王化之基。是以《關雎》樂得淑女，以配君子，憂在進賢，不淫其色。哀窈窕，思賢才，而無傷善之心焉。此《序》之釋《論語》「樂而不淫，哀而不傷」也。是《關雎》之義也。

關關雎鳩，在河之洲。俗「州」字。窈窕淑女，君子好逑。參差荇菜，左右流之。窈窕淑女，寤寐求之。求之不得，寤寐思服。悠哉悠哉，展轉反側。參差荇菜，左右采之。窈窕淑女，琴瑟友之。參差荇菜，左右芼之。窈窕淑女，鐘鼓樂之。

「關關雎鳩，在河之洲」，興也。關關，和聲也。雎鳩，王雎也。鳥摯而有別。水中可居者曰洲。后妃説樂君子之德，無不和諧，又不淫其色，慎固幽深，若雎鳩之有別焉，此傳之釋《論語》「樂而不淫」也。然後可以風化天下。夫婦有別則父子親，父子親則君臣敬，君臣敬則朝廷正，朝廷正則王化成。「窈窕淑女，君子好逑。」窈窕，幽閒也。「幽」釋「窈」，「閒」釋「窕」。《説文》：「窈，深遠也。窕，深肆極也。」《爾雅・釋言》「窕，肆也」。又：「窕，閒也。」《方言》：「美心爲窈，美容爲窕。」淑，善也。逑，匹也。言后妃有關雎之德，是幽閒貞專之善女，宜爲君子之好匹。「參差荇菜，左右流之。」荇，接余也。流，求也。毛意謂「流」猶「求」也，沿流而求之。后妃有關雎之德，乃能共荇菜，備庶物，以事宗廟也。寤，覺也。寐，寢也。思服，服思之也。悠，思也。「琴瑟友之」，宜以琴瑟友樂之。芼，擇也。流之、采之，乃擇之而升於鼎矣。《禮》曰「鉶芼、牛藿、羊苄、豕薇」是也。謂之「擇」者，去其敗葉根須也。「鐘鼓樂之」，德盛者宜有鐘鼓之樂。此「樂」如字。

《葛覃》三章，章六句。

《葛覃》，后妃之本也。后妃在父母家，則志在於女功之事，躬儉節用，服澣濯之衣，尊師敬傅，則可以歸安父母，化天下以婦道也。《序》意蓋謂歸寧父母，爲嫁而事舅姑。《詩》多言后妃在父母家之德，而及于歸，善事舅姑，化天下以婦道。故曰「后妃之本也」。本，其婦道之基於女道也。

葛之覃兮，施于中谷，維葉萋萋。黄鳥于飛，集于灌木，其鳴喈喈。葛之覃兮，施于中谷，維葉莫莫。是刈是濩，爲絺爲綌，服之無斁。言告師氏，言告言歸。薄污我私，薄澣此係俗字。我衣。害澣害否，凡經典「然否」字，古衹作「不」，後人改加口耳。歸寧父母。

「葛之覃兮，施于中谷」，興也。覃，延也。葛所以爲絺綌，女功之事煩辱者。施，移也。中谷，谷中也。萋萋，茂盛貌。黃鳥，搏黍也。「搏」音「博」，非徒端反。黃鳥，非倉庚。此與《七月》傳迥別。灌木，冣木也。冣，積也，从冖取，才句反。古書「冣」字多誤爲「最」字，从曰。是以顔黃門説周氏、劉氏讀徂會、租會二反，《釋文》亦云：「一本作『最』，作外反」也。喈喈，和聲之遠聞也。莫莫，成就之貌。濩，煑之也。此謂「濩」即「鑊」之叚借也。「鑊」所以煑物，故煑之亦曰「鑊」。《釋訓》引《詩》而釋之曰：「濩者，煑之也。」爲毛公所本。《詩》正義不得其句。唐石經《爾雅》上字作「濩」，下字作「鑊」，最繆。用正字則皆金旁，用叚借則皆水旁。「爲絺爲綌，服之無斁。」精曰絺，麤曰綌。斁，厭也。古者王后織玄紞，公侯夫人紘綖，卿之内子大帶，大夫命婦成祭服，士妻朝服，庶士以下各衣其夫。言，我也。師，女師也。古者女師教以婦德、婦言、婦容、婦功。祖廟未毁，教于公宫三月。祖廟既毁，教于宗室。婦人謂嫁歸。汙，煩也。私，燕服也。婦人有副褘盛飾，以朝事舅姑，接見于宗廟，進見于君子。其餘則私也。「害澣害否。」害，何也。此謂「害」即「曷」之叚借也。曷、何爲轉注。叚「害」爲「曷」，則〇「害」與「何」亦轉注矣。毛傳之例如是。凡宋元古本皆云「害，何也」。近時俗本改「害」爲「曷」。〇「害」本不訓「何」，而曰「何也」，則可以知「害」爲「曷」之叚借也。此一例也。若叚「干」爲「扞」，直云「干，扞也」。叚「輖」爲「朝」，直云「輖，朝也」。此指叚借之例。毛傳言叚借不外此二例。私服宜澣，公服宜否。「歸寧父母」。寧，安也。父母在，則有時歸寧耳。或云此九字恐後人所增。毛云「寧，安也」。毛意同《草蟲》箋所云「寧父母」。《説文》：「㛄，安也。」引《詩》「以㛄父母」，即毛經之異文。此一説與《序》説不同。

《卷耳》四章，章四句。

《卷耳》，后妃之志也。又當輔佐君子，玩「又當」二字，可知古各《序》合爲一篇，故蒙上而言。求賢審官，知臣下之勤勞。內有進賢之志，而無險詖私謁之心，朝夕思念，至於憂勤也。

采采卷耳，不盈頃筐。嗟我懷人，寘彼周行。陟彼崔嵬，我馬虺隤。我姑酌彼金罍，維以不永懷。陟彼高岡，我馬玄黃。我姑酌彼兕觥，維以不永傷。陟彼砠矣，我馬瘏矣，我僕痛矣。云何吁矣！

「采采卷耳，不盈頃筐」，憂者之興也。采采，事采之也。卷耳，苓耳也。頃筐，畚屬，易盈之器也。「嗟我懷人，寘彼周行」。懷，思。寘，置。行，列也。思君子官賢人，置周之列位。陟，升也。崔嵬，土山之戴石者。《爾雅》「石戴土謂之崔嵬，土戴石爲砠」。與傳互異。今按：崔嵬，言石勢爲宜砠，《説文》作「岨」。「岨」之言「沮」也，石山有土沮洳然，傳似長矣。或毛所據不同，或《爾雅》文異，而解則同。虺隤，病也。「我姑酌彼金罍。」姑，且也。人君黄金罍。永，長也。山脊曰岡。玄黄，玄馬病則黄。兕觥，角爵也。傷，思也。石山戴土曰砠。瘏，病也。痡，亦病也。吁，憂也。此謂「吁」即「忬」之叚借。《説文》曰：「忬，憂也。」《何人斯》《都人士》「盱」同此。

《樛木》三章，章四句。

《樛木》，后妃逮下也。言能逮下，而無嫉妬之心焉。

南有樛木，葛藟纍之。樂只君子，福履綏之。南有樛木，葛藟荒之。樂只君子，福履將之。南有樛木，葛藟縈之。樂只君子，福履成之。

「南有樛木，葛藟纍之」，興也。南，南土也。木下曲曰樛。南土之葛藟茂盛。履，禄也。綏，安也。荒，奄也。將，大也。縈，旋也。成，就也。

《螽斯》三章，章四句。

《螽斯》，后妃子孫衆多也。言若螽斯，句。不妬忌，則子孫衆多也。

螽斯羽，詵詵兮。宜爾子孫，振振兮。螽斯羽，薨薨兮。宜爾子孫，繩繩兮。螽斯羽，揖揖兮。宜爾子孫，蟄蟄兮。

螽斯，蚣蝑也。詵詵，衆多也。振振，仁厚也。薨薨，衆多也。繩繩，戒慎也。揖揖，會聚也。蟄蟄，和集也。

《桃夭》三章，章四句。

《桃夭》，后妃之所致也。不妬忌，則男女以正，昏姻以時，國無鰥民也。

桃之夭夭，灼灼其華。之子于歸，宜其室家。桃之夭夭，有蕡其實。之子于歸，宜其家室。桃之夭夭，其葉蓁蓁。之子于歸，宜其家人。

「桃之夭夭，灼灼其華」，興也。桃有華之盛者。夭夭，其少壯也。《説文》曰：「枖，木少盛貌。」然則毛謂「夭夭」即「枖枖」之叚借也。灼灼，華之盛也。此謂「灼灼」即「焯焯」之叚借。焯，明也。之子，嫁子也。于，往也。「宜其室家。」宜，以有室家無踰時者。「有蕡其實。」蕡，實貌。非但有華色，又有婦德。家室，猶室家也。「其葉蓁蓁。」蓁蓁，至盛貌。有色有德，形體至盛也。「宜其家人。」一家之人盡以爲宜也。

《兔罝》三章，章四句。

《兔罝》，后妃之化也。《關雎》之化行，則莫不好德，賢人衆多也。

肅肅兔罝，椓之丁丁。赳赳武夫，公侯干城。　肅肅兔罝，施于中逵。赳赳武夫，公侯好仇。　肅肅兔罝，施于中林。赳赳武夫，公侯腹心。

肅肅，敬也。兔罝，兔罟也。丁丁，椓杙聲也。赳赳，武貌。干，扞也。「干」本不訓「扞」，以「干」爲「扞」，此之謂叚借，依聲托事也。《爾雅》之例，有言轉注者，有言叚借者。毛傳亦兼之，如「干，扞也」「輖，朝也」，皆謂叚借。

逵，九達之道。中林，林中。「公侯腹心」，可以制斷公侯之腹心也。

《芣苢》三章，章四句。

《芣苢》，后妃之美也。和平則婦人樂有子矣。

采采芣苢，薄言采之。采采芣苢，薄言有之。　采采芣苢，薄言掇之。采采芣苢，薄言捋之。　采采芣苢，薄言袺之。采采芣苢，薄言襭之。

采采，非一辭也。謂非一采而已之詞。芣苢，馬舄。馬舄，車前也，宜懷妊焉。薄，辭也。「辭」當作「詞」。《説文》作「䛐」，意内而言外也。《説文》凡「文辭」作「辭」，辭説也。凡形容及語助發聲作「䛐」，如《芣苢》之「薄」、《漢廣》之「思」、《草蟲》之「止」、《大叔于田》之「忌」是也。薄，見《葛覃》矣。於此始爲傳者，漢人傳注不限於首見也。采，取也。有，藏之也。掇，拾也。捋，取也。袺，執衽也。扱衽曰「襭」。

《漢廣》三章，章八句。

《漢廣》，德廣所及也。文王之道被於南國，美化行乎江漢之域，無思犯禮，求而不可得也。

南有喬木，不可休思。「思」作「息」者，譌字也。《葛生》《民勞》傳皆曰「息，止也」。此若作「息」，則當有傳。漢有游女，不可求思。漢之廣矣，不可泳思。江之永矣，不可方思。翹翹錯薪，言刈其楚。之子于歸，言秣其馬。漢之廣矣，不可泳思。江之永矣，不可方思。翹翹錯薪，言刈其蔞。之子于歸，言秣其駒。漢之廣矣，不可泳思。江之永矣，不可方思。

「南有喬木，不可休思」，興也。南方之木美。喬，上竦也。思，辭也。「漢有游女，不可求思。」漢上游女無求思者。潛行爲泳。永，長。方，泭也。《説文》曰：「方，併船也。」「泭」者，「編木以渡」，亦是併船之類。翹翹，薪貌。錯，雜也。秣，養也。六尺以上曰馬。蔞，草中之翹翹然。五尺以上曰駒。經、傳「駒」字，依《株林》《皇皇者華》正之，皆當作「驕」。

《汝墳》三章，章四句。

《汝墳》，道化行也。文王之化行乎汝墳之國，婦人能閔其君子，猶勉之以正也。

遵彼汝墳，伐其條枚。未見君子，惄如輖飢。遵彼汝墳，伐其條肄。既見君子，不我遐棄。魴魚赬尾，王室如燬。雖則如燬，父母孔邇。

遵，循也。汝，水名也。墳，大防也。枝曰條，榦曰枚。惄，飢意也。輖，朝也。此謂叚借。肄，餘也，斬而復生曰肄。既，已。遐，遠也。赬，赤也，魚勞則尾赤。燬，火也。孔，甚。邇，近也。

《麟之趾》三章，章三句。

《麟之趾》，《關雎》之應也。《關雎》之化行，則天下無犯非禮，雖衰世之公子，皆信厚如麟趾之時也。

麟之趾，振振公子。于嗟麟兮！　麟之定，振振公姓。于嗟麟兮！　麟之角，振振公族。于嗟麟兮！

「麟之趾」，興也。趾，足也。麟信當云「信獸」，恐有奪字。以《騶虞》傳知之。而應禮，以足至者也。振振，信厚也。于嗟，歎辭。定，題也。公姓，公同姓。麟角，所以表其德也。公族，公同祖也。

皇清經解卷六百終　嘉應生員葉軨校

毛詩故訓傳　卷二

金壇段大令玉裁訂

召南鵲巢故訓傳第二　國風

召南之國十四篇，四十章，百七十七句。

《鵲巢》三章，章四句。

《鵲巢》，夫人之德也。夫人謂太任、太姜及太姒。文王未受命時，太姒亦諸侯夫人也。《關雎序》云：「《鵲巢》《騶虞》之德，諸侯之風也，先王之所以教。」鄭云：「先王，斥太王、王季、文王也。」俗本删「文王」字，蜀石經、《文選》注有之。國君積行累功以致爵位，夫人起家而居有之，德如尸鳩，乃可以配焉。

維鵲有巢，維鳩居之。之子于歸，百兩御之。　維鵲有巢，維鳩方之。之子于歸，百兩將之。　維鵲有巢，維鳩盈之。之子于歸，百兩成之。

「維鵲有巢，維鳩居之」，興也。鳩，尸鳩，秸鞠也。尸鳩不自爲巢，居鵲之成巢。「之子于歸，百兩御之」。百兩，百乘也。諸侯之子嫁於諸侯，送御皆百乘。方之，方有之也。方有之，猶今人云「正有之」。俗本以「方」逗，以「有之」句，大失詩意。將，送也。盈，滿也。「百兩成之」，能成百兩之禮也。

《采蘩》三章，章四句。

《采蘩》，夫人不失職也。夫人可以奉祭祀，則不失職矣。

于以采蘩，于沼于沚。于以用之，公侯之事。于以采蘩，于澗之中。于以用之，公侯之宮。被之僮僮，夙夜在公。被之祁祁，薄言還歸。

「于以采蘩，于沼于沚。」蘩，皤蒿也。于，於。沼，池。沚，渚也。公侯夫人執蘩菜以助祭，神饗德與信，不求備焉，沼沚谿澗之草，猶可以薦。王后則荇菜也。之事，祭事也。「之事」與「之子」同。古「之」、「是」同用，「之事」猶「是事」也。是事，祭事也。之子，嫁子也。《詩》若言「公侯此事」。山夾水曰澗。宮，廟也。被，首飾也。僮僮，竦敬也。夙，早也。「被之祁祁，薄言還歸。」祁祁，舒遲也，去事有儀也。

《草蟲》三章，章七句。

《草蟲》，大夫妻能以禮自防也。

喓喓草蟲，趯趯阜螽。未見君子，憂心忡忡。亦既見止，亦既覯止，我心則降。陟彼南山，言采其蕨。未見君子，憂心惙惙。亦既見止，亦既覯止，我心則說。陟彼南山，言采其薇。未見君子，我心傷悲。亦既見止，亦既覯止，我心則夷。

「喓喓草蟲，趯趯阜螽」，興也。喓喓，聲也。草蟲，常羊也。趯趯，躍也。阜螽，蠜也。卿大夫之妻待禮而行，隨從君子。「未見君子，憂心忡忡。」忡忡，猶衝衝也。几言「猶」者，以俗語釋古語之詞。婦人雖適人，有歸宗之義。止，辭也。「辭」當作「詞」。覯，遇。降，下也。南山，周南山也。蕨，鼈也。惙惙，憂也。說，服也。薇，菜也。「未見君子，我心傷悲。」嫁女之家，不息火三日，思相離也。夷，平也。

《采蘋》三章，章四句。

《采蘋》，大夫妻能循法度也。能循法度則可以承先祖、共祭祀矣。

于以采蘋，南澗之濱。于以采藻，于彼行潦。于以盛之，維筐及筥。于以湘之，維錡及釜。于以奠之，宗室牖下。誰其尸之，有齊季女。

蘋，大蓱也。濱，厓也。藻，聚藻也。行潦，流潦也。方曰筐，圓曰筥。湘，亨也。此謂「湘」即「鬺」之叚借。《説文》：「鬺，式羊反，煑也。」《史記・封禪書》《漢書・郊祀志》皆作「鬺」，注引《韓詩》「于以鬺之」。然則《韓詩》正字，毛用叚借。古文他處多有似此者。錡，釜屬，有足曰錡。「于以奠之，宗室牖下。」奠，置也。宗室，大宗之廟也。大夫士祭於宗廟，奠於牖下。「誰其尸之，有齊季女。」尸，主。齊，敬。季，少也。蘋藻，薄物也。澗潦，至質也。筐、筥、錡、釜，陋器也。少女，微主也。古之將嫁女者，必先禮之於宗室，牲用魚，芼之以蘋藻。

《甘棠》三章，章三句。

《甘棠》，美召伯也。召伯之教，明於南國。

蔽芾甘棠，勿翦勿伐。召伯所茇。　蔽芾甘棠，勿翦勿敗。召伯所憩。　蔽芾甘棠，勿翦勿拜。召伯所説。

蔽芾，小貌。甘棠，杜也。翦，去也。伐，擊也。茇，草舍也。召伯聽男女之訟，重煩勞百姓，今本「重」上有「不」字，蜀石經無，與《漢書・司馬相如傳》句法同。止舍小棠之下而聽斷焉。國人被其德，悦其化，思其人，敬其樹。依唐定本、崔《集注》，三十七字爲毛傳，宋本、岳本「茇，草舍也」連下皆爲箋。憩，息也。說，舍也。

《行露》三章，一章三句，二章章六句。

《行露》，召伯聽訟也。衰亂之俗微，貞信之教興，彊暴之男不能侵陵貞女也。

厭浥行露，豈不夙夜。謂行多露。　誰謂雀無角，何以穿我屋？誰謂女無家，何以速我獄？雖速我獄，室家不足。　誰謂鼠無牙，何以穿我墉？誰謂女無家，何以速我訟？雖速我訟，亦不女從。

「厭浥行露」，興也。厭浥，溼意也。行，道也。豈不，言有是也。「誰謂雀無角，何以穿我屋？誰謂女無家，何以速我獄？」不思物變而推其類，雀之穿屋，似有角者。速，召。獄，埆也。《說文》作「确也」，堅剛相持之意。「室家不足。」昏禮紂帛不過五兩也。「誰謂鼠無牙，何以穿我墉？」墉，墻也。視墻之穿，推其類，可謂鼠有牙。不從，終不棄禮而隨此彊暴之男也。

《羔羊》三章，章四句。

《羔羊》，《鵲巢》之功致也。召南之國，化文王之政，在位皆節儉正直，德如羔羊也。

羔羊之皮，素絲五它。退食自公，委蛇委蛇。羔羊之革，素絲五緎。委蛇委蛇，自公退食。羔羊之縫，素絲五總。委蛇委蛇，退食自公。

小曰羔，大曰羊。「素絲五它。」素，白也。它，數也。古者素絲以英裘，不失其制，大夫羔裘以居。公，公門也。委蛇，行可從迹也。革，猶皮也。有毛者曰皮，去毛者曰革，比而同之，故曰「猶」。緎，縫也。「羔羊之縫。」縫，言縫殺之，大小得其制。總，數也。《東門之枌》傳云：「鬷，數也。」《烈祖》傳云：「鬷，總也。」然則此傳「數」字當讀「數罟」之「數」。五總，猶俗云「五簇」也。上文「它，數也」，亦當如此讀。

《殷其靁》三章，章六句。

《殷其靁》，勸以義也。召南之大夫遠行從政，不遑寧處。其室家能閔其勤勞，勸以義也。殷其靁，在南山之陽。何斯違斯，莫敢或遑。振振君子，歸哉歸哉。殷其靁，在南山之側。何斯違斯，莫敢遑息。振振君子，歸哉歸哉。殷其靁，在南山之下。何斯違斯，莫或遑處。振振君子，歸哉歸哉。

「殷其靁，在南山之陽。」殷，靁聲也。山南曰陽。靁出地奮，震驚百里。山出雲雨，以潤天下。

「何斯」，何此君子也。斯，此也。違，去也。遑，暇也。振振，信厚也。「在南山之側」，亦在其陰與左右也。息，止也。「在南山之下」，或在其下也。處，居也。

《摽有梅》三章，章四句。

《摽有梅》，男女及時也。召南之國被文王之化，男女得以及時也。

摽有梅，其實七兮。求我庶士，迨其吉兮。

「摽有梅，其實七兮」，興也。摽，落也。盛極則隋落者，梅也。七，尚在樹者七。吉，善也。

摽有梅，其實三兮。求我庶士，迨其今兮。

三，在者三也。今，急辭也。

摽有梅，頃筐塈之。求我庶士，迨其謂之。

塈，取也。謂之，不待備禮也。三十之男，二十之女，禮未備則不待禮會而行之者，所以蕃育民人也。

《摽有梅》三章，章四句。

《小星》，惠及下也。夫人無妬忌之行，惠及賤妾，進御於君，知其命有貴賤，能盡其心矣。

嘒彼小星，三五在東。肅肅宵征，夙夜在公。寔命不同。

嘒彼小星，維參與昴。肅肅宵

征，抱衾與裯。寔命不猶。

嘒，微貌。小星，衆無名者。三，心。五，噣。四時更見。肅肅，疾貌。宵，夜。征，行。寔，是也。命不同，命不得同於列位也。參，伐也。昴，留也。衾，被也。裯，襌被也。猶，若也。

《江有汜》三章，章五句。

《江有汜》，美媵也。勤而無怨，嫡能悔過也。文王之時，江沱之閒，有嫡不以其媵備數，媵遇勞而無怨，嫡亦自悔也。

江有汜，之子歸，不我以。不我以，其後也悔。

「江有汜」，興也。決復人爲汜。「其後也悔」，嫡能自悔也。

江有渚，之子歸，不我與。不我與，其後也處。

渚，小洲也，水枝成渚。處，止也。

江有沱，之子歸，不我過。不我過，其嘯也歌。

沱，江之別者。

《野有死麕》三章，二章章四句，一章三句。

《野有死麕》，惡無禮也。天下大亂，彊暴相陵，遂成淫風。被文王之化，雖當亂世，猶惡無禮也。

野有死麕，白茅苞之。有女懷春，吉士誘之。郊外曰野。苞，裹也。凶荒則殺禮，猶有以將之。野有死麕，群田之，獲而分其肉。白茅，取絜清也。懷，思也。春，不暇待秋也。誘，道也。林有樸樕，野有死鹿。白茅純束，有女如玉。樸樕，小木也。野有死鹿，廣物也。純束，猶苞之也。如玉，德如玉也。舒而脱脱兮，無感我帨兮，無使尨也吠。舒，徐也。脱脱，舒貌。此從定本。感，動也。帨，佩巾也。尨，狗也。非禮相陵則狗吠。

《野有死麕》三章，二章章四句，一章三句。

《何彼襛矣》，美王姬也。雖則王姬，亦下嫁於諸侯。車服不繫其夫，下王后一等，猶執婦道，以成肅雝之德也。

何彼襛矣，唐棣之華。曷不肅雝，王姬之車。何彼襛矣，華如桃李。平王之孫，齊侯之子。其釣維何，維絲伊緡。齊侯之子，平王之孫。

「何彼禯矣，唐棣之華」，興也。禯，猶戎戎也。唐棣，移也。肅，敬。雝，和。「平王之孫，齊侯之子。」平，正也。武王女，文王孫，適齊侯之子。伊，維。緡，綸也。

《騶虞》二章，章三句。

《騶虞》，《鵲巢》之應也。《鵲巢》之化行，人倫既正，朝廷既治，天下純被文王之化。則庶類蕃殖，蒐田以時，仁如騶虞，則王道成也。

彼茁者葭，壹發五豝。于嗟乎騶虞！　彼茁者蓬，壹發五豵。于嗟乎騶虞！

茁，出也。「也」當作「貌」。葭，蘆也。「壹發五豝。」豕牝曰豝。虞人翼五豝以待公之發也。騶虞，義獸也，白虎黑文，不食生物，有至信之德則應之。蓬，草名也。「名」字俗增。一歲曰豵。

皇清經解卷六百零一終　嘉應生員葉軨校

毛詩故訓傳　卷三

金壇段大令玉裁訂

邶柏舟故訓傳第三　國風

邶國十九篇，七十一章，三百六十三句。

《柏舟》五章，章六句。

《柏舟》，言仁而不遇也。衛頃公之時，仁人不遇，小人在側。

汎彼柏舟，亦汎其流。耿耿不寐，如有隱憂。微我無酒，以敖以游。我心匪鑒，不可以茹。亦有兄弟，不可以據。薄言往愬，逢彼之怒。我心匪石，不可轉也。我心匪席，不可卷也。威儀棣棣，不可選也。憂心悄悄，慍于群小。覯閔既多，受侮不少。静言思之，寤擗有摽。日居月諸，胡迭而微？心之憂矣，如匪澣衣。静言思之，不能奮飛。

「汎彼柏舟，亦汎其流」，興也。汎汎，流貌。凡經文一字，傳文疊字者例此。柏，木所以宜爲舟也。

「亦汎其流」，亦汎汎其流不以濟渡也。耿耿，猶儆儆也。隱，痛也。「微我無酒，以敖以游」，非我無酒，可以敖遊忘憂也。鑒，所以察形也。茹，度也。據，依也。彼，彼兄弟。「我心匪石，不可轉也。我心匪席，不可卷也」，石雖堅，尚可轉。席雖平，尚可卷也。「威儀棣棣，不可選也」，君子望之儼然可畏，禮容俯仰各有威儀耳。《左傳》襄三十一年：北宫文子曰，《衛》詩「威儀棣棣，不可選也」，言君臣、上下、父子、兄弟、内外、大小皆有威儀也。爲毛傳「各有威儀」所本。即下文所謂「富而閑習，物有其容」。棣棣，富而閑習也。《左傳》杜注作「富而閑也」，無「習」字。蓋古本如此。閑、嫺，古今字。不可選，物有其容，不可數也。愠，怒也。悄悄，憂貌。閔，病也。静，安也。擗，拊心也。摽，拊心貌。「如匪澣衣」，如衣之不澣矣。「不能奮飛」，不能如鳥奮翼而飛去也。

《緑衣》四章，章四句。

《緑衣》，衛莊姜傷己也。妾上僭，夫人失位而作是詩也。

緑兮衣兮，緑衣黄裏。心之憂矣，曷維其已。　緑兮衣兮，緑衣黄裳。心之憂矣，曷維其亡。

緑兮絲兮，女所治兮。我思古人，俾無訧兮。　絺兮綌兮，淒其以風。我思古人，實獲我心。

「緑衣黄裏」，興也。緑，閒色。黄，正色。「曷維其已」，憂雖欲自止，何時能止也？上曰衣，下曰裳。「緑兮絲兮。」緑，末也。絲，本也。俾，使也。訧，過也。淒，寒風也。「我思古人，實獲我心」，古之君子實得我之心也。

《燕燕》四章，章六句。

《燕燕》，衛莊姜送歸妾也。

燕燕于飛，差池其羽。之子于歸，遠送于野。瞻望弗及，泣涕如雨。　燕燕于飛，頡之頏之。之子于歸，遠于將之。瞻望弗及，竚立以泣。　燕燕于飛，下上其音。之子于歸，遠送于南。瞻望弗及，實勞我心。　仲氏壬只，其心塞淵。終温且惠，淑慎其身。先君之思，以勗寡人。

「燕燕于飛，差池其羽。」燕燕，鳦也。燕之于飛，必差池其羽。之子，去者也。歸，歸宗也。遠送過禮。于，於也。郊外曰野。瞻，視也。飛而上曰頡，飛而下曰頏。「上」「下」字當互易。「頡」同「頁」。頁，頭也，飛而下則頭搶地。「頏」同「亢」。亢者，頸也，飛而上則亢向天。將，行也。竚立，久立也。飛而上曰上音，飛而下曰下音。南，陳在衛南。仲，戴嬀字也。壬，大也。塞，瘞也。淵，深也。惠，順也。勗，勉也。

《日月》四章，章六句。

《日月》，衛莊姜傷己也。遭州吁之難，傷己不見荅於先君，以至困窮之詩也。

日居月諸，照臨下土。乃如之人兮，逝不古處。胡能有定，寧不我顧。　日居月諸，下土是冒。乃如之人兮，逝不相好。胡能有定，寧不我報。　日居月諸，出自東方。乃如之人兮，德音無良。胡能有定，俾也可忘。　日居月諸，東方自出。父兮母兮，畜我不卒。胡能有定，報我不述。

「日居月諸，照臨下土」，日乎月乎，照臨之也。逝，逮也。此謂叚借也。「逝」「逮」義本不同，叚「逝」爲「逮」。古，故也。胡，何也。此雙聲叚借。定，止也。冒，覆也。「逝不相好」，不及我以相好也。「寧不我報」，盡婦道而不得報也。「出自東方」，日始月盛，皆出東方。音，聲也。良，善也。述，循也。

《終風》四章，章四句。

《終風》，衛莊姜傷己也。遭州吁之暴，見侮慢不能正也。

終風且暴，顧我則笑。謔浪笑敖，中心是悼。　終風且霾，惠然肯來。莫往莫來，悠悠我思。

終風且曀，不日有曀。寤言不寐，願言則疐。　曀曀其陰，虺虺其靁。寤言不寐，願言則懷。

「終風且暴」，興也。終日風爲終風。暴，疾也。笑，侮之也。「謔浪笑敖」，言戲謔不敬也。霾，雨土也。「惠然肯來」，言時有順心也。「莫往莫來」，人無子道以來事己，己亦不得以母道往加之。陰而風曰曀。疐，跲也。毛作「疐，跲也」。鄭云：「疐，讀當爲『不敢嚏咳』之『嚏』。」此鄭改字也。唐石經以下，經、傳皆從口，是用鄭廢毛。「嚏」不得訓「跲」明矣。「曀曀其陰」，如常陰曀曀然。「虺虺其靁」，暴若震靁之聲虺虺然。懷，傷也。

《擊鼓》五章，章四句。

《擊鼓》，怨州吁也。衛州吁用兵暴亂，使公孫文仲將而平陳與宋。國人怨其勇而無禮也。

擊鼓其鏜，踊躍用兵。土國城漕，我獨南行。　從孫子仲，平陳與宋。不我以歸，憂心有忡。　爰居爰處，爰喪其馬。于以求之，于林之下。　死生契闊，與子成説。執子之手，與子偕老。　于嗟闊兮，不我活兮。于嗟洵兮，不我信兮。

「擊鼓其鏜，踊躍用兵。」鏜然擊鼓聲也。使衆皆踊躍用兵也。漕，衛邑也。「從孫子仲，平陳與宋。」孫子仲，謂公孫文仲也。平陳於宋。「憂心有忡」，憂心忡忡然也。「爰居爰處，爰喪其馬」，有不還者，有亡其馬者也。山木曰林。契濶，勤苦也。説，數也。今俗語云「數説」。偕，俱也。「不我活兮」，不與我生活也。洵，遠也。洵，《韓詩》作「敻」。敻，遠也。毛字異而義同。謂「洵」爲「敻」之叚借也，故讀呼縣反。信，極也。信、伸，古今字。

《凱風》四章，章四句。

《凱風》，美孝子也。衛之淫風流行，雖有七子之母，猶不能安其室。故美七子能盡其孝道以慰其母心，而成其志爾。

凱風自南，吹彼棘心。棘心夭夭，母氏劬勞。凱風自南，吹彼棘薪。母氏聖善，我無令人。爰有寒泉，在浚之下。有子七人，母氏勞苦。睍睆黄鳥，《説文》無「睆」字，疑此本作「睍睍黄鳥」，故《韓詩》作「簡簡黄鳥」也。載好其音。有子七人，莫慰母心。

「凱風自南，吹彼棘心」，興也。南風謂之凱風。樂夏之長養，棘心，難長養者。「心」字各本奪，今補。「棘心」，對下「棘薪」言，謂棘之初生萌蘖，故云「難長養者」。棘心至於夭夭然盛，則母氏之劬勞可知矣。夭夭，盛貌。劬勞，病苦也。棘薪，其成就者。聖，叡也。浚，衛邑也。「在浚之下」，言有益於浚。

睍睆，好貌。慰，安也。

《雄雉》四章，章四句。

《雄雉》，刺衛宣公也。淫亂不恤國事，軍旅數起，大夫久役，男女怨曠。國人患之而作是詩。

雄雉于飛，泄泄其羽。我之懷矣，自詒伊阻。雄雉于飛，下上其音。展矣君子，實勞我心。瞻彼日月，悠悠我思。道之云遠，曷云能來。百爾君子，不知德行。不忮不求，何用不臧。

「雄雉于飛，泄泄其羽」，興也。雄雉見雌雉，飛而鼓其翼泄泄然也。詒，遺也。伊，維也。阻，難也。展，誠也。瞻，視也。忮，害也。臧，善也。

《匏有苦葉》四章，章四句。

《匏有苦葉》，刺衛宣公也。公與夫人並爲淫亂。

匏有苦葉，濟有深涉。深則厲，淺則揭。有瀰濟盈，有鷕雉鳴。濟盈不濡軌，雉鳴求其牡。雝雝鳴鴈，旭日始旦。士如歸妻，迨冰未泮。招招舟子，人涉卬否。人涉卬否，卬須我友。

「匏有苦葉，濟有深涉」，興也。匏謂之瓠，瓠葉苦不可食也。濟，渡也。由膝以上爲涉。「深則厲，淺則揭」，以衣涉水爲厲，由帶以上爲厲。《爾雅》「以衣涉水爲厲，由帶以上爲厲」，此二説而竝存之。正義云：「以衣涉水爲厲，謂由帶以上也。今定本如此。」按：定本出於小顔，恐屬肊改。傳不引「由膝以下爲揭者」，「由膝以下」即下文「揭衣」之訓也。必兼云「由帶以上爲厲」者，與「以衣涉水」不爲一訓也。伏注左氏、鄭注《論語》云「由膝以上爲厲」，此用《爾雅》「以衣涉水」之訓。《韓詩》云「至心曰砅」，此用《爾雅》「由帶以上」之訓。揭，揭衣也。遭時制宜，如遇水深則厲，淺則揭矣。男女之際，安可以無禮義？將無以自濟也。「有瀰濟盈，有鷕雉鳴。」瀰，深水也。「也」當作「貌」。盈，滿也。深水，人之所難也。鷕，雌雉聲也。衛夫人有淫泆之志，授人以色，假人以辭，不顧禮義之難，至使宣公有淫昏之行也。「濟盈不濡軌，雉鳴求其牡。」濡，漬也。由輈以下爲軌。古者輿之下兩輪之閒方空處謂之軌。高誘注《呂氏春秋》云：「車兩輪間曰軌。」此以廣陿言之，凡言度涂以軌謂此。《毛詩》傳曰：「由輈以下曰軌。」此以高下言之，凡言濡軌、滅軌謂此。《穀梁傳》曰「車軌塵」，謂以軌高廣節塵之高廣。《中庸》「車同軌」，亦謂車制高廣不差。軌，亦云「徹」。徹者，通也，其中通也。近人專以在地之迹謂之軌徹，古經不可解矣。毛不云由輿以下者，水濡至於輿下軸上之輈，則必人輿矣。故以輿下之輈爲高下之節，喻禮義之不可過也。自「下」譌作「上」，乃議改軌爲軓。唐以前「龜美反」，則古本不誤也。違禮義，不由其道，猶雉鳴而求其牡矣。飛曰雌雄，走曰牝牡。雝雝，雁聲和也。納采用雁。旭日始出，謂大昕之時。迨，及。泮，散也。「招招舟子，人涉卬否。人涉卬否，卬須我友」。招招，號召之貌。舟子，舟人，主濟渡者。卬，我也。人皆涉，我友未至，我獨待之而不涉。以言室家之道，非得所適，貞女不行。非得禮義，昏姻不成。

《谷風》六章，章八句。

《谷風》，刺夫婦失道也。衛人化其上，淫於新昏而棄其舊室，夫婦離絶，國俗傷敗焉。

習習谷風，以陰以雨。黽勉同心，不宜有怒。采葑采菲，無以下體。德音莫違，及爾同死。行道遲遲，中心有違。不遠伊邇，薄送我畿。誰謂荼苦，其苦如薺。宴爾新昏，如兄如弟。涇以渭濁，湜湜其止。毛作「止」，鄭始易作「沚」，義異。宴爾新昏，不我屑以。毋逝我梁，毋發我笱。我躬不閲，遑恤我後。就其深矣，方之舟之。就其淺矣，泳之游之。何有何亡，黽勉求之。凡民有喪，匍匐救之。不我能慉，反以我爲讎。既阻我德，賈用不讎。讎，正字。售，俗字。《史》《漢》尚多用「讎」。《高祖紀》「讎數倍」，謂價屢負而不與也。昔育恐育鞫，及爾顛覆。既生既育，比子于毒。我有旨蓄，亦以御冬。宴爾新昏，以我御窮。有洸有潰，既詒我肄。不念昔者，伊余來塈。

「習習谷風，以陰以雨」，興也。習習，和舒貌。東風謂之谷風。陰陽和而谷風至，此下當有「谷風至而雲雨成」七字。夫婦和則室家成，室家成而繼嗣生。「僶勉同心」，言僶勉者，思與君子同心也。葑，須也。菲，芴也。下體，根莖也。遲遲，舒行貌。違，離也。畿，門内也。荼，苦菜也。宴，安也。「涇以渭濁，湜湜其止」，涇渭相入而清濁異也。「清」字爲「湜湜」作訓，謂涇渭相入之處愈見涇濁、愈見渭水止處湜湜然。《説文》曰：「湜，水清見底也。」此毛説也。鄭乃改「止」爲「沚」，訓「湜湜」爲「持正」，人之持正，如水中有沚礙流。屑，絜也。逝，之也。梁，魚梁。笱，所以捕魚也。閲，容也。舟，船也。方，泭也。已見《周南》，此不再釋。凡讀《毛詩》者當知此。有謂富也，亡謂貧也。慉，興也。《説文》云：「慉，起也。」「起」即「興」。正義作「養也」，非。阻，難也。育，長也。鞫，窮也。旨，美也。御，禦也。洸洸，武也。潰潰，怒也。肄，勞也。此謂「肄」即「勩」之叚借。塈，息也。此謂「塈」即「呬」之叚借。

《式微》二章，章四句。

《式微》，黎侯寓於衛，其臣勸以歸也。

式微，式微，胡不歸？微君之故，胡爲乎中露？　式微，式微，胡不歸？微君之躬，胡爲乎泥中？

式，用也。「微君之故。」微，無也。「中露」，露，衛邑也。「泥中」，泥，衛邑也。「露」「泥」二字今補。從來連「中」字爲邑名，非也。「泥中」猶言「邑中」，「中露」猶「泥中」也。即「中林」「林中」之例。

《旄丘》四章，章四句。

《旄丘》，責衛伯也。狄人迫逐黎侯，黎侯寓於衛。衛不能修方伯連率之職，黎之臣子以責於衛也。

旄丘之葛兮，何誕之節兮。叔兮伯兮，何多日也。何其處也，必有與也。何其久也，必有以也。狐裘蒙戎，匪車不東。叔兮伯兮，靡所與同。瑣兮尾兮，流離之子。叔兮伯兮，褎如充耳。

「旄丘之葛兮，何誕之節兮」，興也。前高後下曰旄丘。諸侯以國相連屬，憂患相及，如葛之蔓莚相連及也。誕，濶也。「叔兮伯兮，何多日也」，日月以逝而不我憂也。必有與，言與仁義也。必有以，必以有功德也。狐裘，大夫狐蒼裘也。蒙戎，以言亂也。不東，言不來東也。「靡所與同」，與救患恤同也。瑣尾，少好之貌。流離，鳥也。少好長醜，始而愉樂，終以微弱。「褎如充耳。」褎，盛服皃。「皃」原作「也」，今改。充耳，盛飾也。大夫褎然有尊盛之服而不能稱也。

《簡兮》四章，三章章四句，一章六句。

《簡兮》，刺不用賢也。衛之賢者仕於泠官，皆可以承事王者也。

簡兮簡兮，方將《萬》舞。日之方中，在前上處。　碩人俁俁，公庭《萬》舞。有力如虎，執轡如組。　左手執籥，右手秉翟。赫如渥赭，公言錫爵。　山有榛，隰有苓。云誰之思，西方美人。彼美人兮，西方之人兮。

簡，大也。方，四方也。將，行也。以干羽爲《萬》舞，用之宗廟山川，故言於四方。「日之方中」，教國子弟，以日中爲期。「碩人俁俁，公庭《萬》舞。」碩人，大德也。俁俁，容貌大也。《萬》舞，非但在四方，親在宗廟、公庭。「有力如虎，執轡如組。」組，織組也。武力比於虎，可以御亂。御衆有文章。言能治衆，動於近，成於遠也。籥，六孔。翟，翟羽也。赫，赤貌。渥，厚漬也。「公言錫爵」，祭有畀煇、胞、翟、闇、寺者，惠下之道，見惠不過一散。榛，木名。下溼曰隰。苓，大苦。「彼美人兮，西方之人兮」，乃宜在王室也。

《泉水》四章，章六句。

《泉水》，衛女思歸也。嫁於諸侯，父母終，思歸寧而不得。故作是詩以自見也。

毖彼泉水，亦流于淇。有懷于衛，靡日不思。變彼諸姬，聊與之謀。出宿于泲，飲餞于禰。女子有行，遠父母兄弟。問我諸姑，遂及伯姊。出宿于干，飲餞于言。載脂載牽，還車言邁。遄臻于衛，不瑕有害。　我思肥泉，茲之永歎。思須與漕，我心悠悠。駕言出遊，以寫我憂。

「毖彼泉水，亦流于淇」，興也。泉水始出，毖然流也。淇，水名也。變，好貌。諸姬，同姓之女。聊，願也。泲，地名。祖而舍軷，飲酒於其側曰餞，重始有事於道也。禰，地名。父之姊妹稱姑，先生曰姊。干、言，所適國郊也。「載脂載牽，還車言邁」，脂牽其車，以還我行也。遄，疾。臻，至。瑕，遠也。此謂「瑕」即「遐」之叚借。所出同，所歸異，爲肥泉。「肥」之言飛也、非也。「飛」必兩張其翼，「非」者，違也。故以言自同而異。須、漕，衛邑也。寫，除也。

《北門》三章，章七句。

《北門》，刺仕不得志也。言衛之忠臣不得其志爾。

出自北門，憂心殷殷。終窶且貧，莫知我艱。已焉哉！天實爲之，謂之何哉！　王事適我，政事一埤益我。我入自外，室人交徧讁我。已焉哉！天實爲之，謂之何哉！　王事敦我，政事一埤遺我。我入自外，室人交徧摧我。已焉哉！天實爲之，謂之何哉！

「出自北門」，興也。北門背明鄉陰。窶者，無禮也。貧者，困於財也。適，之。埤，厚也。讁，責也。敦，厚也。遺，加也。摧，沮也。

《北風》三章，章六句。

《北風》，刺虐也。衛國竝爲威虐，百姓不親，莫不相攜持而去焉。

北風其涼，雨雪其雱。惠而好我，攜手同行。其虛其邪，既亟只且！

「北風其涼，雨雪其雱」，興也。北風，寒涼之風。雱，盛皃。《説文》曰：「旁溥也。」籀文作「雱」。惠，愛也。行，道也。虛，虛也。《釋文》：「虛，虛也。一本作『虛，徐也。』」今按：正義云：「傳疊經文，非訓虛爲徐。」則正義本正《釋文》之別本也。「虛，徐也」三字爲句，以釋經，似是。但經文作「邪」，鄭始易「邪」爲「徐」。毛意「虛邪」如《管子》之「志無虛邪」耳。「虛，虛也」者，謂此「丘虛」字即「空虛」字也。亟，急也。喈，疾

北風其喈，雨雪其霏。惠而好我，攜手同歸。其虛其邪，既亟只且！

莫赤匪狐，莫黑匪烏。惠而好我，攜手同車。其虛其邪，既亟只且！

皃。霏，甚皃。霏，《説文》無此字。古當作「非」。「非」猶「飛」也。「攜手同歸」，歸有德也。「莫赤匪狐，莫黑非烏」，狐赤烏黑，莫能别也。「攜手同車」，攜手就車也。

《静女》三章，章四句。

《静女》，刺時也。衛君無道，夫人無德。

静女其姝，俟我於城隅。愛而不見，搔首踟躕。 静女其孌，貽我彤管。彤管有煒，説懌女美。 自牧歸荑，洵美且異。匪女之爲美，美人之貽。

静，貞静也。女德貞静而有法度，乃可説也。姝，美色也。俟，待也。城隅，以言高而不可踰。「愛而不見，搔首踟躕」，言志往而行止。「静女其孌，貽我彤管」，言既有静德，又有美色，又能遺我以古人之法，可以配人君也。古者后夫人必有女史彤管之法，史不記過，其罪殺之。后妃群妾以禮御於君所，女史書其日月，授之以環，以進退之。生子月辰，則以金環退之。當御者以銀環進之，著于左手。既御，著于右手。事無大小，記以成法。煒，赤貌。彤管以赤心正人也。牧，田官也。荑，茅之始生也。本之於荑，取其有始有終。「匪女之爲美，美人之貽」，言非爲其徒説美色而已。美其人能遺我法則。

《新臺》三章，章四句。

《新臺》，刺衛宣公也。納伋之妻，作新臺于河上而要之。國人惡之而作是詩也。

新臺有泚，河水瀰瀰。燕婉之求，籧篨不鮮。　新臺有洒，河水浼浼。燕婉之求，籧篨不殄。　魚網之設，鴻則離之。燕婉之求，得此戚施。

泚，鮮明貌。此謂「泚」即「玼」之叚借。《說文》引正作「玼」。瀰瀰，盛貌。水所以絜汙穢，反于河上而爲淫昏之行。燕，安也。婉，順也。籧篨，不能俯者。洒，高峻也。《釋丘》云：「望厓洒而高岸，夷上洒下漘。」高謂其頂，洒謂其身。峭直夷上者，其頂平不高出也。洒下，亦謂身斗峭也。《說文》曰：「陖，陗也」，「陗，陖也」，峻同陖。「洒」即「陖」之叚借字。凡言陖、陗，皆謂斗直不可上。浼浼，平地也。《吳都賦》「清流亹亹」李善注引《韓詩》「亹亹，水流進皃」，不言何經之注。今按：必此章「浼浼」之異文也。古音「洒」讀如「詵」，浼、亹皆如門，殄如珍。殄，絕也。「魚網之設，鴻則離之」，言所得非所求也。戚施，不能仰者。

《二子乘舟》二章，章四句。

《二子乘舟》，思伋、壽也。衛宣公之二子爭相爲死，國人傷而思之，作是詩也。

二子乘舟，汎汎其景。願言思子，中心養養。　二子乘舟，汎汎其逝。願言思子，不瑕有害。

「二子乘舟，汎汎其景。」二子，伋、壽也。宣公爲伋取於齊女而美，公奪之，生壽及朔。朔與其母愬伋於公，公令伋之齊，使賊先待於隘而殺之。壽知之，以告伋，使去之。伋曰：「君命也。不可以逃。」壽竊其節而先往，賊殺之。伋至，曰：「君命殺我，壽有何罪？」賊又殺之。國人傷其涉危遂往，如乘舟而無所薄，汎汎然駛疾而不礙也。願，每也。養養然憂不知所定也。逝，往也。「不瑕有害」，言二子之不遠害也。此亦謂「瑕」即「遐」。

皇清經解卷六百零二終　　嘉應生員葉軨校

毛詩故訓傳　卷四

金壇段大令玉裁訂

鄘柏舟故訓傳第四　國風

鄘國十篇，三十章，百七十六句。

《柏舟》二章，章七句。

《柏舟》，共姜自誓也。衛世子共伯蚤死，其妻守義，父母欲奪而嫁之。誓而弗許。故作是詩以絶之。

汎彼柏舟，在彼中河。髧彼兩髦，實維我儀。之死矢靡它！母也天只，不諒人只。汎彼柏舟，在彼河側。髧彼兩髦，實維我特。之死矢靡慝！母也天只，不諒人只。

「汎彼柏舟，在彼中河」，興也。中河，河中。髧，兩髦之貌。髦者，髮至眉，《説文》「髦」作「髮」。子事父母之飾。儀，匹也。「之死矢靡它。」矢，誓。靡，無。之，至也。至己之死，信無它心也。

「母也天只，不諒人只。」諒，信也。母也天也，尚不信我。「也」「只」同訓，如「日居月諸」，「居」「諸」同訓「乎」。天謂父也。特，匹也。慝，邪也。

《墻有茨》三章，章六句。

《墻有茨》，衛人刺其上也。公子頑通乎君母，國人疾之而不可道也。

墻有茨，不可埽也。中冓之言，不可道也。所可道也，言之醜也。　墻有茨，不可襄也。中冓之言，不可詳也。所可詳也，言之長也。　墻有茨，不可束也。中冓之言，不可讀也。所可讀也，言之辱也。

「墻有茨，不可埽也」，興也。墻所以防非常。茨，蒺藜也。欲埽去之，反傷墻也。中冓，内冓也。醜，於君醜也。襄，除也。詳，審也。長，惡長也。束，束而去之。讀，抽也。「抽」當作「籀」。《説文》：「籀，讀書也。」籀之義訓抽。《説文叙》云「諷籀書九千文」是也。毛公及《方言》皆用「抽」爲「籀」。抽、籀，漢之古今字，或叚「紬」爲「籀」。辱，辱君也。

《君子偕老》三章，一章七句，一章九句，一章八句。

《君子偕老》，刺衛夫人也。夫人淫亂，失事君子之道。故陳人君之德，服飾之盛，宜與君子偕老也。

君子偕老，副笄六珈。委委佗佗，如山如河，象服是宜。子之不淑，云如之何！　玼兮玼兮，其之翟也。鬒髮如雲，不屑髢也。玉之瑱也，象之揥也，揚且之皙也。胡然而天也，胡然而帝也。　玼兮玼兮，「玼」字一作「瑳」，淺人乃以分別二、三章。其之展也。蒙彼縐絺，是紲袢也。子之清揚，揚且之顔也。展如之人兮，邦之媛也。

「君子偕老，副笄六珈」，言能與君子偕老，乃宜居尊位，服盛服也。副者，后夫人之首飾，編髮爲之。笄，衡笄也。珈，笄飾之最盛者，所以別尊卑。委委者，行可委曲蹤迹也。《羔羊》作「從迹」。佗佗者，德平易也。「如山如河」，山無不容，河無不潤。象服，尊者所以爲飾。「子之不淑，云如之何」，有子若是，可謂不善乎？玼，鮮盛貌。翟，褕翟、闕翟，翟羽飾衣也。「翟羽」之「翟」，今補。此與《碩人》傳「翟，翟車。夫人以翟羽飾車」文法正同。《説文》，「褕」字下亦云「翟羽飾衣也」。鬒，黑髮也。如雲，言美長也。屑，絜也。瑱，塞耳也。揥，所以擿髮也。揚，眉上廣也。皙，白皙也。「胡然而天也，胡然而帝也」，尊之如天，審諦如帝。展，禮有展衣。展衣者，以丹縠爲衣。蒙，覆也。絺之靡者爲縐。「是紲袢也」，是當暑袢延之服也。清，視清明也。「揚且之顔」，廣揚而顔角豐滿也。展，誠也。美女爲媛。

《桑中》三章，章七句。

《桑中》，刺奔也。衛之公室淫亂，男女相奔。至於世族在位，相竊妻妾，期於幽遠，政散民流而不可止。

爰采唐矣，沫之鄉矣。云誰之思？美孟姜矣。期我乎桑中，要我乎上宮，送我乎淇之上矣。

爰，於也。唐蒙，菜名。沫，衛邑。「云誰之思？美孟姜矣。」姜，姓也。言世族在位有是惡行。桑中、上宮，所期之地。淇，水名也。

爰采麥矣，沫之北矣。云誰之思？美孟弋矣。期我乎桑中，要我乎上宮，送我乎淇之上矣。

弋，姓也。《春秋》「定姒」，《穀梁》作「定弋」。

爰采葑矣，沫之東矣。云誰之思？美孟庸矣。期我乎桑中，要我乎上宮，送我乎淇之上矣。

庸，姓也。漢有膠東庸生，又有庸光。

《鶉之奔奔》二章，章四句。

《鶉之奔奔》，刺衛宣姜也。衛人以爲，宣姜鶉鵲之不若也。

鶉之奔奔，鵲之彊彊。人之無良，我以爲兄。　鵲之彊彊，鶉之奔奔。人之無良，我以爲君。

「鶉之奔奔，鵲之彊彊」，鶉則奔奔，鵲則彊彊然。良，善也。兄謂君之兄。君，國小君。

《定之方中》三章，章七句。

《定之方中》，美衛文公也。衛爲狄所滅，東徙渡河，野處漕邑。齊桓公攘戎狄而封之。文公徙居楚丘，始建城市而營宮室。得其時制，百姓説之，國家殷富焉。

定之方中，作于楚宮。揆之以日，作于楚室。樹之榛栗，椅桐梓漆，爰伐琴瑟。　升彼虚矣，以望楚矣。望楚與堂，景山與京，降觀于桑。卜云其吉，終然允臧。　靈雨既零，命彼倌人。星言夙駕，説于桑田。匪直也人，秉心塞淵。騋牝三千。

定，營室也。方中，昏正四方。「作于楚宮」。楚宮，楚丘之宮也。仲梁子曰：「初立楚宮也。」揆，度也。度日出日入以知東西。南視定，北準極；以正南北。室猶宮也。椅，梓屬。

虚，漕虚也。堂，楚丘有堂邑者。景山，大山。京，高丘也。「降觀于桑」，地勢宜蠶，可以居民也。龜曰卜。允，信。臧，善也。建國必卜之，故建邦能命龜，田能施命，作器能銘，使能造命，升高能賦，師旅能誓，山川能説，喪紀能誄，祭祀能語。君子能此九者，可謂有德音，可以爲卿大夫。零，落也。倌人，主駕者。「匪直也人」，非徒庸君也。秉，操也。馬七尺以上曰騋。騋牝，騋馬與牝馬也。

《蝃蝀》三章，章四句。

《蝃蝀》，止奔也。衛文公能以道化其民，淫奔之耻，國人不齒也。

蝃蝀在東，莫之敢指。女子有行，遠父母兄弟。　朝隮于西，崇朝其雨。女子有行，遠兄弟父母。　乃如之人也，懷昏姻也。大無信也，不知命也。

「蝃蝀在東，莫之敢指。」蝃蝀，虹也。夫婦過禮則虹氣盛，君子見戒而懼，諱之莫之敢指。隮，升。崇，終也。從旦至食時爲終朝。乃如之人，乃如是淫奔之人也。不知命，不待命也。

《相鼠》三章，章四句。

《相鼠》，刺無禮也。衛文公能正其群臣，而刺在位承先君之化無禮儀也。

相鼠有皮，人而無儀。人而無儀，不死何爲？　相鼠有齒，人而無止。人而無止，不死何俟？　相鼠有體，人而無禮。人而無禮，胡不遄死？

相，視也。無禮儀者，雖居尊位，猶爲闇昧之行。止，所止息也。俟，待也。體，支體也。遄，速也。

《干旄》三章，章六句。

《干旄》，美好善也。衛文公臣子多好善，賢者樂告以善道也。

孑孑干旄，在浚之郊。素絲紕之，良馬四之。彼姝者子，何以畀之？　孑孑干旟，在浚之都。素絲組之，良馬五之。彼姝者子，何以予之？　孑孑干旌，在浚之城。素絲祝之，良馬六之。彼姝者子，何以告之？

孑孑，干旄之貌。干旄，注旄於干首，大夫之旃也。「干」者，「竿」之叚借。浚，衛邑。古者臣有大功，世其官邑。郊外曰野。「素絲紕之，良馬四之。」紕，所以織組也。總紕於此，成文於彼，願以素絲紕組之法御四馬也。姝，順貌。畀，予也。鳥隼曰旟。下邑曰都。「素絲組之」，總以素絲而成組也。五之，驂馬五轡。析羽爲旌。城，都城也。祝，織也。此謂叚借。「祝」與「織」雙聲，而合音最近。六之，四馬六轡。

《載馳》五章，一章六句，二章章四句，一章六句，一章八句。

《載馳》，許穆夫人作也。閔其宗國顛覆，自傷不能救也。衛懿公爲狄人所滅，國人分散，露於漕邑。許穆夫人閔衛之亡，傷許之小，力不能救。思歸唁其兄，又義不得。故賦是詩也。

載馳載驅，歸唁衛侯。驅馬悠悠，言至于漕。大夫跋涉，我心則憂。既不我嘉，不能旋反。視爾不臧，我思不遠。既不我嘉，不能旋濟。視爾不臧，我思不閟。陟彼阿丘，言采其蝱。女子善懷，亦各有行。許人尤之，衆穉且狂。我行其野，芃芃其麥。控于大邦，誰因誰極？大夫君子，無我有尤。百爾所思，不如我所之。

載，辭也。弔失國曰唁。悠悠，遠貌。漕，衛東邑。草行曰跋，水行曰涉。「不能旋反」，言不能旋反我思也。「我思不遠」，不能遠衛也。濟，止也。閟，閉也。「陟彼阿丘，言采其蝱。」偏高曰阿丘。蝱，貝母也。此謂「蝱」即「莔」之叚借。升至偏高之丘，采其蝱者，將以療疾。行，道也。尤，過也。「衆稺且狂」，是乃衆幼稺且狂也。狂「也」字、「狂」字今補。進取一槩之義。「我行其野，芃芃其麥」，願行衛之野，麥芃芃然方盛長也。控，引。極，至也。「不如我所之」，不如我所思之篤厚也。

皇清經解卷六百零三終　　嘉應生員葉軨校

毛詩故訓傳　卷五

金壇段大令玉裁訂

衛淇奧故訓傳第五　國風

衛國十篇，三十四章，二百三句。

《淇奧》三章，章九句。

《淇奧》，美武公之德也。有文章，又能聽其規諫，以禮自防，故能入相于周。美而作是詩也。

瞻彼淇奧，緑竹猗猗。有匪君子，如切如磋，如琢如磨。瑟兮僩兮，赫兮咺兮。有匪君子，終不可諼兮。　瞻彼淇奧，緑竹青青。有匪君子，充耳琇瑩，會弁如星。瑟兮僩兮，赫兮咺兮。有匪君子，終不可諼兮。　瞻彼淇奧，緑竹如簀。有匪君子，如金如錫，如圭如璧。寬兮綽兮，倚重較兮，「倚」作「猗」者誤。　善戲謔兮，不爲虐兮。

「瞻彼淇奧，緑竹猗猗」，興也。奧，隈也。緑，王芻也。竹，萹竹也。猗猗，美盛貌。武公質美德盛，有康叔之烈。匪，文章貌。謂「匪」即「斐」之叚借。治骨曰切，象曰磋，玉曰琢，石曰磨。「如切如磋」，〔一〕道其學而成也。「如琢如磨」，聽其規諫以自修，如玉石之見琢磨也。瑟，矜莊貌。僩，寬大也。赫，有明德赫赫然。咺，威儀容止宣著也。諼，忘也。青青，茂盛貌。充耳謂之瑱。琇瑩，美石也。天子玉瑱，諸侯以石。會者所以會髮。六字依正義。正義引《儀禮》注「收者所以收髮」證傳「會者所以會髮」之文。孔氏所見傳未誤也。此蓋毛公謂經「會」爲「䯤」之叚借。《周禮》故書「王之皮弁，䯤五采玉璂」。大鄭云：「䯤，讀如『馬會』之『會』，謂以五采束髮也。《士喪禮》：『擓用組』，讀與『䯤』同。說曰：『以組束髮，乃著笄，謂之擓。』」玉裁按：然則《詩》謂以骨擿擿髮，以組束之，乃加弁而光耀如星。三家《詩》必有作「䯤」者。䯤，《說文》云：「骨擿之，可會髮者。」正與毛傳、《周禮》大鄭注同。弁，皮弁。各本作「弁皮弁所以會髮」，不辭。由淺人不解「會者所以會髮」之文，乃刪「會者」二字，併倒置其文。今正之如是。簀，積也。此謂叚借。「如金如錫，如圭如璧。」金、錫鍊而精，圭、璧性有質也。寬能容衆。綽，緩也。重較，卿士之車。「善戲謔兮，不爲虐兮」，言寬緩弘大，雖則戲謔，不爲虐矣。

《考槃》三章，章四句。

《考槃》，刺莊公也。不能繼先公之業，使賢者退而窮處。

〔一〕前二「如」，原作「加」，據七葉衍祥堂本改。

考槃在澗，碩人之寬。獨寐寤言，永矢弗諼。　考槃在阿，碩人之薖。獨寐寤歌，永矢弗過。　考槃在陸，碩人之軸。獨寐寤宿，永矢弗告。

考，成。槃，樂也。山夾水曰澗。曲陵曰阿。薖，寬大貌。此謂「薖」即「窠」之假借。軸，進也。此謂「軸」即「迪」之假借。弗告，無所告語也。

《碩人》四章，章七句。

《碩人》，閔莊姜也。莊公惑於嬖妾，使驕上僭。莊姜賢而不荅，終以無子，國人閔而憂之。

碩人其頎，衣錦褧衣。齊侯之子，衛侯之妻，東宮之妹，邢侯之姨。譚公維私。　手如柔荑，膚如凝脂。領如蝤蠐，齒如瓠犀。螓首蛾眉。巧笑倩兮，美目盼兮。　碩人敖敖，說于農郊。四牡有驕，朱幩儦儦。翟茀以朝。大夫夙退，無使君勞。　河水洋洋，北流活活。施罛濊濊，鱣鮪發發。葭菼揭揭。庶姜孽孽，庶士有朅。

頎頎，具長貌。依《玉篇》。「衣錦褧衣。」衣錦，文衣也。夫人德盛而尊，嫁則錦衣加褧襜。東宮，齊大子也。女子後生曰妹。妻之姊妹曰姨。姊妹之夫曰私。「手如柔荑」，如荑之新生。「膚如凝脂」，如脂之凝。領，頸也。蝤蠐，蝎也。瓠犀，瓠瓣。螓首，顙廣而方也。此下當有「娥眉好貌」四字。「娥」字逗，「眉好貌」三字爲句。王逸注《離騷》正如此。凡「娥眉」古書或作「蛾」，叚借字耳。娥者，美好輕揚之意。小顏乃有形若蠶蛾之説。蠶蛾有毛角，非眉也。倩，好口輔。盼，白黑分。敖敖，長貌。農郊，近郊。驕，壯皃。「朱幩儦儦。」幩，飾也。人君以朱纏鑣扇汗，且以爲飾。儦儦，盛皃。依《玉篇》作「儦儦」。翟，翟車。夫人以翟羽飾車。茀，蔽也。「大夫夙退，無使君勞」，大夫未退，君聽朝於路寢，夫人聽内事於正寢。大夫退，然後罷。洋洋，盛大也。活活，流也。罛，魚罟。濊濊，施之水中。鱣，鯉也。鮪，鮥也。發發，盛皃。葭，蘆。菼，薍也。揭揭，長也。孽孽，盛飾。庶士，齊大夫送女者。朅，武壯貌。此謂「朅」即「仡」之叚借。《説文》：「仡仡，勇壯也。」

《氓》六章，章十句。

《氓》，刺時也。宣公之時，禮義消亡，淫風大行。男女無別，遂相奔誘。華落色衰，復相棄背。或乃困而自悔，喪其妃耦。故序其事以風焉。美反正，刺淫泆也。

氓之蚩蚩，抱布貿絲。匪來貿絲，來即我謀。送子涉淇，至于頓丘。匪我愆期，子無良媒。將子無怒，秋以爲期。乘彼垝垣，以望復關。不見復關，泣涕漣漣。「漣」當作「連」，字之誤也。既見復關，載笑載言。爾卜爾筮，體無咎言。以爾車來，以我賄遷。桑之未落，其葉沃若。于嗟鳩兮，無食桑葚。于嗟女兮，無與士耽。士之耽兮，猶可說也。女之耽兮，不可說也。桑之落矣，其黃而隕。自我徂爾，三歲食貧。淇水湯湯，漸車帷裳。女也不爽，士貳其行。士也罔極，二三其德。三歲爲婦，靡室勞矣。夙興夜寐，靡有朝矣。言既遂矣，至于暴矣。兄弟不知，咥其笑矣。靜言思之，躬自悼矣。及爾偕老，老使我怨。淇則有岸，隰則有泮。總角之宴，言笑晏晏。信誓旦旦，不思其反。反是不思，亦已焉哉！

氓，民也。蚩蚩者，敦厚之貌。布，幣也。丘一成爲頓丘。愆，過也。將，願也。垝，毀也。復關，君子所近也。「不見復關，泣涕漣漣」，言其有一心乎君子，故能自悔。龜曰卜，蓍曰筮。體，兆卦之體。賄，財。遷，徙也。桑，女功之所起。沃若，猶沃沃然。「于嗟鳩兮，無食桑葚。」鳩，鶻鳩也。食桑葚過則醉而傷其性。「于嗟女兮，無與士耽。」耽，樂也。此謂「耽」即「媅」之叚借。《說文》曰：「媅，樂也」，「耽，耳大垂也。」女與士耽則傷禮義。隕，隋也。湯湯，水盛貌。帷裳，婦人之車也。爽，差也。極，中也。「咥其笑矣」，咥咥然笑。悼，傷也。泮，坡也。總角，結髮也。晏晏，和柔也。旦旦，信誓旦旦然。《說文》引「信誓𢘊𢘊」，「𢘊」即「怛」字。當是傳以「𢘊𢘊然」釋「旦旦」也。箋云：「𢘊𢘊，言其懇惻款誠。」正申毛意。○此亦「虛，虛也」之例。謂此「旦旦」字即「懇惻款誠之旦旦」字，非日出地之「旦」也。

《竹竿》四章，章四句。

《竹竿》，衛女思歸也。適異國而不見荅，思而能以禮者也。

籊籊竹竿，以釣于淇。豈不爾思，遠莫致之。　泉源在左，淇水在右。女子有行，遠兄弟父母。　淇水在右，泉源在左。巧笑之瑳，佩玉之儺。　淇水滺滺，檜楫松舟。駕言出遊，以寫我憂。

「籊籊竹竿，以釣于淇」，興也。籊籊，長而殺也。釣以得魚，如婦人待禮以成爲室家。泉源，小水之源。淇水，大水也。瑳，巧笑貌。儺，行有節度。滺滺，流貌。「檜楫松舟。」檜，柏葉松身。楫，所以擢舟也。擢，从手，引也。作「櫂」，誤。舟楫相配，得水而行。男女相配，得禮而備。出游，思鄉衛之道也。

《芄蘭》二章，章六句。

《芄蘭》，刺惠公也。驕而無禮，大夫刺之。

芄蘭之支，童子佩觿。雖則佩觿，能不我知？容兮遂兮，垂帶悸兮！　芄蘭之葉，童子佩韘。雖則佩韘，能不我甲？容兮遂兮，垂帶悸兮！

「芄蘭之支」，興也。芄蘭，草也。君子以德當柔潤温良。以，用也。能左右之曰「以」。言君子用有德之臣，當柔潤温良。此從宋本、岳本。觿，所以解結，成人之佩也。人君治成人之事，雖童子猶佩觿，早成其德。「能不我知」，不自謂無知，「無」當作「有」。以驕慢人也。容兮，容儀可觀。遂兮，佩玉遂遂然。「垂帶悸兮」，垂其紳帶悸悸然有節度也。韘，決也。能射御則佩韘。甲，狎也。此謂叚借。

《河廣》二章，章四句。

《河廣》，宋襄公母歸于衛，思而不止，故作是詩也。

誰謂河廣，一葦杭之。杭，《説文》作「斻」。誰謂宋遠，跂予望之。誰謂河廣，曾不容刀。誰謂宋遠，曾不崇朝。

杭，渡也。

《伯兮》四章，章四句。

《伯兮》，刺時也。言君子行役，爲王前驅，過時而不反焉。

伯兮朅兮，邦之桀兮。伯也執殳，爲王前驅。自伯之東，首如飛蓬。豈無膏沐，誰適爲容。其雨其雨，杲杲出日。願言思伯，甘心首疾。焉得諼草，言樹之背。願言思伯，使我心痗。

伯，州伯也。朅，武貌。桀，特立也。殳，長丈二而無刃。「自伯之東，首如飛蓬」，婦人夫不在，無容飾。適，主也。「杲杲出日」，杲杲然日復出矣。甘，厭也。諼草此用古文，即「藼」字也。令人善忘憂。背，北堂也。痗，病也。

《有狐》三章，章四句。

《有狐》，刺時也。衛之男女失時，喪其妃耦焉。古者國有凶荒則殺禮而多昏，會男女之無夫家者，所以育民人也。

有狐綏綏，在彼淇梁。心之憂矣，之子無裳。有狐綏綏，在彼淇厲。心之憂矣，之子無帶。有狐綏綏，在彼淇側。心之憂矣，之子無服。

「有狐綏綏，在彼淇梁」，興也。綏綏，匹行皃。石絶水曰梁。之子，無室家者。在下曰裳，所以配衣也。厲，深可厲之旁。帶，所以申束衣。無服，言無室家若人無衣服。

《木瓜》三章，章四句。

《木瓜》，美齊桓公也。衛國有狄人之敗，出處于漕，齊桓公救而封之，遺之車馬器服焉。衛人思之，欲厚報之而作是詩也。

投我以木瓜，報之以瓊琚。匪報也，永以爲好也。　投我以木桃，報之以瓊瑶。匪報也，永以爲好也。　投我以木李，報之以瓊玖。匪報也，永以爲好也。

木瓜，楙木也，可食之木。瓊，玉之美也。瓊爲玉之美者，故引伸凡石之美皆謂瓊。如瓊琚、瓊瑶、瓊華、瓊瑩、瓊玖、瓊英、瓊瑰皆是也。應劭曰：「瓊，玉之華也。」琚，佩玉石。佩玉石者，謂佩玉納閒之石也。雜佩謂之佩玉，有琚瑀以納閒。琚、瑀皆美石也。《鄭風》正義、《釋文》皆引《説文》「琚，佩玉名」。「名」亦「石」之誤。此傳「石」誤爲「名」久矣。「瓊瑶」，瑶，美石。正義作「美石」，不誤。《釋文》作「美玉」，誤也。《説文》：「琨、珉、瑶皆石之美者。」《周禮》：「王獻玉爵，后獻瑶爵。」《禮記》：「玉爵獻卿，瑶爵獻大夫。」是其等差。「瓊玖」，玖，玉石。《王風》傳曰：「玖，石次玉者。」《説文》：「玖，石之次玉黑色者。」今此傳作「玉名」，乃「玉石」之誤耳。「玉石」，見揚雄《蜀都賦》、《漢書·西域傳》師古曰：「玉石，石之似玉者也。」孔子曰：「吾於《木瓜》見苞苴之禮行。」

皇清經解卷六百零四終　漢軍生員樊封校

毛詩故訓傳　卷六

金壇段大令玉裁訂

王黍離故訓傳第六　國風

王國十篇，二十八章，百六十二句。

《黍離》三章，章十句。

《黍離》，閔宗周也。周大夫行役至于宗周，過故宗廟宫室，盡爲禾黍。閔周室之顛覆，彷徨不忍去而作是詩也。

彼黍離離，彼稷之苗。行邁靡靡，中心摇摇。知我者，謂我心憂；不知我者，謂我何求。悠悠蒼天，此何人哉！　彼黍離離，彼稷之穗。行邁靡靡，中心如醉。知我者，謂我心憂；不知我者，謂我何求。悠悠蒼天，此何人哉！　彼黍離離，彼稷之實。行邁靡靡，中心如噎。知我者，謂我心憂；不知我者，謂我何求。悠悠蒼天，此何人哉！

彼，彼宗廟宫室。邁，行也。靡靡，猶遲遲也。「中心摇摇」，憂無所愬也。悠悠，遠意。蒼天，以體言之。尊而君之，則稱皇天。元氣廣大，則稱昊天。仁覆閔下，則稱旻天。自上降鑒，則稱上天。據遠視之蒼蒼然，則稱蒼天。「彼黍離離，彼稷之穗。」穗，秀也。詩人自黍離離見稷之穗，故歷道其所更見。「中心如醉」，醉於憂也。「彼黍離離，彼稷之實」，自黍離離見稷之實也。「中心如噎」，憂不能息也。《玉篇》作「謂噎憂不能息也」。噎憂，雙聲字。憂，《老子》作「嚘」，氣屰也。

《君子于役》二章，章八句。

《君子于役》，刺平王也。君子行役無期度，大夫思其危難以風焉。

君子于役，不知其期。曷至哉？雞棲于塒。日之夕矣，羊牛下來。君子于役，如之何勿思！

君子于役，不日不月。曷其有佸？雞棲于桀。日之夕矣，羊牛下括。君子于役，苟無飢渴。

鑿墻而棲曰塒。佸，會也。雞棲于杙爲桀。括，至也。

《君子陽陽》二章，章四句。

《君子陽陽》，閔周也。君子遭亂，相招爲禄仕，全身遠害而已。

君子陽陽，左執簧，右招我由房。其樂只且！　君子陶陶，左執翿，右招我由敖。其樂只且！

陽陽，無所用其心也。簧，笙也。由，用也。房，國君有房中之樂。陶陶，和樂貌。翿，纛也，翳也。「翳也」之上當有「纛」字。此「熠燿，粦也。粦，熒火也」之例。

《揚之水》三章，章六句。

《揚之水》，刺平王也。不撫其民，而遠屯戍于母家，周人怨思焉。

揚之水，不流束薪。彼其之子，不與我戍申。懷哉懷哉，曷月予還歸哉？　揚之水，不流束楚。彼其之子，不與我戍甫。懷哉懷哉，曷月予還歸哉？　揚之水，不流束蒲。彼其之子，不與我戍許。懷哉懷哉，曷月予還歸哉？

「揚之水，不流束薪」，興也。揚，激揚也。戍，守也。申，姜姓之國，平王之舅。楚，木也。甫，諸姜也。蒲，草也。許，諸姜也。

《中谷有蓷》三章，章六句。

《中谷有蓷》，閔周也。夫婦日以衰薄，凶年飢饉，室家相棄爾。

中谷有蓷，暵其乾矣。有女仳離，嘅其嘆矣。嘅其嘆矣，遇人之艱難矣。　中谷有蓷，暵其脩矣。有女仳離，條其歗矣。條其歗矣，遇人之不淑矣。　中谷有蓷，暵其溼矣。有女仳離，啜其泣矣。啜其泣矣，何嗟及矣。

「中谷有蓷，暵其乾矣」，興也。蓷，鵻也。《說文》「蓷，萑也」。暵，菸貌。陸草生於谷中，傷於水也。仳，別也。艱亦難也。脩，且乾也。「且」者，將然之詞。《豳風》「予尾修修」，傳曰：「修修，敝也。」此「修」義同。「條其歗矣」，條條然歗也。溼，鵻遇水則溼也。啜，泣貌。

《兔爰》三章，章七句。

《兔爰》，閔周也。桓王失信，諸侯背叛，構怨連禍，王師傷敗，君子不樂其生焉。

有兔爰爰，雉離于羅。我生之初，尚無爲。我生之後，逢此百罹。尚寐無吪！　有兔爰爰，雉離于罦。我生之初，尚無造。我生之後，逢此百憂。尚寐無覺！　有兔爰爰，雉離于罿。我生之初，尚無庸。我生之後，逢此百凶。尚寐無聰！

「有兔爰爰，雉離于羅」，興也。爰爰，緩意。鳥網爲羅。言爲政有緩有急，用心之不均。「尚無爲」，尚無成人爲也。罹，憂。吪，動也。罦，覆車也。造，爲也。罿，罬也。庸，用也。聰，聞也。

《葛藟》三章，章六句。

《葛藟》，王族刺平王也。周室道衰，棄其九族焉。

緜緜葛藟，在河之滸。終遠兄弟，謂他人父。謂他人父，亦莫我顧。　緜緜葛藟，在河之涘。終遠兄弟，謂他人母。謂他人母，亦莫我有。　緜緜葛藟，在河之漘。終遠兄弟，謂他人昆。謂他人昆，亦莫我聞。

「緜緜葛藟，在河之滸」，興也。緜緜，長不絶之貌。水厓曰滸。「終遠兄弟」，兄弟之道已相遠矣。涘，厓也。「謂他人母」，王又無母恩也。正義謂此爲箋，蓋誤。不言「王無父恩，王又無昆恩」者，不待言也。嫌王非母，故特釋之。有父道者必兼母道。漘，水隒也。昆，兄也。《禮・喪服》曰：「小功以下爲兄弟。」篇中言兄弟者，自其親疏言之，謂於王疏也。《喪服》曰「昆弟」、曰「從父昆弟」、曰「從祖昆弟」、曰「族昆弟」，雖疏必曰昆弟，親親之辭也。此詩自偁曰「兄弟」，謂王曰「昆」，不敢以其戚戚君而得循九族之偁也。謂王曰「父母」者，九族中從祖父母族父母、從祖祖父母族祖父母是也。

《采葛》三章，章三句。

《采葛》，懼讒也。

彼采葛兮，一日不見，如三月兮。　彼采蕭兮，一日不見，如三秋兮。　彼采艾兮，一日不見，如三歲兮。

「彼采葛兮」，興也。葛，所以爲絺綌也。事雖小，一日不見於君，憂懼於讒矣。蕭，所以共祭祀。艾，所以療疾。

《大車》三章，章四句。

《大車》，刺周大夫也。禮義陵遲，男女淫奔，故陳古以刺今大夫不能聽男女之訟焉。

大車檻檻，毳衣如菼。豈不爾思，畏子不敢。　大車啍啍，毳衣如璊。豈不爾思，畏子不奔。　穀則異室，死則同穴。謂予不信，有如皦日。

「大車檻檻，毳衣如菼。」大車，大夫之車。檻檻，車行聲也。毳衣，大夫之服。菼，鵻也，程氏瑤田曰：「『鵻』當作『騅』。馬蒼白雜毛曰騅，取其同色。」蘆之初生者也。「蘆」當作「萑」。天子大夫四命，其出封五命，如子男之服。乘其大車檻檻然，服毳冕以決訟。「畏子不敢」，畏子大夫之政，終不敢也。啍啍，重遲之貌。璊，赬玉也。「穀則異室，死則同穴。」穀，生。皦，白也。生在於室，則外内異。死則神合，同爲一也。

《丘中有麻》三章，章四句。

《丘中有麻》，思賢也。莊王不明，賢人放逐，國人思之而作是詩也。

丘中有麻，彼留子嗟。彼留子嗟，將其來施施。　丘中有麥，彼留子國。彼留子國，將其來食。　丘中有李，彼留之子。彼留之子，貽我佩玖。

「丘中有麻，彼留子嗟。」留，大夫氏。子嗟，字也。丘中墝埆之處盡有麻、麥、草、木，乃彼子嗟之所治。施施，難進之意。子國，子嗟父。「將其來食」，子國復來，我乃得食也。「貽我佩玖。」玖，石次玉者，言能遺我美寶。

皇清經解卷六百零五終　應生員葉軨校

毛詩故訓傳　卷七

金壇段大令玉裁訂

鄭緇衣故訓傳第七　國風

鄭國二十一篇，五十三章，二百八十三句。

《緇衣》三章，章六句。

《緇衣》，美武公也。父子竝爲周司徒，善於其職。國人宜之。故美其德，以明有國善善之功焉。

緇衣之宜兮，敝，予又改爲兮。適子之館兮，還，予授子之粲兮。緇衣之好兮，敝，予又改造兮。適子之館兮，還，予授子之粲兮。緇衣之蓆兮，敝，予又改作兮。適子之館兮，還，予授子之粲兮。

「緇衣之宜兮，敝，予又改爲兮。」緇，黑色，卿士聽朝之正服也。改，更也。有德君子宜世居卿士之位焉。「適子之館兮，還，予授子之粲兮。」適，之。館，舍。粲，飧也。依《釋文》作「飧」。《禮》「公飧五牢以下」是也。諸侯入爲天子卿士，受采禄。好，猶宜也。蓆，大也。

《將仲子》三章，章八句。

《將仲子》，刺莊公也。不勝其母，以害其弟。弟叔失道而公弗制，祭仲諫而公弗聽，小不忍以致大亂焉。

將仲子兮，無踰我里，無折我樹杞。豈敢愛之，畏我父母。仲可懷也。父母之言，亦可畏也。

將仲子兮，無踰我牆，無折我樹桑。豈敢愛之，畏我諸兄。仲可懷也。諸兄之言，亦可畏也。

將仲子兮，無踰我園，無折我樹檀。豈敢愛之，畏人之多言。仲可懷也。人之多言，亦可畏也。

將，請也。仲子，祭仲也。踰，越。里，居也。二十五家爲里。杞，木名也。折，言傷害也。牆，垣也。桑，木之衆也。當云「木之衆者也」，以比諸兄多言。諸兄，公族。園，所以種木也。檀，彊忍之木。忍，《周禮》注作「刃」，謂堅也。

《叔于田》三章，章五句。

《叔于田》，刺莊公也。叔處于京，繕甲治兵，以出于田，國人説而歸之。

叔于田，巷無居人。豈無居人？不如叔也，洵美且仁。　叔于狩，巷無飲酒。豈無飲酒？不如叔也，洵美且好。　叔適野，巷無服馬。豈無服馬？不如叔也，洵美且武。

叔，大叔段也。田，取禽也。巷，里塗也。冬獵曰狩。

《大叔于田》三章，章十句。

《大叔于田》，刺莊公也。叔多才而好勇，不義而得衆也。

叔于田，乘乘馬。執轡如組，兩驂如舞。叔在藪，火烈具舉。袒裼暴虎，獻于公所。將叔無狃，戒其傷女。　叔于田，乘乘黄。兩服上襄，兩驂鴈行。叔在藪，火烈具揚。叔善射忌，又良御忌。抑磬控忌，抑縱送忌。　叔于田，乘乘鴇。兩服齊首，兩驂如手。叔在藪，火烈具阜。叔馬慢忌，叔發罕忌。抑釋掤忌，抑鬯弓忌。

「叔于田，乘乘馬」，叔之從公田也。「執轡如組，兩驂如舞」，驂之與服和諧中節也。藪，澤禽之府也。烈，列。謂「烈」爲「列」之叚借也。具，俱也。謂「具」爲「俱」之叚借。袒裼，肉袒也。暴虎，空手以搏之。狃，習也。乘黄，四馬皆黄也。揚，揚光也。忌，辭也。騁馬曰磬。止馬曰控。發矢曰縱。從禽曰送。驪白雜毛曰鴇。齊首，馬首齊也。如手，進止如御者之手也。阜，盛也。慢，遲。罕，希也。掤，所以覆矢。鬯弓，弢弓。此謂「鬯」即「韔」之叚借。

《清人》三章，章四句。

《清人》，刺文公也。高克好利而不顧其君，文公惡，而欲遠之不能。使高克將兵而御狄于竟，陳其師旅，翱翔河上。久而不召，衆散而歸。高克奔陳。公子素惡高克進之不以禮，文公退之不以道，危國亡師之本。故作是詩也。

清人在彭，駟介旁旁。二矛重英，河上乎翱翔。清人在消，駟介麃麃。二矛重喬，河上乎消摇。清人在軸，駟介陶陶。左旋右抽，中軍作好。

清，邑也。彭，衛之河上，鄭之郊也。介，甲也。重英，矛有英飾也。消，河上地也。麃麃，武貌。重喬，累荷也。荷，上聲。沈重及正義説是。軸，河上地也。陶陶，驅馳之貌。左旋，講兵。右抽，抽矢以射。「中軍作好」，居軍中爲容好。

《羔裘》三章，章四句。

《羔裘》，刺朝也。言古之君子，以風其朝焉。

羔裘如濡，洵直且侯。彼其之子，舍命不渝。　羔裘豹飾，孔武有力。彼其之子，邦之司直。　羔裘晏兮，三英粲兮。彼其之子，邦之彦兮。

如濡，潤澤也。洵，均。侯，君也。渝，變也。豹飾，緣以豹皮也。孔，甚也。司，主也。晏，鮮盛貌。三英，三德也。彦，士之美稱。

《遵大路》二章，章四句。

《遵大路》，思君子也。莊公失道，君子去之，國人思望焉。

遵大路兮，摻執子之袪兮。無我惡兮，不寁故也。　遵大路兮，摻執子之手兮。無我𣪚兮，不寁好也。

遵，循。路，道。摻，擥。袪，袂也。寁，速也。𣪚，棄也。《釋文》曰：「魗，本亦作『𣪚』。」案：《說文》攴部「𣪚，棄也」，引《詩》「無我𣪚兮」。此毛正從「攴」也。鄭箋作「醜」，訓惡。「魗」與「醜」同。

《女曰雞鳴》三章，章六句。

《女曰雞鳴》，刺不説德也。陳古士義，以刺今不説德而好色也。

女曰雞鳴，士曰昧旦。子興視夜，明星有爛。將翺將翔，弋鳧與鴈。弋言加之，與子宜之。宜言飲酒，與子偕老。琴瑟在御，莫不静好。知子之來之，雜佩以贈之。知子之順之，雜佩以問之。知子之好之，雜佩以報之。

「明星有爛」，言小星已不見也。「將翺將翔，弋鳧與鴈」，閒於政事，則翺翔習射也。宜，肴也。「琴瑟在御，莫不静好」，君子無故不徹琴瑟。賓主和樂，無不安好也。雜佩者，珩、璜、琚、瑀、衝牙之類。問，遺也。

《有女同車》二章，章六句。

《有女同車》，刺忽也。鄭人刺忽之不昏於齊。大子忽嘗有功于齊，齊侯請妻之齊女。賢而不取，卒以無大國之助，至於見逐。故國人刺之。

有女同車，顔如舜華。將翺將翔，佩玉瓊琚。彼美孟姜，洵美且都。有女同行，顔如舜英。將翺將翔，佩玉將將。彼美孟姜，德音不忘。

同車，親迎同車也。舜，木槿也。「佩玉瓊琚」，佩有琚、瑀，所以納閒也。此與上篇傳相足。孟姜，齊之長女。都，閒也。「閒」者，「嫻」之叚借。行，行道也。衍一「行」字。英，猶華也。「佩玉將將」，鳴玉而後行也。

《山有扶蘇》二章，章四句。

《山有扶蘇》，刺忽也。所美非美然。

山有扶蘇，隰有荷華。不見子都，乃見狂且。　山有橋松，鄭易「橋」爲「槁」。隰有游龍。不見子充，乃見狡童。

「山有扶蘇，隰有荷華」，興也。扶蘇，扶胥，木也。此從《釋文》無「小」字爲長。正義作「小木」，乃淺人用鄭説增字，非也。毛云「高下大小各得其宜」。「高下」謂山、隰。「大」謂扶蘇、松。「小」謂荷、龍。正言以刺忽，與鄭説異。鄭乃互易其小大耳。《呂覽》及《漢書·司馬相如》《劉向》《揚雄傳》、枚乘《七發》、許氏《説文》皆謂扶疎爲大木。許氏「扶」作「枎」，古疏「胥」「蘇」通用。「荷華」，荷，扶渠也，荷本葉名，以爲花葉之總名。《陳風》傳亦曰「荷，扶渠也。菡萏，荷華也」。淺人於此删下「荷」字，乃不辭矣。其華菡萏，言高下大小各得其宜也。子都，世之美好者也。狂，狂人也。且，辭也。《周頌》傳曰：「且，此也。」狂且，言狂如此。既且，言既如此。松，木也。龍，紅草也。子充，良人也。狡童，昭公也。

《蘀兮》二章，章四句。

《蘀兮》，刺忽也。君弱臣强，不倡而和也。

蘀兮蘀兮，風其吹女。叔兮伯兮，倡予和女。蘀兮蘀兮，風其漂女。叔兮伯兮，倡予要女。

「蘀兮蘀兮，風其吹女」，興也。蘀，槁也。人臣待君倡而後和。叔、伯，言群臣長幼也。「倡，予和女」，君倡臣和也。漂，猶吹也。「漂」與「吹」不同義，而「漂」因「吹」致，故曰「猶吹」。凡訓詁言「猶」者視此。要，成也。

《狡童》二章，章四句。

《狡童》，刺忽也。不能與賢人圖事，權臣擅命也。

彼狡童兮，不與我言兮。維子之故，使我不能餐兮。彼狡童兮，不與我食兮。維子之故，使我不能息兮。

狡童，昭公有壯狡之志也。「壯狡」與《月令》之「壯狡」皆當作「姣」。姣，好也。有壯姣之志，正義以「童心」釋之，是也。不能餐，憂懼不遑餐也。不與我食，不與賢人共食祿。不能息，憂不能息也。「憂」上當有「噎」字，與《黍離》傳同。

《褰裳》三章，章五句。

《褰裳》，思見正也。狂童恣行，國人思大國之正己也。

子惠思我，褰裳涉溱。子不我思，豈無他人！狂童之狂也且！子惠思我，褰裳涉洧。子不我思，豈無他士！狂童之狂也且！

惠，愛也。溱，水名也。「狂童之狂也且」，言狂行童昏所化也。童，依《說文》當作「僮」。僮，未冠也。引伸之曰「童昏」。二篇同。洧，水名也。士，事也。經本作「事」，傳本作「事，士也」，謂「事」即「士」之叚借。轉寫以注改經，又以經改注。經果是「士」字，何須傳乎？前文「士曰昧旦」，何以不傳也？「吉士誘之」「無與士耽」皆不傳。

《丰》四章，二章章三句，二章章四句。

《丰》，刺亂也。昏姻之道缺，陽倡而陰不和，男行而女不隨。

子之丰兮，俟我乎巷兮。悔予不送兮。　子之昌兮，俟我乎堂兮。悔予不將兮。　衣錦褧衣，裳錦褧裳。叔兮伯兮，駕予與行。　裳錦褧裳，衣錦褧衣。叔兮伯兮，駕予與歸。

丰，豐滿也。巷，門外也。「悔予不送兮」，時有違而不至者。昌，盛壯貌。將，行也。衣錦、褧裳，嫁者之服。叔、伯，迎己者。

《東門之墠》二章，章四句。

《東門之墠》，刺亂也。男女有不待禮而相奔者也。

東門之墠，茹藘在阪。其室則邇，其人甚遠。　東門之栗，有踐家室。豈不爾思，子不我即。

「東門之墠，茹藘在阪。」東門，城東門也。墠，除地町町者。茹藘，茅蒐也。男女之際，近則如東門之墠，遠而難則如茹藘在阪。邇，近也。得禮則近，不得禮則遠。栗，行上栗也。踐，淺也。即，就也。

《風雨》三章，章四句。

《風雨》，思君子也。亂世則思君子，不改其度焉。

風雨淒淒，雞鳴喈喈。既見君子，云胡不夷。　風雨瀟瀟，雞鳴膠膠。既見君子，云胡不瘳。　風雨如晦，雞鳴不已。既見君子，云胡不喜。

「風雨淒淒，雞鳴喈喈」，興也。風且雨淒淒然，雞猶守時而鳴喈喈然。胡，何。夷，說也。瀟瀟，暴疾也。膠膠，猶喈喈也。瘳，愈也。晦，昏也。

《子衿》三章，章四句。

《子衿》，刺學廢也。《釋文》、定本皆無「校」字。世亂則學校不脩焉。

青青子衿，悠悠我心。縱我不往，子寧不嗣音？　青青子佩，悠悠我思。縱我不往，子寧不來？　挑兮達兮，在城闕兮。一日不見，如三月兮。

青衿，青領也，學子之所服。「子寧不嗣音？」嗣，習也。古者教以詩樂，誦之歌之，弦之舞之。佩，佩玉也。士佩瓀珉而青組綬。不來者，言不一來也。挑、達，往來相見貌。「在城闕兮」，乘城而見闕也。「一日不見，如三月兮」，言禮樂不可一日而廢。

《揚之水》二章，章六句。

《揚之水》，閔無臣也。君子閔忽之無忠臣良士，終以死亡，而作是詩也。

揚之水，不流束楚。終鮮兄弟，維予與女。無信人之言，人實迋女。揚之水，不流束薪。終鮮兄弟，維予二人。無信人之言，人實不信。

「揚之水，不流束楚。」揚，激揚也。激揚之水，可謂不能流漂束楚乎？迋，誑也。此謂叚借。

「維予二人」，二人同心也。

《出其東門》二章，章六句。

《出其東門》，閔亂也。公子五爭，兵革不息，男女相棄，民人思保其室家焉。

出其東門，有女如雲。雖則如雲，匪我思存。縞衣綦巾，聊樂我員。出其闉闍，有女如荼。雖則如荼，匪我思且。縞衣茹藘，聊可與娛。

如雲，衆多也。「匪我思存」，思不存乎相救急。「縞衣綦巾，聊樂我員。」縞衣，白色，男服也。綦巾，蒼艾色，女服也。願室家得相樂也。闉，曲城也。闍，城臺也。荼，英荼也。言皆喪服也。茹藘，茅蒐之染女服也。娛，樂也。

《野有蔓草》二章，章六句。

《野有蔓草》，思遇時也。君之澤不下流，民窮於兵革，男女失時，思不期而會焉。

野有蔓草，靈露漙兮。《定之方中》「靈雨既零」，毛云：「零，落也。」故鄭釋「靈」爲「善」。此章鄭則云：「靈，落也。」讀「靈」爲「零」也。詳正義。有美一人，清揚婉兮。邂逅相遇，適我願兮。野有蔓草，靈露瀼瀼。有美一人，婉如清揚。邂逅相遇，與子偕臧。

「野有蔓草，靈露漙兮」，興也。野，四郊之外。蔓，延也。漙漙然盛多也。清揚，眉目之閒《君子偕老》傳曰：「清，視清明也。揚，眉上廣也。」故此傳總之曰「眉目之閒」，謂眉目都好也。若《爾雅》「目上爲名」，郭注「眉眼之閒」，與此辭同意異。婉然美也。邂逅，不期而會。「適我願兮」，適其時願。瀼瀼，盛貌。臧，善也。

《溱洧》二章，章十二句。

《溱洧》，刺亂也。兵革不息，男女相棄，淫風大行，莫之能救焉。

溱與洧，方渙渙兮。士與女，方秉蕑兮。女曰觀乎？士曰既且。且往觀乎，洧之外，洵訏且樂。維士與女，伊其相謔，贈之以勺藥。溱與洧，瀏其清矣。士與女，殷其盈矣。女曰觀乎？士曰既且。且往觀乎，洧之外，洵訏且樂。維士與女，伊其將謔，贈之以勺藥。

溱、洧，鄭兩水名。渙渙，春水盛也。蕑，蘭也。訏，大也。勺藥，香草。瀏，深貌。殷，衆也。

皇清經解卷六百零六終　嘉應生員葉軩校

毛詩故訓傳　卷八

金壇段大令玉裁訂

齊雞鳴故訓傳第八　國風

齊國十一篇，三十四章，百四十三句。

《雞鳴》三章，章四句。

《雞鳴》思賢妃也。哀公荒淫怠慢，故陳賢妃貞女夙夜警戒相成之道焉。

雞既鳴矣，朝既盈矣。匪雞則鳴，蒼蠅之聲。　東方明矣，朝既昌矣。匪東方則明，月出之光。　蟲飛薨薨，甘與子同夢。會且歸矣，無庶予子憎。

「雞既鳴矣，朝既盈矣」，雞鳴而夫人作，朝盈而君作也。「匪雞則鳴，蒼蠅之聲」，蒼蠅之聲有似遠雞之鳴也。「東方明矣，朝既昌矣」，東方明，則夫人纚笄而朝，朝已昌盛，則君聽朝也。「匪東方則明，月出之光」，見月出之光，以爲東方明也。「蟲飛薨薨，甘與子同夢」，古之夫人妃其君子，亦不忘其敬。「會且歸矣」。會，會於朝也。卿大夫朝會於君朝聽政，夕歸治其家事。「無庶予子憎」，無見惡於夫人。

《還》三章，章四句。

《還》，刺荒也。哀公好田獵，從禽獸而無厭。國人化之，遂成風俗。習於田獵謂之賢，閑於馳逐謂之好焉。

子之還兮，遭我乎峱之閒兮，竝驅從兩肩兮，揖我謂我儇兮。子之茂兮，遭我乎峱之道兮，竝驅從兩牡兮，揖我謂我好兮。子之昌兮，遭我乎峱之陽兮，竝驅從兩狼兮，揖我謂我臧兮。

還，便捷之貌。《説文》走部「⿺走睘，疾也。」讀若歡。此詩正當作此字。峱，山名。從，逐也。獸三歲曰肩。儇，利也。《説文》：「儇，慧也。」「慧」「利」同意。茂，美也。昌，盛也。狼，獸名。臧，善也。

《著》三章，章三句。

《著》，刺時也。時不親迎也。

俟我於著乎而，充耳以素乎而，尚之以瓊華乎而。　俟我於庭乎而，充耳以青乎而，尚之以瓊瑩乎而。　俟我於堂乎而，充耳以黄乎而，尚之以瓊英乎而。

俟，待也。此謂「俟」即「竢」之叚借。門屏之閒曰著。《爾雅》作「宁」。宁者，叚借字。素，象瑱。瓊華，美石，士之服也。青，青玉。瓊瑩，石似玉，卿大夫之服也。黄，黄玉。瓊英，美石似玉者，人君之服也。

《東方之日》二章，章五句。

《東方之日》，刺衰也。君臣失道，男女淫奔，不能以禮化也。

東方之日兮，彼姝者子，在我室兮。在我室兮，履我即兮。　東方之月兮，彼姝者子，在我闥兮。在我闥兮，履我發兮。

「東方之日」，興也。日出東方，人君明盛，無不照察也。姝者，初昏之貌。履，禮也。「東方之月」，月盛於東方。君明於上，若日也。臣察於下，若月也。闥，門内也。發，行也。

《東方未明》三章，章四句。

《東方未明》，刺無節也。朝廷興居無節，號令不時，挈壺氏不能掌其職焉。

東方未明，顛倒衣裳。顛之倒之，自公召之。　東方未晞，顛倒裳衣。倒之顛之，自公令之。　折柳樊圃，狂夫瞿瞿。不能辰夜，不夙則莫。

上曰衣，下曰裳。晞，明之始升。《説文》：「昕，旦明，日將出也。讀若希。」晞，乾也。傳於《蒹葭》《湛露》皆曰「晞，乾也」。此當云「昕，明之始升」。蓋因同音，或改「昕」爲「晞」耳。令，告也。「折柳樊圃。」柳，柔脆之木。樊，藩也。此謂叚借。圃，菜園也。折柳以爲藩園，「爲」字衍。無益於禁矣。瞿瞿，無守之貌。古者有挈壺氏以水火分日夜，以告時於朝。辰，時。夙，早。莫，晚也。

《南山》四章，章六句。

《南山》，刺襄公也。鳥獸之行，淫乎其妹。大夫遇是惡，作詩而去之。

南山崔崔，雄狐綏綏。魯道有蕩，齊子由歸。既曰歸止，曷又懷止？　葛屨五兩，冠緌雙止。魯道有蕩，齊子庸止。既曰庸止，曷又從止？　蓺麻如之何？衡從其畝。取妻如之何？必告父母。既曰告止，曷又鞫止？　析薪如之何？匪斧不克。取妻如之何？匪媒不得。既曰得止，曷又極止？

「南山崔崔，雄狐綏綏」，興也。南山，齊南山也。崔崔，高大皃。國君尊嚴如南山崔崔然。雄狐相隨，綏綏然無別，失陰陽之匹。蕩，平易也。齊子，文姜也。懷，思也。葛屨，服之賤者。冠緌，服之尊者。庸，用也。蓺，樹也。「蓺麻如之何？衡從其畝」，衡獵之，從獵之，種之然後得麻也。賈思勰《齊民要術》曰：「凡種麻，耕不厭熟，縱横七徧以上，則麻無葉也。」此正合毛説。「獵」猶踐也、治也。衡治之，縱治之，乃種之，然後得麻。《韓詩》「從」作「由」。由，從也。古「隨從」與「從横」不分二音。韓云：「東西耕曰横，南北耕曰由。」與毛義同。「必告父母」，必告父母廟也。鞫，窮也。克，能也。極，至也。

《甫田》三章，章四句。

《甫田》，大夫刺襄公也。無禮義而求大功，不修德而求諸侯，志大心勞，所以求者非其道也。

無田甫田，維莠驕驕。無思遠人，勞心忉忉。　無田甫田，維莠桀桀。無思遠人，勞心怛怛。　婉兮孌兮，總角丱兮。未幾見兮，突若弁兮。

「無田甫田，維莠驕驕」，興也。甫，大也。大田過度，而無人功，終不能獲。「無思遠人，勞心忉忉。」忉忉，憂勞也。言無德而求諸侯，徒勞其心忉忉耳。桀桀，猶驕驕也。怛怛，猶忉忉也。婉變，少好貌。總角，聚兩髦也。丱，幼穉也。丱者，古文「卵」字。出《説文》。《禮記·内則》以「卵」爲「鯤」字。此釋丱爲幼穉，其意同也。弁，冠也。

《盧令》三章，章二句。

《盧令》，刺荒也。襄公好田獵畢弋而不修民事，百姓苦之。故陳古以風焉。

盧令令，其人美且仁。　盧重環，其人美且鬈。　盧重鋂，其人美且偲。

「盧令令，其人美且仁。」盧，田犬。令令，纓環聲。言人君能有美德，盡其仁愛，百姓欣而奉之，愛而樂之。順時遊田，與百姓共其樂，同其獲。故百姓聞而説之，其聲令令然。重環，子母環也。鬈，好貌。《説文》曰「鬈，髮好皃」者，因其字之从髟也。本是髮好，因申爲凡好之稱。鋂，一環貫二也。偲，才也。此謂「偲」爲「才」之叚借。《説文》云：「偲，彊也。」引此詩，蓋亦用毛義。

《敝笱》三章，章四句。

《敝笱》，刺文姜也。齊人惡魯桓公微弱，不能防閑文姜，使至淫亂，爲二國患焉。

敝笱在梁，其魚魴鰥。齊子歸止，其從如雲。　敝笱在梁，其魚魴鱮。齊子歸止，其從如雨。

敝笱在梁，其魚唯唯。齊子歸止，其從如水。

「敝笱在梁，其魚魴鰥」，興也。鰥，大魚。《說文》曰「鰥，魚也」，蓋出於《毛詩》。魴、鰥、鱮，皆魚名耳。本無「大」字，或加之以駁鄭。如雲，言盛也。魴鱮，大魚。此當云「鱮，魚也」。如雨，言多也。唯唯，出入不制。水，喻衆也。

《載驅》四章，章四句。

《載驅》，齊人刺襄公也。無禮義故，盛其車服，疾驅於通道大都，與文姜淫播其惡於萬民焉。

載驅薄薄，簟茀朱鞹。魯道有蕩，齊子發夕。

薄薄，疾驅聲也。「簟茀朱鞹。」簟，方文席也。車之蔽曰茀。諸侯之路車，有朱革之質而羽飾。發夕，自夕發至旦。

四驪濟濟，垂轡爾爾。魯道有蕩，齊子豈弟。

四驪，言物色盛也。濟濟，美貌。垂轡，轡之垂者。爾爾，衆也。《說文》「爾」字本義如此。「齊子豈弟」，言文姜於是樂易然。

汶水湯湯，行人彭彭。魯道有蕩，齊子翱翔。

湯湯，大貌。彭彭，多貌。翱翔，猶彷徉也。

汶水滔滔，行人儦儦。魯道有蕩，齊子遊敖。

滔

滔，流貌。儦儦，衆貌。

《猗嗟》三章，章六句。

《猗嗟》，刺魯莊公也。齊人傷魯莊公有威儀技藝，然而不能以禮防閑其母，失子之道，人以爲齊侯之子焉。

猗嗟昌兮，頎若長兮，抑若揚兮。美目揚兮，巧趨蹌兮，射則臧兮。猗嗟名兮，美目清兮，儀既成兮。終日射侯，不出正兮，展我甥兮。猗嗟孌兮，清揚婉兮。舞則選兮，射則貫兮，四矢反兮，以禦亂兮。

猗嗟，歎辭。昌，盛也。頎，長貌也。抑，美色。揚，廣揚。「美目揚兮」，好目揚眉也。蹌，巧趨貌。目上爲名。目下爲清。二尺曰正。外孫曰甥。此謂父之外孫爲吾甥也。王肅説是。以上見下，則云外孫曰甥。以下見上，則云姊妹之夫爲甥，謂子之姊妹之夫爲吾甥也。云姑之子爲甥，謂子之姑之子爲吾甥也。舅之子爲甥、妻之昆弟爲甥皆如是解。鄭箋「姊妹之子爲甥」，語不見《爾雅》，即《爾雅》之「姑之子爲甥」，與毛傳無二義也。孌，壯好貌。婉，好眉目也。選，齊。貫，中也。四矢，乘矢。

皇清經解卷六百零七終　　嘉應生員葉軨校

毛詩故訓傳　卷九

金壇段大令玉裁訂

魏葛屨故訓傳第九　國風

魏國七篇，十八章，百二十八句。

《葛屨》二章，一章六句，一章五句。

《葛屨》，刺褊也。魏地陿隘，其民機巧趨利，其君檢嗇褊急而無德以將之。

糾糾葛屨，可以履霜。摻摻女手，可以縫裳。要之襋之，好人服之。好人提提，宛然左辟，佩其象揥。維是褊心，是以爲刺。

「糾糾葛屨，可以履霜。」糾糾，猶繚繚也。夏葛屨，冬皮屨。葛屨非所以履霜。摻摻，猶纖纖也。「猶繚繚也」「猶纖纖也」，皆以漢人語言通之，謂若今言「某某」是也。此別爲一例。與「漂猶吹」不同。婦人三月廟見，然後執婦功。要，褄也。「褄」當是本作「要」，淺人加衣耳。如《禮記·玉藻》《深衣》等篇，言衣服皆作「要」。《禮・喪服》注曰：「衣帶下者，要也。」字不从衣。傳本謂此「要」乃人衣帶下之「要」，非人身要領之「要」。古人傳注有此義例。如《序卦》傳「蒙者，蒙也」「比者，比也」，《邶風》傳「虛，虛也」，《說文》「巳，巳也」，皆此例。襋，領也。好人，女手之人。此从正義本。提提，安諦也。「宛然左辟。」宛，辟貌。婦至門，夫揖而入，不敢當尊，宛然而左辟。象揥，所以爲飾。

《汾沮洳》三章，章六句。

《汾沮洳》，刺儉也。其君子儉以能勤，刺不得禮也。

彼汾沮洳，言采其莫。彼其之子，美無度。美無度，殊異乎公路。　彼汾一方，言采其桑，彼其之子，美如英。美如英，殊異乎公行。　彼汾一曲，言采其藚。彼其之子，美如玉。美如玉，殊異乎公族。

汾，水也。沮洳，其漸洳者。莫，菜也。路，車也。萬人爲英。公行，從公之行也。藚，水舃也。公族，公屬。

《園有桃》二章，章十二句。

《園有桃》，刺時也。大夫憂其君國小而迫，而儉以嗇。不能用其民，而無德教，日以侵削。故作是詩也。

園有桃，其實之殽。心之憂矣，我歌且謠。不我知者，謂我士也驕。彼人是哉，子曰何其！心之憂矣，其誰知之？其誰知之？蓋亦勿思！園有棘，其實之食。心之憂矣，聊以行國。不我知者，謂我士也罔極。彼人是哉，子曰何其！心之憂矣，其誰知之？其誰知之？蓋亦勿思！

「園有桃」，興也。「園有桃，其實之殽」，國有民，得其力。曲合樂曰歌，徒歌曰謠。「彼人是哉，子曰何其」，夫人謂我欲何爲乎。棘，棗也。對文則棘爲小棗叢生者，散文則二字一也。極，中也。

《陟岵》三章，章六句。

《陟岵》，孝子行役，思念父母也。國迫而數侵削，役乎大國，父母兄弟離散，而作是詩也。

陟彼岵兮，瞻望父兮。父曰嗟予子，句。行役夙夜無已。上慎旃哉，猶來無止。子、已、止韻。

陟彼屺兮，瞻望母兮。母曰嗟予季，句。行役夙夜無寐。上慎旃哉，猶來無棄。季、寐、棄韻。

陟彼岡兮，瞻望兄兮。兄曰嗟予弟，句。行役夙夜必偕。上慎旃哉，猶來無死。弟、偕、死韻。

山無草木曰岵。「上慎旃哉，由來無止。」旃，之。猶，可也。父尚義也。山有草木曰屺。「岵」取瓠落之意。「屺」取荄滋之意。毛公所見《爾雅》似勝。季，少子也。無寐，無耆寐也。「猶來無棄」，母尚恩也。偕，俱也。「猶來無死」，兄尚親也。

《十畝之閒》二章，章三句。

《十畝之閒》，刺時也。言其國削小，民無所居焉。

十畝之閒兮，桑者閑閑兮。行與子還兮。　十畝之外兮，桑者泄泄兮。行與子逝兮。

閑閑然男女無別往來之貌。「往來」即下文「行」「還」也。「行與子還」，或行來者，或來還者。泄泄，多人之貌。

《伐檀》三章，章九句。

《伐檀》，刺貪也。在位貪鄙，無功而受祿，君子不得進仕爾。

坎坎伐檀兮，寘之河之干兮。河水清且漣猗。不稼不穡，胡取禾三百廛兮？不狩不獵，胡瞻爾庭有縣貆兮？彼君子兮，不素餐兮。　坎坎伐輻兮，寘之河之側兮。河水清且直猗。不稼不穡，胡取禾三百億兮？不狩不獵，胡瞻爾庭有縣特兮？彼君子兮，不素食兮。坎坎伐輪兮，寘之河之漘兮。河水清且淪猗。不稼不穡，胡取禾三百囷兮？不狩不獵，胡瞻爾庭有縣鶉兮？彼君子兮，不素飧兮。

「坎坎伐檀兮，寘之河之干兮，河水清且漣猗。」坎坎，伐檀聲。寘，置也。「寘」者，「寘」之譌文。寘，塞也，从穴真聲。《東山》箋云：「古者聲寘、填、塵同。」因毛訓「置」讀「之豉反」。非也。干，厓也。風行水成文曰漣。伐檀以俟世用，若俟河水清且漣。種之曰稼。斂之曰穡。一夫之居曰廛。貆，獸名。素，空也。輻，檀輻也。側猶厓也。蒙上章爲訓，故曰「猶」。直，直波也。萬萬曰億。獸三歲曰特。盧召弓云：「《齊》傳曰『三歲曰肩』，《邠》傳云『三歲曰豣矣』。則此『三』當作『四』。《廣雅》之所本也。」玉裁謂鄭司農注《周禮》云：「三歲爲特，四歲爲肩。」與毛互異。肩、豣同字，如葚、黮同字。輪，檀可以爲輪。漘，厓也。淪，小風水成文轉如輪也。圓者爲囷。鶉，鳥也。孰食曰飧。

《碩鼠》三章，章八句。

《碩鼠》，刺重斂也。國人刺其君重斂，蠶食於民，不脩其政，貪而畏人，若大鼠也。

碩鼠碩鼠，無食我黍。三歲貫女，莫我肯顧。逝將去女，適彼樂土。樂土樂土，爰得我所。碩鼠碩鼠，無食我麥。三歲貫女，莫我肯德。逝將去女，適彼樂國。樂國樂國，爰得我直。碩鼠碩鼠，無食我苗。三歲貫女，莫我肯勞。逝將去女，適彼樂郊。樂郊樂郊，誰之永號？

貫，事也。得我直，得其直道。苗，嘉穀也。《生民》曰：「誕降嘉穀，維穈維芑。」穈，赤苗。芑，白苗。古者謂禾爲苗，故《説文》禾字「穈」「芑」字下皆云「嘉穀也」。此篇一、二章言黍麥，三章言禾。何休説《春秋》曰：「生曰苗，秀曰禾。」玉裁謂對文則別，散文則一也。號，呼也。

皇清經解卷六百零八終　　嘉應生員楊懋建校

毛詩故訓傳　卷一〇

金壇段大令玉裁訂

唐蟋蟀故訓傳第十　國風

唐國十二篇，三十三章，二百三句。

《蟋蟀》三章，章八句。

《蟋蟀》，刺晉僖公也。儉不中禮，故作是詩以閔之，欲其及時以禮自虞樂也。此晉也而謂之唐，本其風俗，憂深思遠，儉而用禮，乃有堯之遺風焉。

蟋蟀在堂，歲聿其莫。今我不樂，日月其除。無已大康，職思其居。好樂無荒，良士瞿瞿。

蟋蟀在堂，歲聿其逝。今我不樂，日月其邁。無已大康，職思其外。好樂無荒，良士蹶蹶。

蟋蟀在堂，役車其休。今我不樂，日月其慆。無已大康，職思其憂。好樂無荒，良士休休。

「蟋蟀在堂。」蟋蟀，蛬也。九月在堂，聿遂除去也。已，甚。康，樂。職，主也。荒，大也。瞿瞿然顧禮義也。邁，行也。外，禮樂之外。蹶蹶，動而敏於事。慆，過也。憂，可憂也。休休，樂道之心。

《山有樞》三章，章八句。

《山有樞》，刺晉昭公也。不能修道以正其國，有財不能用，有鐘鼓不能以自樂，有朝廷不能洒埽，政荒民散。將以危亡，四鄰謀取其國家而不知，國人作詩以刺之也。

山有樞，隰有榆。子有衣裳，弗曳弗婁。子有車馬，弗馳弗驅。宛其死矣，他人是愉。山有栲，隰有杻。子有廷内，弗洒弗埽。子有鐘鼓，弗擊弗考。宛其死矣，他人是保。山有漆，隰有栗。子有酒食，何不日鼓瑟？且以喜樂，且以永日。宛其死矣，他人入室。

「山有樞，隰有榆」，興也。樞，茎也。國君有財貨而不能用，如山隰不能自用其財。婁，亦曳也。宛，死貌。愉，樂也。栲，山樗。杻，檍也。洒，灑也。此謂叚借。《説文》曰：「洒，滌也。古文以爲『灑埽』字。」考，亦擊也。保，安也。「何不日鼓瑟」，君子無故，琴瑟不離於側也。永，引也。

《揚之水》三章，二章章六句，一章四句。

《揚之水》，刺晉昭公也。昭公分國以封沃。沃盛强，昭公微弱，國人將叛而歸沃焉。

揚之水，白石鑿鑿。素衣朱襮，從子于沃。既見君子，云何不樂？　揚之水，白石皓皓。素衣朱繡，從子于鵠。既見君子，云何其憂？　揚之水，白石粼粼。我聞有命，不敢以告人。

「揚之水，白石鑿鑿」，興也。鑿鑿然鮮明貌。「鑿」同「糳」，子洛反，謂鮮白如聚米也。「素衣朱襮。」襮，領也。諸侯繡黼丹朱中衣。沃，曲沃也。皓皓，絜白也。繡，黼也。白與黑謂之黼，五采備謂之繡。傳合爲一者，對文則二，散文則互訓也。《爾雅》「黼領謂之襮」，孫炎曰：「繡刺黼文以褗領。」詩上章言「襮」，此章言「繡」，祇是一事。《魯詩》「繡」作「綃」，不若毛長。鵠，曲沃邑也。「云何其憂」，言無憂也。粼粼，清澈也。「我聞有命，不敢以告人」，聞曲沃有善政命，不敢以告人。

《椒聊》二章，章六句。

《椒聊》，刺晉昭公也。君子見沃之盛彊，能修其政，知其蕃衍盛大，子孫將有晉國焉。

椒聊之實，蕃衍盈升。彼其之子，碩大無朋。椒聊且，遠條且。　椒聊之實，蕃衍盈匊。彼其之子，碩大且篤。椒聊且，遠條且。

「椒聊之實，蕃衍盈升」，興也。椒聊，椒也。傳不以「聊」爲語詞。椒聊，疊字疊韻，單呼曰「椒」，絫呼曰「椒聊」。阮氏元云，箋以「捄」釋「聊」。《爾雅》「朻者聊」，朻即捄也。朋，比也。傳讀「必履反」，孫毓是也。條，長也。兩手曰匊。篤，厚也。「椒聊且，遠條且」，言聲之遠聞也。此總釋二章也。汪氏龍曰：「此六字當本在『條，長也』之下，後人移傳入經，誤析之耳。此解興體，喻桓叔政教。愚謂「聲」當作「馨」，芬芳條暢之意。

《綢繆》三章，章六句。

《綢繆》，刺晉亂也。國亂則昏姻不得其時焉。

綢繆束薪，三星在天。今夕何夕，見此良人。子兮子兮，如此良人何！　綢繆束芻，三星在隅。今夕何夕，見此邂逅。子兮子兮，如此邂逅何！　綢繆束楚，三星在户。今夕何夕，見此粲者。子兮子兮，如此粲者何！

「綢繆束薪」，興也。綢繆，猶纏綿也。三星，參也。在天，謂始見東方也。男女待禮而成，若薪芻待人事而後束也。「三星在天」，可以嫁取矣。良人，美室也。「子兮子兮」者，嗟兹也。「兹」當作「嗞」。《説文》曰：「嗟嗞，今俗作『嗟咨』。非也。」隅，東南隅也。邂逅，解説之貌。在户，參星正月中直戸也。三女爲粲。大夫一妻二妾。

《杕杜》二章，章九句。

《杕杜》，刺時也。君不能親其宗族，骨肉離散，獨居而無兄弟，將爲沃所并爾。

有杕之杜，其葉湑湑。獨行踽踽。豈無他人，不如我同父。嗟行之人，胡不比焉？人無兄弟，胡不佽焉？　有杕之杜，其葉菁菁。獨行睘睘。豈無他人，不如我同姓。嗟行之人，胡不比焉？人無兄弟，胡不佽焉？

「有杕之杜，其葉湑湑」，興也。杕，特皃。《顔氏家訓》作「獨皃」。杜，赤棠也。湑湑，枝葉不相比也。踽踽，無所親也。佽，助也。菁菁，葉盛也。睘睘，無所依也。同姓，同祖也。

《羔裘》二章，章四句。

《羔裘》，刺時也。晉人刺其在位不恤其民也。

羔裘豹袪，自我人居居。豈無他人，維子之故。　羔裘豹褎，自我人究究。豈無他人，維子之好。

「羔裘豹袪。」袪，袂末也。从定本有「末」字。《玉藻》説袂二尺二寸，袪尺二寸。本末不同，「本」謂「裘」。在位與民異心。自，用也。居居，懷惡不相親比之皃。褎，猶袪也。袖、袪本義不同，故云「猶」。究究，猶居居也。

《鴇羽》三章，章七句。

《鴇羽》，刺時也。昭公之後大亂五世。君子下從征役，不得養其父母，而作是詩也。

肅肅鴇羽，集于苞栩。王事靡盬，不能蓺稷黍。父母何怙？悠悠蒼天，曷其有所！肅肅鴇翼，集于苞棘。王事靡盬，不能蓺黍稷。父母何食？悠悠蒼天，曷其有極！肅肅鴇行，集于苞桑。王事靡盬，不能蓺稻粱。父母何嘗？悠悠蒼天，曷其有常！

「肅肅鴇羽，集于苞栩」，興也。肅肅，羽聲也。集，止。苞，稹。栩，柔也。鴇之性，不樹止。盬，不攻致也。怙，恃也。行，翮也。行、翮，求諸雙聲合韻，詁訓之法如此。羽、翼、翮以類相從，不釋爲行列也。

《無衣》二章，章三句。

《無衣》，美晉武公也。「美」或作「刺」，誤。武公始并晉國，其大夫爲之請命乎天子之使，而作是詩也。

豈曰無衣七兮，不如子之衣，安且吉兮。七，侯伯之禮七命，冕服七章也。「不如子之衣，安且吉兮」，諸侯不命於天子，則不成爲君。豈曰無衣六兮，不如子之衣，安且奧兮。六，天子之卿六命，車旗、衣服以六爲節也。奧，煖也。

《無衣》二章，章□句。

《有杕之杜》，刺晉武公也。武公寡特，兼其宗族，而不求賢以自輔焉。《杕杜》傳云：「杕，特貌。」武公寡特，故以「有杕」起興。

有杕之杜，生於道左。彼君子兮，噬肯適我。中心好之，曷飲食之。有杕之杜，生於道周。彼君子兮，噬肯來游。中心好之，曷飲食之。

「有杕之杜，生於道左」，興也。道左之陽，人所宜休息也。噬，逮也。此謂叚借。周，曲也。遊，觀也。

《葛生》五章，章四句。

《葛生》，刺晉獻公也。好攻戰，則國人多喪。葛生蒙楚，蘞蔓于野。予美亡此，誰與獨處？葛生蒙棘，蘞蔓于域。予美亡此，誰與獨息？角枕粲兮，錦衾爛兮。予美亡此，誰與獨旦？夏之日，冬之夜。百歲之後，歸于其居。冬之夜，夏之日。百歲之後，歸于其室。

「葛生蒙楚，蘞蔓于野」，興也。葛生延而蒙楚，蘞生蔓於野，喻婦人外成於他家。域，營域也。營，岳本作「塋」。息，止也。「角枕粲兮，錦衾爛兮」，齊則角枕錦衾。《禮》：「夫不在，斂枕篋衾席，韣而藏之。」「夏之日，冬之夜」，言長也。室猶居也。

《采苓》三章，章八句。

《采苓》，刺晉獻公也。獻公好聽讒焉。采苓采苓，首陽之顛。人之爲言，定本作「僞言」。古「爲」「僞」通也。苟亦無信。舍旃舍旃，苟亦無然。人之爲言，胡得焉。采苦采苦，首陽之下。人之爲言，苟亦無與。舍旃舍旃，苟亦無然。人之爲言，胡得焉。采葑采葑，首陽之東。人之爲言，苟亦無從。舍旃舍旃，苟亦無然。人之爲言，胡得焉。

「采苓采苓，首陽之顛」，興也。苓，大苦也。首陽，山名也。采苓，細事也。首陽，幽辟也。細事喻小行也。幽辟喻無徵也。苟，誠也。此謂「苟」即「果」之叚借。雙聲叚借也。苦，苦菜也。無與，勿用也。葑，菜名也。

皇清經解卷六百零九終　　嘉應生員楊懋建校

毛詩故訓傳　卷一一

金壇段大令玉裁訂

秦車鄰故訓傳第十一　國風

秦國十篇，二十七章，百八十一句。

《車鄰》三章，一章四句，二章章六句。

《車鄰》，美秦仲也。秦仲始大，有車馬禮樂侍御之好焉。

有車鄰鄰，有馬白顛。未見君子，寺人之令。　阪有漆，隰有栗。既見君子，竝坐鼓瑟。今者不樂，逝者其耋。　阪有桑，隰有楊。既見君子，竝坐鼓簧。今者不樂，逝者其亡。

鄰鄰，衆車聲也。白顛，旳顙也。寺人，内小臣也。「阪有漆，隰有栗」，興也。陂者曰阪。下溼曰隰。「既見君子，竝坐鼓瑟」，又見其禮樂焉。耋，老也。八十曰耋。簧，笙也。亡，喪棄也。

《駟驖》三章，章四句。

《駟驖》，美襄公也。始命，有田狩之事、園囿之樂焉。

駟驖孔阜，六轡在手。公之媚子，從公于狩。奉時辰牡，辰牡孔碩。公曰左之，舍拔則獲。

驖，驪。阜，大也。媚子，能以道媚于上下者。冬獵曰狩。時，是。辰，時也。冬獻狼，夏獻麋，春秋獻鹿豕群獸。拔，矢末也。謂「矢栝」。閑，習也。輶，輕也。獫歇驕，田犬也。長喙曰獫，短喙曰歇驕。即「猲獢」之叚借。

游于北園，四馬既閑。輶車鸞鑣，載獫歇驕。

《小戎》三章，章十句。

《小戎》，美襄公也。備其兵甲以討西戎。西戎方彊而征伐不休，國人則矜其車甲，婦人能閔其君子焉。

小戎俴收，五楘梁輈，游環脅驅。陰靷鋈續，文茵暢轂，駕我騏馵。言念君子，温其如玉。在其板屋，亂我心曲。

四牡孔阜，六轡在手。騏駵是中，騧驪是驂。龍盾之合，鋈以觼軜。言念君子，温其在邑。方何爲期，胡然我念之。

俴駟孔群，厹矛鋈錞，蒙伐有苑。虎韔鏤膺，交韔二弓，竹閉緄縢。言念君子，載寢載興。厭厭良人，秩秩德音。

小戎，兵車也。俴，淺。收，軫也。五，五束也。楘，歷録也。梁輈，輈上句衡也。一輈五束，束有歷録。游環，靳環也。游在背上，所以禦出也。脅驅，慎駕具，所以止入也。陰，揜軓也。單呼「軓」，絫呼「揜軓」。靷，所以引也。鋈，白金也。《爾雅》「白金美者謂之鐐」。無「鋈」字。毛公「鋈，白金」者，「鋈」即「鐐」之異文。《説文》引「沃以觼軜」「厹矛沃錞」，字皆作「渶」。蓋《毛詩》本作「渶」，後人加金旁，妄羼入《説文》耳。「沃」聲、「尞」聲聲類同，故叚「沃」爲「鐐」。續，續靷也。文茵，文今脱「文」字。虎皮也。《爾雅》「斥山」：文皮謂虎豹之皮。《説文》：「虨，虎文彪也。」「彪，虎文也。」《漢書》：楚人謂虎於檡，謂虎文班。《上林賦》「被班衣」《輿服志》：虎賁騎鵰、冠虎文單衣。此皆虎皮爲文之證。傳不釋「茵」者，以人所易知也。許慎則云：「茵，車中重席。」暢轂，長轂也。《廣雅》曰：「暘，長也。」字作「暘」。騏，綦文也。此依正義及李善《赭白馬賦》注。《説文》：「綦，蒼艾色。」左足白曰馵。板屋，西戎板屋也。黄馬黑喙曰騧。龍盾，畫龍其盾也。合，合而載之。軜，驂内轡也。在邑，在敵邑也。俴駟，四介馬也。孔，甚也。厹矛，三隅矛也。錞，鐏也。蒙，討羽也。《説文》「討」訓「治」也，猶「亂」訓「治」也。取其紛亂而理之。曰「討」「討羽」，猶言亂羽。此鄭以「尨」釋「蒙」、以「雜」釋「討」之意。伐，中干也。「伐」或作「瞂」。「瞂」是本字，「伐」是叚借字。苑，文貌。虎，虎皮也。韔，弓室也。膺，馬帶也。交韔，交二弓於韔中也。閉，紲。緄，繩。縢，約也。厭厭，安静也。秩秩，有知也。

央。

蒹葭蒼蒼，白露爲霜。所謂伊人，在水一方。遡洄從之，道阻且長。遡游從之，宛在水中央。

蒹葭萋萋，白露未晞。所謂伊人，在水之湄。遡洄從之，道阻且躋。遡游從之，宛在水中坻。

蒹葭采采，白露未已。所謂伊人，在水之涘。遡洄從之，道阻且右。遡游從之，宛在水中沚。

《蒹葭》三章，章八句。

《蒹葭》，刺襄公也。未能用周禮，將無以固其國焉。

「蒹葭蒼蒼，白露爲霜」，興也。蒹，薕。葭，蘆也。蒼蒼，盛也。白露凝戾爲霜，然後歲事成。國家待禮然後興。伊，維也。一方，難至矣。「遡洄從之，道阻且長。遡游從之，宛在水中央。」逆流而上曰「遡洄」。逆禮則莫能以至也。順流而涉曰「遡游」，順禮未濟道來迎之。萋萋，猶蒼蒼也。晞，乾也。湄，水隒也。躋，升也。坻，小渚也。「小渚」當作「小沚」乃合。《爾雅》「坻」「沚」同訓，不可通，聲之誤也。采采，猶萋萋也。未已，猶未止也。涘，厓也。右，出其右也。小渚曰沚。

《終南》二章，章六句。

《終南》，戒襄公也。能取周地，始爲諸侯，受顯服。大夫美之，故作是詩以戒勸之。

終南何有，有條有梅。君子至止，錦衣狐裘。顔如渥丹，其君也哉。終南何有，有紀有堂。君子至止，黻衣繡裳。珮玉將將，壽考不忘。

「終南何有，有條有梅」，興也。終南，周之名山中南也。條，槄。梅，枏也。宜謂言山所宜。以戒不宜也。此説起興戒勸之意。錦衣，采衣也。正義作「采衣」，各本作「采色」。狐裘，朝廷之服。紀，基也。此謂叚借。堂，畢道如堂也。定本作「平如堂」，非也。此自雨崖壁立言之，故《釋丘》云「畢，堂墻」。若云「平如堂」，則自道言之矣。黑與青謂之黻。五色備謂之繡。

《黄鳥》三章，章十二句。

《黄鳥》，哀三良也。國人刺穆公以人從死而作是詩也。

交交黄鳥，止于棘。誰從穆公，子車奄息。維此奄息，百夫之特。臨其穴，惴惴其慄。彼蒼者天，殲我良人！如可贖兮，人百其身。交交黄鳥，止于桑。誰從穆公，子車仲行。維此仲行，百夫之防。臨其穴，惴惴其慄。彼蒼者天，殲我良人！如可贖兮，人百其身。交交黄鳥，止于楚。誰從穆公，子車鍼虎。維此鍼虎，百夫之禦。臨其穴，惴惴其慄。彼蒼者天，殲我良人！如可贖兮，人百其身。

「交交黄鳥，止于棘」，興也。交交，小貌。黄鳥以時往來得其所，人以壽命終亦得其所。子車，氏。奄息，名。「百夫之特」，乃特百夫之德。惴惴，懼也。殲，盡。良，善也。防，比也。此謂「防」即「比方」字。徐邈云「毛音方」。禦，當也。

《晨風》三章，章六句。

《晨風》，刺康公也。忘穆公之業，始棄其賢臣焉。

鴥彼晨風，鬱彼北林。未見君子，憂心欽欽。如何如何，忘我實多。山有苞櫟，隰有六駁。未見君子，憂心靡樂。如何如何，忘我實多。山有苞棣，隰有樹檖。未見君子，憂心如醉。如何如何，忘我實多。

「鴥彼晨風，鬱彼北林」，興也。鴥，疾飛貌。晨風，鸇也。鬱，積也。北林，林名也。先君招賢人，賢人往之，駛疾如晨風之飛入北林。「憂心欽欽」，思望之，心中欽欽然。「忘我實多」，今則忘之矣。櫟，木也。駁，如馬，倨牙，食虎豹。棣，唐棣也。檖，赤羅也。

《無衣》三章，章五句。

《無衣》，刺用兵也。秦人刺其君好攻戰，亟用兵，而不與民同欲焉。

豈曰無衣，與子同袍。王于興師，修我戈矛。與子同仇。豈曰無衣，與子同澤。王于興師，修我矛戟。與子偕作。豈曰無衣，與子同裳。王于興師，修我甲兵。與子偕行。

「豈曰無衣，與子同袍」，興也。袍，襺也。上與百姓同欲，則百姓樂致其死。「王于興師，修我戈矛，與子同仇。」戈長六尺六寸，矛長二丈。天下有道，則禮樂征伐自天子出。仇，匹也。澤，潤澤也。「潤澤」，毛時古語。故鄭申之曰「褻衣」。作，起也。行，往也。

《無衣》三章，章五句。

《渭陽》，康公念母也。康公之母，晉獻公之女。文公遭麗姬之難，未反而秦姬卒。穆公納文公，康公時爲大子，贈送文公于渭之陽，念母之不見也。我見舅氏，如母存焉。及其即位，思而作是詩也。

我送舅氏，曰至渭陽。何以贈之？路車乘黃。

母之昆弟曰舅。贈，送也。乘黃，四馬也。

我送舅氏，悠悠我思。何以贈之？瓊瑰玉珮。

瓊瑰，石而次玉。

《渭陽》二章，章四句。

《權輿》二章，章五句。

《權輿》，刺康公也。忘先君之舊臣，與賢者有始而無終也。

於我乎，夏屋渠渠。今也每食無餘。于嗟乎，不承權輿！　於我乎，每食四簋。今也每食不飽。于嗟乎，不承權輿！

夏，大也。承，繼也。權輿，始也。四簋，黍、稷、稻、粱。

皇清經解卷六百一十終　　嘉應生員楊懋建校

毛詩故訓傳　卷一二

金壇段大令玉裁訂

陳宛丘故訓傳第十二　國風

陳國十篇，二十六章，百二十四句。

《宛丘》三章，章四句。

《宛丘》，刺幽公也。淫荒昏亂，游蕩無度焉。

子之湯兮，宛丘之上兮。洵有情兮，而無望兮。

坎其擊鼓，宛丘之下。無冬無夏，值其鷺羽。

坎其擊缶，宛丘之道。無冬無夏，值其鷺翿。

子，大夫也。湯，蕩也。此謂叚借。四方高，中央下，曰宛丘。洵，信也。坎坎，擊鼓聲。值，持也。鷺羽，鷺鳥之羽，可以爲翳。盎謂之缶。翿，翳也。

《東門之枌》三章，章四句。

《東門之枌》，疾亂也。幽公淫荒，風化之所行，男女棄其舊業，亟會於道路，歌舞於市井爾。

東門之枌，宛丘之栩。子仲之子，婆娑其下。　穀旦于差，南方之原。不績其麻，市也婆娑。　穀旦于逝，越以鬷邁。視爾如荍，貽我握椒。

「東門之枌，宛丘之栩。」枌，白榆也。栩，柔也。國之交會，男女之所聚。子仲，陳大夫氏。婆娑，舞也。穀，善也。原，大夫氏。逝，往。鬷，數。邁，行也。荍，芘芣也。椒，芳物。依定本。

《衡門》三章，章四句。

《衡門》，誘僖公也。愿而無立志，故作是詩以誘掖其君也。

衡門之下，可以棲遲。泌之洋洋，可以樂飢。　豈其食魚，必河之魴？豈其取妻，必齊之姜？　豈其食魚，必河之鯉？豈其取妻，必宋之子？

衡門，衡木爲門，言淺陋也。棲遲，遊息也。泌，泉水也。洋洋，廣大也。樂飢，可以樂道忘飢。沈重云：「舊皆作『樂』字，晚《詩》本有作疒下樂。」陸德明云：「毛本止作『樂』，鄭本作『⿸疒樂』。」顔師古定本亦作「樂飢」。正義本經文作「瘵飢」，此正沈所謂晚本，援鄭以改毛者也。或云「樂道忘飢」乃王肅語，羼入毛傳。殊爲無事自擾。

《東門之池》三章，章四句。

《東門之池》，刺時也。疾其君之淫昏，而思賢女以配君子也。

東門之池，可以漚麻。彼美叔姬，可與晤歌。東門之池，可以漚紵。彼美叔姬，可與晤語。東門之池，可以漚菅。彼美叔姬，可與晤言。《釋文》：「叔，音叔。」按：音叔，猶如字也。以別於「作淑」。與《東門之枌》「旦，鄭音旦」以別於「作且，七也反」正同。正義作「淑姬」，即《釋文》之「亦作」本也。

「東門之池，可以漚麻」，興也。池，城池也。漚，柔也。晤，遇也。此謂「晤」爲「遻」之叚借。言，道也。

《東門之楊》二章，章四句。

《東門之楊》，刺時也。昏姻失時，男女多違。親迎，女猶有不至者也。

東門之楊，其葉牂牂。昏以爲期，明星煌煌。東門之楊，其葉肺肺。昏以爲期，明星晢晢。

「東門之楊，其葉牂牂」，興也。牂牂然盛貌。言男女失時，不逮秋冬。「昏以爲期，明星煌煌」，期而不至也。肺肺，猶牂牂也。晢晢，猶煌煌也。

《墓門》二章，章六句。

《墓門》，刺陳佗也。陳佗無良師傅，以至於不義，惡加於萬民焉。

墓門有棘，斧以斯之。夫也不良，國人知之。知而不已，誰昔然矣！　墓門有梅，有鴞萃止。夫也不良，歌以誶止。依《釋文》《廣韻》。誶予不顧，依王逸《離騷》注顛倒思予。

「墓門有棘，斧以斯之」，興也。墓門，墓道之門。斯，析也。幽閒希行，用生此棘薪，維斧可以開析之。夫，傅相也。昔，夕也。夕，各本多誤作「久」。誰夕，猶今人云「不記是何日」也。《記》云「疇昔之夜」，「疇」「誰」正同。梅，枏也。鴞，惡聲之鳥也。萃，集也。誶，告也。

《防有鵲巢》二章，章四句。

《防有鵲巢》，憂讒賊也。宣公多信讒，君子憂懼焉。

防有鵲巢，邛有旨苕。誰侜予美，心焉忉忉。　中唐有甓，邛有旨鷊。誰侜予美，心焉惕惕。

「防有鵲巢，邛有旨苕」，興也。防，邑也。邛，丘也。苕，草也。侜，侜張，誑也。中，中庭也。唐，堂塗也。甓，令適也。鷊，綬草也。愓愓，猶怊怊也。

《月出》三章，章四句。

《月出》，刺好色也。在位不好德而説美色焉。

月出皎兮，佼人僚兮，舒窈糾兮，勞心悄兮。月出晧兮，佼人劉兮，舒懮受兮，勞心慅兮。月出照兮，佼人燎兮，舒夭紹兮，勞心燥兮。燥，各本作「慘」，疑誤。

「月出皎兮」，興也。皎，月光也。僚，好皃。舒，遲也。窈糾，舒之姿也。悄，憂也。

《株林》二章，章四句。

《株林》，刺靈公也。淫乎夏姬，驅馳而往，朝夕不休息焉。

胡爲乎株林，從夏南兮。匪適株林，從夏南兮。正義本有二「兮」。駕我乘馬，説于株野。乘我乘驕，驕、株合韻也。鄭云「馬六尺以下曰驕」，即《南有喬木》之「五尺以上曰駒」也。然則「喬木」亦當作「驕」矣。《皇皇者華》「我馬維驕」，見《説文》。朝食于株。

株林，夏氏邑也。夏南，南徵舒也。大夫乘驕。

《澤陂》三章，章六句。

《澤陂》，刺時也。言靈公君臣淫於其國，男女相說，憂思感傷焉。

彼澤之陂，有蒲與荷。有美一人，傷如之何？寤寐無爲，涕泗滂沱。彼澤之陂，有蒲與蕑。有美一人，碩大且卷。寤寐無爲，中心悁悁。彼澤之陂，有蒲菡萏。有美一人，碩大且儼。寤寐無爲，展轉伏枕。

「彼澤之陂，有蒲與荷」，興也。陂，澤障也。荷，夫渠也。「傷如之何？」傷，無禮也。自目曰涕，自鼻曰泗。蕑，蘭也。鄭云「蘭」當作「蓮」，易傳也。《釋文》、正義皆不誤。今本改「蘭」作「蕑」，非是。鄭知「蘭」必當作「蓮」者，《鄭風》「蕑」，傳已云「蘭也」，則例此，可不傳。故知「蘭」必「蓮」誤。同一「蕑」而實異也。卷，好皃。悁悁，猶悒悒也。「悒」，古祇作「邑」。菡萏，荷華也。儼，矜莊皃。

皇清經解卷六百一十一終　　嘉應生員楊懋建校

毛詩故訓傳　卷一三

金壇段大令玉裁訂

檜羔裘故訓傳第十三　國風

檜國四篇，十二章，四十五句。

《羔裘》三章，章四句。

《羔裘》，大夫以道去其君也。國小而迫，君不用道，好絜其衣服，消揺遊燕而不能自强於政治。故作是詩也。

羔裘消揺，狐裘以朝。豈不爾思，勞心忉忉。

羔裘翱翔，狐裘在堂。豈不爾思，我心憂傷。

羔裘如膏，日出有曜。豈不爾思，中心是悼。

「羔裘消揺，狐裘以朝」，羔裘以遊燕，狐裘以適朝。「勞心忉忉」，國無政令，使我心勞。堂，公堂也。「羔裘如膏，日出有曜」，日出照曜，然後見其如膏。悼，動也。

《素冠》三章，章三句。

庶見素冠兮，棘人欒欒兮，勞心慱慱兮。　庶見素衣兮，我心傷悲兮，聊與子同歸兮。　庶見素韠兮，我心蘊結兮，聊與子如一兮。

《素冠》，刺不能三年也。

庶，幸也。素冠，練冠也。棘，急也。欒欒，瘠貌。此謂叚「欒」爲「臠」也。臠，臞也。慱慱，憂勞也。「庶見素衣兮」，素冠，故素衣也。「聊與子同歸」，願見有禮之人，與之同歸。子夏三年之喪畢，見於夫子，援琴而弦，衎衎而樂，作而曰：「先王制禮，不敢不及。」謂不宜遽樂也。夫子曰：「君子也。」閔子騫三年之喪畢，見於夫子，援琴而弦，切切而哀，作而曰：「先王制禮，不敢過也。」謂不宜猶哀也。夫子曰：「君子也。」子路曰：「敢問何謂也？」夫子曰：「子夏哀已盡，能引而致之於禮，故曰君子也。閔子騫哀未盡，能自割以禮，故曰君子也。」夫三年之喪，賢者之所輕，猶易也。不肖者之所勉。閔可以規賢者，卜可以規不肖者。

《隰有萇楚》三章，章四句。

《隰有萇楚》，疾恣也。國人疾其君之淫恣而思無情慾者也。

隰有萇楚，猗儺其枝。天之沃沃，樂子之無知。隰有萇楚，猗儺其華。天之沃沃，樂子之無家。隰有萇楚，猗儺其實。天之沃沃，樂子之無室。

「隰有萇楚，猗儺其枝」，興也。萇楚，銚弋也。猗儺，柔順也。夭，少也。沃沃，壯佼也。

《匪風》三章，章四句。

《匪風》，思周道也。國小政亂，憂及禍難，而思周道焉。

匪風發兮，匪車偈兮。顧瞻周道，中心怛兮。匪風飄兮，匪車票兮。顧瞻周道，中心弔兮。誰能亨魚，概之釜鬵。《釋文》。誰將西歸，懷之好音。

「匪風發兮」，發發飄風，非有道之風。「匪車偈兮」，偈偈疾驅，非有道之車。「顧瞻周道，中心怛兮」。怛，傷也。下國之亂，周道滅也。迴風爲飄。票票，無節度也。弔，傷也。「誰能亨魚，概之釜鬵」。概，滌也。鬵，釜屬。亨魚煩則碎，治民煩則散。知亨魚則知治民矣。「誰將西歸，懷之好音」，周道在乎西。懷，歸也。

皇清經解卷六百一十二終　　嘉應生員楊懋建校

毛詩故訓傳　卷一四

金壇段大令玉裁訂

曹蜉蝣故訓傳第十四　國風

曹國四篇，十五章，六十八句。

《蜉蝣》三章，章四句。

《蜉蝣》，刺奢也。國小而迫，無法以自守。好奢而任小人，將無所依焉。

蜉蝣之羽，衣裳楚楚。心之憂矣，於我歸處。　蜉蝣之翼，采采衣服。心之憂矣，於我歸息。　蜉蝣堀閱，依《說文》作「堀」，各本作「掘」，非。麻衣如雪。心之憂矣，於我歸説。

「蜉蝣之羽」，興也。蜉蝣，渠略也，朝生夕死，猶有羽翼以自脩飾。猶，疑當作「獨」。楚楚，鮮明貌。采采，衆多也。息，止也。堀閱，容閱也。堀閱，雙字，猶《風賦》之「空穴來風」，李善注引《莊子》作「空閲來風」。「空」「孔」，一也。〔二〕「閲」「穴」，一也。傳云「容閲」，亦是雙聲疊韻字。「容閲」即史所謂「容頭過身」，謂浮游自孔穴而出，羽必新也。如雪，言鮮絜。

《候人》四章，章四句。

《候人》，刺近小人也。其公遠君子而好近小人焉。

彼候人兮，何戈與祋。彼其之子，三百赤芾。維鵜在梁，不濡其翼。彼其之子，不稱其服。維鵜在梁，不濡其咮。彼其之子，不遂其媾。薈兮蔚兮，南山朝隮。婉兮孌兮，季女斯飢。

「彼候人兮，何戈與祋。」候人，道路送迎賓客者。何，揭。祋，殳也。言賢者之官，不過候人。彼，彼曹朝也。芾，韠也。一命緼芾黝珩，再命赤芾黝珩，三命赤芾葱珩。大夫以上赤芾乘軒。「維鵜在梁，不濡其翼。」鵜，洿澤鳥也。梁，水中之梁。鵜在梁，可謂不濡其翼乎？咮，喙也。媾，厚也。薈、蔚，雲興貌。南山，曹南山也。隮，升雲也。婉，少貌。孌，好貌。季，人之少子也。女，民之弱者。

〔二〕「一」，原作空格，據七葉衍祥堂本補。

《鳲鳩》，刺不壹也。在位無君子，用心之不壹也。

鳲鳩在桑，其子七兮。淑人君子，其儀一兮。其儀一兮，經、傳「一」字，疏内皆作「壹」，爲長。心如結兮。　鳲鳩在桑，其子在梅。淑人君子，其帶伊絲。其帶伊絲，其弁伊騏。　鳲鳩在桑，其子在棘。淑人君子，其儀不忒。其儀不忒，正是四國。　鳲鳩在桑，其子在榛。淑人君子，正是國人。正是國人，胡不萬年。

《鳲鳩》四章，章六句。

「鳲鳩在桑，其子七兮」，興也。鳲鳩，秸鞠也。鳲鳩之養其子，朝從上下，莫從下上，平均如一。「其儀一兮，心如結兮」，言執義一則用心固。上文箋云：「淑，善。儀，義也。善人君子，其執義當如一也。」此傳云：「言執義一則用心固。」文句相承，分屬箋、傳，必有一誤。「其子在梅」，飛在梅也。騏，綦文也。從《釋文》。弁，皮弁也。忒，疑也。正，是也。「正，是也」不誤。鄭乃易爲「正，長也」。下章箋「正，長也」三字，蓋本在「執義不疑」上。

《下泉》，思治也。曹人疾共公侵刻，下民不得其所，憂而思明王賢伯也。

《下泉》四章，章四句。

列彼下泉，浸彼苞稂。愾我寤歎，念彼周京。

洌彼下泉，浸彼苞蕭。愾我寤歎，念彼京周。

洌彼下泉，浸彼苞蓍。愾我寤歎，念彼京師。

芃芃黍苗，陰雨膏之。四國有王，郇伯勞之。

「洌彼下泉，浸彼苞稂」，興也。洌，寒也。下泉，泉下流也。苞，本也。稂，童粱。非溉草，得水而病也。蕭，蒿也。蓍，草也。芃芃，美貌。「四國有王，郇伯勞之。」郇伯，郇侯也。諸侯有事，二伯述職。

皇清經解卷六百一十三終　嘉應生員楊懋建校

毛詩故訓傳　卷一五

金壇段大令玉裁訂

豳七月故訓傳第十五　國風

豳國七篇，二十七章，二百三句。

《七月》八章，章十一句。

《七月》，陳王業也。周公遭變，故陳后稷先公風化之所由，致王業之艱難也。

七月流火，九月授衣。一之日觱發，二之日滭冽。《下泉》正義引「二之日滭冽」與《玉篇》《廣韻》《文選》注皆合。《説文》本有「滭冽」二字，今本「冽」譌爲「瀨」，而《大東》疏引《説文》「冽，寒皃」可證。無衣無褐，何以卒歲？三之日于耜，四之日舉趾。同我婦子，饁彼南畝。田畯至喜。七月流火，九月授衣。春日載陽，有鳴倉庚。女執懿筐，遵彼微行，爰求柔桑。春日遲遲，采蘩祁祁。女心傷悲，殆及公子同歸。七月流火，八月萑葦。萑，依字當艸下萑，作「萑」。近古但叚「萑雀」字，非從艸也。蠶月條桑，取彼斧斨，以伐遠揚，猗彼女桑。七月鳴鵙，八月載績。載玄載黄，我朱孔陽，爲公子裳。四月秀葽，五月鳴蜩。八月其獲，十月隕蘀。一之日于貉，古作「貈」，舟聲，與貍、裘合韻。取彼狐貍，爲公子裘。二之日其同，載纘武公。言私其豵，獻豣于公。

五月斯螽動股，六月莎雞振羽。七月在野，八月在宇，九月在户，十月蟋蟀入我牀下。穹窒熏鼠，塞向墐户。嗟我婦子，曰爲改歲，入此室處。

六月食鬱及薁，七月亨葵及菽。八月剥棗，十月獲稻。爲此春酒，以介眉壽。七月食瓜，八月斷壺，九月叔苴。采荼薪樗，食我農夫。

九月築場圃，十月納禾稼。黍稷重穋，禾麻菽麥。嗟我農夫，我稼既同，上入執宫公。依正義，公事也。晝爾于茅，宵爾索綯。亟其乘屋，其始播百穀。

二之日鑿冰沖沖，三之日納于凌陰。四之日其蚤，獻羔祭韭。九月肅霜，十月滌場。朋酒斯饗，曰殺羔羊。躋彼公堂，稱彼兕觥，萬壽無疆！

火，大火。流，下也。「九月授衣」，九月霜始降，婦功成，可以授冬衣矣。一之日，一此字今補。十之餘也。一之日，周正月也。觱發，風寒也。二之日，殷正月也。栗冽，寒氣也。三之日，夏正月也。豳土晚寒，于耜，始脩耒耜也。四之日，周四月也。舉趾，民無不舉足而耕矣。饁，饋也。田畯，田大夫也。倉庚，離黄也。懿筐，深筐也。「遵彼微行，爰求柔桑。」微行，墻下徑也。五畝之宅，樹之以桑。遲遲，舒緩也。蘩，白蒿也。所以生蠶。祁祁，衆多也。傷悲，感事苦也。春女悲，秋士悲，感其物化也。「殆及公子同歸。」殆，始。及，與也。豳公子躬率其民，同時出，同時歸也。

「八月萑葦。」亂爲萑。葭爲葦。豫畜萑葦，可以爲曲也。斨，方銎斧也。「斧」字依《説文》補。遠，枝遠也。揚，條揚也。角而束之曰猗。女桑，荑桑也。鵙，伯勞也。載績，絲事畢而麻事起矣。玄，黑而有赤也。朱，深纁也。陽，明也。祭服玄衣纁裳。不榮而實曰秀葽。葽，草也。蜩，螗也。其獲，禾可獲也。隕，墜。蘀，落也。于貉，謂取貉。貉，貉皮。狐狸，狐狸皮也。《小戎》傳：「虎，虎皮也。」今依以補六字。狐貉之厚以居，孟冬天子始裘。纘，繼。功，事也。經、傳「功」字疑「公」之誤，故下文「宫公」不再釋。「言私其豵，獻豜于公。」豕一歲曰豵，三歲曰豜。大獸公之，小獸私之。斯螽，蚣蝑也。莎雞振羽，羽成而振訊之也。穹，窮。窒，塞也。向，北出牖也。墐，塗也。庶人篳户。鬱，棣屬。薁，蘡薁也。剥，擊也。此謂「剥」即「攴」之叚借也。故「普木切」。攴，今字作「扑」。春酒，凍醪也。眉壽，豪眉也。壺，瓠也。此謂叚借。叔，拾也。苴，麻子也。樗，惡木也。春夏爲圃，秋冬爲場。後孰曰重，先孰曰穋。入爲上，出爲下。宵，夜。綯，絞也。乘，升也。「二之日鑿冰沖沖」，冰盛水複，宋本《釋文》《毛詩》皆作「複」。則命取冰於山林。沖沖，鑿冰之意。凌陰，冰室也。「九月肅霜。」肅，縮也。霜降而收縮萬物。滌場，滌，埽也。正義、岳本。場功畢入也。「朋酒斯饗，曰殺羔羊。」兩樽曰朋。饗者，鄉人飲酒也。據正義補，與《説文》正合。此因兩「鄉人」複而脱也。其牲此二字今補。鄉人以狗，大夫加以羔羊。公堂，學校也。觥，所以誓衆也。疆，竟也。

《鴟鴞》四章，章五句。

《鴟鴞》，周公救亂也。成王未知周公之志，公乃爲詩以遺王，名之曰《鴟鴞》焉。鴟鴞鴟鴞，既取我子，無毁我室。恩斯勤斯，鬻子之閔斯。迨天之未陰雨，徹彼桑土，綢繆牖户。今女下民，或敢侮予。予手拮据，予所捋荼，予所蓄祖，予口卒瘏。曰予未有室家。予羽譙譙，予尾修修。唐定本、宋監本、越本、蜀本皆作「修修」，唐石經、宋《集韻》、光堯石經皆作「翛翛」。蓋《毛詩》本用合韻，淺人改爲「消」，又或改爲「翛」。今本《釋文》亦是淺人所改。《集韻》所據《釋文》未誤。予室翹翹，風雨所漂摇。予維音之曉曉。「之」字依《玉篇》《廣韻》補。

「鴟鴞鴟鴞，既取我子，無毁我室」，興也。鴟鴞，鸋鴂也。無能毁我室者，攻堅之故也。寧亡二子，不可以毁我周室。恩，愛。鬻，稚。閔，病也。稚子，成王也。迨，及。徹，剥也。桑土，桑根也。拮据，戟挶也。荼，萑苕也。祖，爲。正義曰：「祖訓始也。物之初始，必有爲之。故毛傳云『祖，爲也』。」《釋文》曰：「租，又作『祖』，如字。」今俗本作「又作『租』」，見宋本。有不誤者。瘏，病也。手病口病，故能免乎大鳥之難。「曰予未有室家」，謂我未有室家也。譙譙，殺也。修修，敝也。翹翹，危也。曉曉，懼也。

《鴟鴞》四章，章十二句。

《東山》，周公東征也。周公東征，三年而歸，勞歸士。大夫美之，故作是詩也。一章言其完也。二章言其思也。三章言其室家之望女也。四章樂男女之得及時也。君子之於人，序其情而閔其勞，所以説也。「説以使民，民忘其死」，其唯《東山》乎？

我徂東山，慆慆不歸。我來自東，零雨其濛。我東曰歸，我心西悲。制彼裳衣，勿士行枚。蜎蜎者蠋，烝在桑野。敦彼獨宿，亦在車下。我徂東山，慆慆不歸。我來自東，零雨其濛。果臝之實，亦施于宇。伊威在室，蠨蛸在户。町畽鹿場，熠燿宵行。不可畏也，伊可懷也。我徂東山，慆慆不歸。我來自東，零雨其濛。鸛鳴于垤，婦歎于室。洒埽穹窒，我征聿至。有敦瓜苦，烝在栗薪。自我不見，于今三年。我徂東山，慆慆不歸。我來自東，零雨其濛。倉庚于飛，熠燿其羽。之子于歸，皇駁其馬。親結其縭，九十其儀。其新孔嘉，其舊如之何！

慆慆，言久也。濛，雨貌。「我心西悲」，公族有辟，公親素服，不舉樂，爲之變，如其倫之喪。士，事。枚，微也。《周南》傳：「枝曰條，幹曰枚。」是本義。此「枚，微也」，與《魯頌》「枚枚，礱密也」，皆是叚借。謂「枚」爲「微」之叚借也。謂之微者，兵事神密也。一章言其完，故云「勿事行微」。詳《釋文》。鄭乃云「行陳銜枚」，非毛意。蜎蜎，蠋貌。蠋，桑蟲也。烝，寘也。果臝，栝樓也。伊威，委黍也。蠨蛸，長踦也。町畽，鹿迹也。熠燿，粦也。粦，熒火也。熒火與《列子·天瑞》、《淮南·氾論》《説林》二訓、《説文》《博物志》所説皆合，謂鬼火熒熒然者也。淺人誤以《釋蟲》之「熒火即炤」當之，又改其字从虫，其誤蓋始於陳思王也。

思王引《韓詩章句》「鬼火或謂之熒」，然則毛、韓無異。又毛多云「行，道也」，「宵行」正謂夜間之道。由室户而場而行，由近及遠也。「鸛鳴于垤。」垤，螘冢也。將陰雨，則穴處先知之矣。鸛好水，長鳴而喜也。敦，猶專專也。烝，衆也。「有敦瓜苦，烝在栗薪」，言我心苦，事又苦也。毛意取義於興，鄭箋非毛意也。黄白曰皇，騮白曰駁。縭，婦人之褘也。母戒女，施衿結帨，「九十其儀」，言多儀也。「其舊如之何」，言久長之道也。

《破斧》三章，章六句。

《破斧》，美周公也。周大夫以惡四國焉。

既破我斧，又缺我斨。周公東征，四國是皇。哀我人斯，亦孔之將。既破我斧，又缺我錡。周公東征，四國是吪。哀我人斯，亦孔之嘉。既破我斧，又缺我銶。周公東征，四國是遒。哀我人斯，亦孔之休。

隋銎曰斧。《七月》正義引此傳，有「方銎曰斨」四字。斧斨，民之用也。禮義，國家之用也。四國，管、蔡、商、奄也。皇，匡也。此謂叚借。將，大也。鑿屬曰錡。吪，化也。此謂叚借。木屬曰銶。《説文》曰：「梂，鑿首也。」遒，固也。休，美也。

《伐柯》二章，章四句。

《伐柯》，美周公也。周大夫刺朝廷之不知也。

伐柯如何，匪斧不克。取妻如何，匪媒不得。　伐柯伐柯，其則不遠。我覯之子，籩豆有踐。

柯，斧柄也。禮義者，亦治國之柄。媒，所以用禮也。治國不能用禮則不安。「其則不遠」，以其所願乎上交乎下，以其所願乎下事乎上，不遠求也。踐，行列貌。

《九罭》四章，一章四句，三章章三句。

《九罭》，美周公也。周大夫刺朝廷之不知也。宋本附音義云：「罭，本又作『緎』。」

九罭之魚，鱒魴。我覯之子，衮衣繡裳。　鴻飛遵渚，公歸無所，於女信處。　鴻飛遵陸，公歸不復，於女信宿。　是以有衮衣兮，無以我公歸兮，無使我心悲兮。

「九罭之魚，鱒魴」，興也。九罭，緵罟，小魚之網也。《釋文》：「罭，本又作『或』。」今本「或」作「罭」，非也。或，古域字。九域言域之多。域謂网目也。傳云：「緵罟」即「數罟」。《魚麗》傳集注作「緵罟」，定本作「數罟」，是也。故曰「小魚之罔」。鱒魴，大魚也。「袞衣繡裳」，所以見周公也。袞衣，卷龍衣也。「衣」字補。「鴻飛遵渚」，鴻不宜循渚也。《説文》曰：「鴻者，鴻鵠也。」鴻鵠即黄鵠也。黄鵠一舉知山川之紆曲，再舉知天地之圜方，最爲大鳥，故箋云「大鳥」。傳云「鴻不宜循渚」「陸非鴻所宜止」，非謂大雁也。《小雅》傳云：「大曰鴻，小曰鴈。」此因下言「鴈」，決上言大鴈乃「鴻」字叚借之用。而今人遂失鴻本義。「公歸無所，於女信處」，周公未得禮也。再宿曰信。「鴻飛遵陸」，陸非鴻所宜止。宿猶處也。「無以我公歸兮」，無與公歸之道也。

《狼跋》二章，章四句。

《狼跋》，美周公也。周公攝政，遠則四國流言，近則王不知。周大夫美其不失其聖也。

狼跋其胡，載疐其尾。公孫碩膚，赤舄几几。狼疐其尾，載跋其胡。公孫碩膚，德音不瑕。

「狼跋其胡，載疐其尾」，興也。跋，躐。疐，跲也。老狼有胡，進則躐其胡，退則跲其尾。進退有難，然而不失其猛。公孫，成王也，豳公之孫也。碩，大。膚，美也。赤舄，人君之盛屨也。几几，絇貌。瑕，過也。

皇清經解卷六百一十四終　嘉應生員楊懋建校

毛詩故訓傳　卷一六

金壇段大令玉裁訂

鹿鳴之什故訓傳第十六　小雅

《鹿鳴之什》十篇，五十五章，三百一十五句。

《鹿鳴》三章，章八句。

《鹿鳴》，燕群臣嘉賓也。既飲食之，又實幣帛筐篚，以將其厚意，然後忠臣嘉賓得盡其心矣。

呦呦鹿鳴，食野之苹。我有嘉賓，鼓瑟吹笙。吹笙鼓簧，承筐是將。人之好我，示我周行。呦呦鹿鳴，食野之蒿。我有嘉賓，德音孔昭。視民不恌，《説文》作「佻」。君子是則是傚。我有旨酒，嘉賓式燕以敖。呦呦鹿鳴，食野之芩。我有嘉賓，鼓瑟鼓琴。鼓瑟鼓琴，和樂且湛。我有旨酒，以燕樂嘉賓之心。

「呦呦鹿鳴，食野之苹」，興也。苹，萍也。鹿得萍，呦呦然鳴而相呼，懇誠發乎中。以興嘉樂賓客當有懇誠相招呼以成禮也。「吹笙鼓簧。」簧，笙簧也。此「簧」字今補。吹笙則鼓簧矣。《君子陽陽》疏引「吹笙則鼓簧矣」。《宋書·樂志》引「吹笙則簧鼓矣」。今依疏本。筐，篚屬，所以行幣帛也。周，至。行，道也。蒿，菣也。恌，愉也。「是則是傚」，言可法傚也。敖，遊也。芩，草也。湛，樂之久。「以燕樂嘉賓之心。」燕，安也。夫不能致其樂，則不能得其志，不能得其志，則嘉賓不能竭其力。

《四牡》五章，章五句。

《四牡》，勞使臣之來也。有功而見知則説矣。

四牡騑騑，周道倭遲。豈不懷歸？王事靡盬，我心傷悲。四牡騑騑，嘽嘽駱馬。豈不懷歸？王事靡盬，不遑啓處。翩翩者鵻，載飛載下，集于苞栩。王事靡盬，不遑將父。翩翩者鵻，載飛載止，集于苞杞。王事靡盬，不遑將母。駕彼四駱，載驟駸駸。豈不懷歸？是用作歌，將母來諗。

「四牡騑騑，周道倭遲。」騑騑，行不止之貌。周道，岐周之道也。倭遲，歷遠之貌。文王率諸侯撫叛國，而朝聘乎紂，故周公作樂以歌文王之道，爲後世法。盬，不堅固也。思歸者，私恩也。靡盬者，公義也。傷悲者，情思也。無私恩，非孝子也。無公義，非忠臣也。君子不以私害公，不以家事辭王事。「無私恩」以下二十八字，從集注及定本係之傳。嘽嘽，喘息之貌。馬勞則喘息。白馬黑鬣曰駱。「不遑啓處。」遑，暇。啓，跪。處，居也。臣受命，舍幣于禰乃行。鵻，夫不也。將，養也。杞，枸檵也。駸駸，驟貌。「將母來諗。」諗，念也。「念」下當有「言」字。父兼尊親之道。母至親而尊不至。

《皇皇者華》五章，章四句。

《皇皇者華》，君遣使臣也。送之以禮樂，言遠而有光華也。

皇皇者華，于彼原隰。駪駪征夫，每懷靡及。　我馬維驕，六轡如濡。載馳載驅，周爰咨諏。　我馬維騏，六轡如絲。載馳載驅，周爰咨謀。　我馬維駱，六轡沃若。載馳載驅，周爰咨度。　我馬維駰，六轡既均。載馳載驅，周爰咨詢。

「皇皇者華，于彼原隰。」皇皇，猶煌煌也。高平曰原，下溼曰隰。忠臣奉，使能光君命，無遠無近，如華不以高下易其色。駪駪，衆多之貌。征夫，行人也。「每懷靡及。」每，雖。懷，和也。忠信爲周，訪問於善爲咨。咨事爲諏。如絲，言調忍也。咨事之難易爲謀。咨禮義所宜爲度。陰白雜毛曰駰。均，調也。親戚之謀爲詢。兼此五者，雖有中和，當自謂無所及成於六德也。「雖有中和」

即上文「每，雖。懷，和也」。鄭箋非毛意。

《常棣》八章，章四句。

《常棣》，燕兄弟也。閔管、蔡之失道，故作《常棣》焉。

常棣之華，鄂不韡韡。凡今之人，莫如兄弟。　死喪之威，兄弟孔懷。原隰裒矣，兄弟求矣。　脊令在原，兄弟急難。每有良朋，兄也永歎。　兄弟鬩于墻，外御其務。每有良朋，烝也無戎。　喪亂既平，既安且寧。雖有兄弟，不如友生。　儐爾籩豆，飲酒之飫。兄弟既具，和樂且孺。　妻子好合，如鼓瑟琴。兄弟既翕，和樂且湛。　宜爾家室，凡宋本、岳本皆作「家室」。樂爾妻帑。是究是圖，亶其然乎！

「常棣之華，鄂不韡韡」，興也。常棣，棣也。鄂，猶鄂鄂然，言外發也。韡韡，光明也。今，聞常棣之言爲今也。威，畏。懷，思也。裒，聚也。求矣，言求兄弟也。脊令，雝渠也，飛則鳴，行則摇，不能自舍耳。急難，言兄弟之相救於急難。兄，兹。《出車》「況瘁」箋云「兹益憔悴」。戴東原曰：「兹，今通用滋。」《説文》「兹，艸木多益也」，「滋，益也」。詩之辭意言不能如兄弟相救，空滋之長歎而已。韋注《國語》云：「況，益也。」玉裁謂此與《桑柔》《召旻》傳、今文《尚書》毋兄曰則兄自正同。作「兄」是，作「況」非。永，長也。鬩，很也。御，禦。務，侮也。兄弟雖内鬩而外禦侮也。此傳十五字本《國語》。今本衍「箋云」，非也。作正義時未誤。定本改「御，禦」二字，爲「禦，禁」二字，不知「禦，禦」見於《谷風》傳矣。正義疑《爾雅》有「御，禁」而無「御，禦」，不知《爾雅》「御」「禦」「禁」三字互訓。烝，填。戎，相也。「雖有兄弟，不如友生」，兄弟尚恩熙熙然，朋友以義切切節節然。十六字從正義本。儐，陳。飫，私也。不脱屨升堂謂之飫。當作「燕，私也。脱屨升堂謂之飫」。「燕，私」見《楚茨》《湛露》。脱屨升堂，惟燕私爲然。飫，《韓詩》作「醧」，其説曰：「脱屨升席曰宴，能者飲，不能者已曰醧。」宴、醧是一事，毛公渾言之。毛謂「飫」乃「醧」之叚借也。左思賦曰「愔愔醧讌」，以古韻訂之，从酉區聲，乃與「豆」「具」「孺」叶。韓用正字，毛用叚借。九族會曰和。孺，屬也。王與親戚燕則尚毛。翕，合也。帑，子也。究，深。圖，謀。亶，信也。

《伐木》六章，章六句。

《伐木》，燕朋友故舊也。自天子至於庶人，未有不須友以成者。親親以睦，友賢不棄，不遺故舊，則民德歸厚矣。

伐木丁丁，鳥鳴嚶嚶。出自幽谷，遷于喬木。嚶其鳴矣，求其友聲。相彼鳥矣，猶求友聲。矧伊人矣，不求友生！神之聽之，終和且平。伐木許許，釃酒有藇。既有肥羜，以速諸父。寧適不來，微我弗顧。於粲洒埽，陳饋八簋。既有肥牡，以速諸舅。寧適不來，微我有咎。伐木于阪，釃酒有衍。籩豆有踐，兄弟無遠。民之失德，乾餱以愆。有酒湑我，無酒酤我。坎坎鼓我，蹲蹲舞我。迨我暇矣，飲此湑矣。

「伐木丁丁，鳥鳴嚶嚶。出自幽谷，遷于喬木。嚶其鳴矣，求其友聲」，興也。丁丁，伐木聲也。嚶嚶，驚懼也。幽，深。喬，高也。君子雖遷於高位，不可以忘其朋友。矧，況也。「況」本作「兄」，即前篇及《召旻》之「兄，兹」，《柔桑》之「兄，滋」，謂加益也。《説文》云「弜，兄，詞也」。本此。許許，杮貌。以筐曰釃，以藪曰湑。正義云「藪，艸也」。按《説文》「𦋺，釃酒也」，「湑，茜酒也」。茜者，《禮》祭束茅加於裸圭而灌鬯酒，是爲茜。然則正義釋「藪」爲「艸」，是矣。藇，美貌。藇與我、黍與與同義。羜，未成羊也。天子謂同姓諸侯、諸侯謂同姓大夫皆曰父。異姓則稱舅。國君友其賢臣，大夫士友其宗族之仁者。微，無也。粲，鮮明貌。圓曰簋。天子八簋。咎，過也。衍，美貌。餱，食也。湑，莤之也。酤，一宿酒也。蹲蹲，舞貌。

《天保》六章，章六句。

《天保》，下報上也。君能下下以成其政，臣能歸美以報其上焉。

天保定爾，亦孔之固。俾爾單厚，何福不除。俾爾多益，以莫不庶。　天保定爾，俾爾戩穀。罄無不宜，受天百禄。降爾遐福，維日不足。　天保定爾，以莫不興。如山如阜，如岡如陵。如川之方至，以莫不增。吉蠲爲饎，是用孝享。禴祠烝嘗，于公先王。君曰卜爾，萬壽無疆。神之弔矣，詒爾多福。民之質矣，日用飲食。群黎百姓，徧爲爾德。如月之恒，如日之升。如南山之壽，不騫不崩。如松柏之茂，無不爾或承。

固，堅也。俾，使。單，信也。或曰：單，厚也。毛兩釋皆謂「單」爲「亶」之叚借。除，開也。庶，衆也。戩，福。穀，禄。罄，盡也。「如山如阜，如岡如陵」，言廣厚也。高平曰陸。大陸曰阜。大阜曰陵。吉，善。蠲，絜也。饎，酒食也。享，獻也。春曰祠，夏曰禴，秋曰嘗，冬曰烝。公，事也。「君曰卜爾，萬壽無疆。」君，先君也。尸所以象神。著此句者，謂其辭出于尸也。卜，予也。弔，至也。詒，遺也。質，成也。百姓，百官族姓也。「如月之恒，如日之升。」恒，弦。此謂「恒」即「緪」之叚借。升，出也。言俱進也。騫，虧也。

《采薇》六章，章八句。

《采薇》，遣戍役也。文王之時，西有昆夷之患，北有玁狁之難。以天子之命，命將率遣戍役，以守衛中國。故歌《采薇》以遣之，《出車》以勞還，《杕杜》以勤歸也。

采薇采薇，薇亦作止。曰歸曰歸，歲亦莫止。靡室靡家，玁狁之故。不遑啓居，玁狁之故。采薇采薇，薇亦柔止。曰歸曰歸，心亦憂止。憂心烈烈，載飢載渴。我戍未定，靡使歸聘。采薇采薇，薇亦剛止。曰歸曰歸，歲亦陽止。王事靡盬，不遑啓處。憂心孔疚，我行不來。彼爾維何，維常之華。彼路斯何，君子之車。戎車既駕，四牡業業。豈敢定居，一月三捷。駕彼四牡，四牡騤騤。君子所依，小人所腓。四牡翼翼，象弭魚服。豈不曰戒，玁狁孔棘。昔我往矣，楊柳依依。今我來思，雨雪霏霏。行道遲遲，載渴載飢。我心傷悲，莫知我哀。

薇，菜。作，生也。玁狁，北狄也。柔，始生也。聘，問也。剛，少而剛也。陽，歷陽月也。疚，病。來，至也。爾，華盛貌。常，常棣也。業業然壯也。捷，勝也。騤騤，彊也。腓，辟也。翼翼，閑也。「象弭。」弭，弓反末也。可以解轡紒者。「轡」字依《說文》補。紒，《說文》作「紛」。似「紛」長。「魚服。」魚，魚皮也。楊柳，蒲柳也。霏霏，甚也。遲遲，長遠也。「我心傷悲，莫知我哀」，君子能盡人之情，故人忘其死。

《出車》六章，章八句。

《出車》，勞還率也。

我出我車，于彼牧矣。自天子所，謂我來矣。召彼僕夫，謂之載矣。王事多難，維其棘矣。我出我車，于彼郊矣。設此旐矣，建彼旄矣。彼旟旐斯，胡不旆旆。憂心悄悄，僕夫況瘁。王命南仲，往城于方。出車彭彭，旂旐英英。天子命我，城彼朔方。赫赫南仲，玁狁于襄。昔我往矣，黍稷方華。今我來思，雨雪載塗。王事多難，不遑啓居。豈不懷歸，畏此簡書。喓喓草蟲，趯趯阜螽。未見君子，憂心忡忡。既見君子，我心則降。赫赫南仲，薄伐西戎。春日遲遲，卉木萋萋。倉庚喈喈，采蘩祁祁。執訊獲醜，薄言還歸。赫赫南仲，玁狁于夷。

「我出我車，于彼牧矣。」出車，就馬于牧地也。僕夫，御夫也。龜、蛇曰旐。旄，干旄。鳥隼曰旟。旆旆，旒垂貌。疊字則爲旒垂皃。單言「旆」，則《爾雅》云「繼旐曰旆」。王，殷王也。南仲，文王之屬。方，朔方，近玁狁之國也。彭彭，四馬貌。交龍爲旂。英英，鮮明也。朔方，北方也。赫赫，盛貌。襄，除也。塗，凍釋也。「凍塗」見《夏小正》。簡書，戒命也。鄰國有急，以簡書相告，則奔命救之。卉，草也。訊，辭也。夷，平也。

《杕杜》四章，章七句。

《杕杜》，勞還役也。

有杕之杜，有睆其實。宋《毛詩》載《音義》云：「睆字從白，或從目邊。」非。 王事靡盬，繼嗣我日。 日月陽止，女心傷止，征夫遑止。 有杕之杜，其葉萋萋。 王事靡盬，我心傷悲。 卉木萋止，女心悲止，征夫歸止。 陟彼北山，言采其杞。 王事靡盬，憂我父母。 檀車幝幝，四牡痯痯，征夫不遠。 匪載匪來，憂心孔疚。 期逝不至，而多爲恤。 卜筮偕止，會言近止，征夫邇止。

「有杕之杜，有睆其實」，興也。睆，實貌。 杕杜猶得其時蕃滋，役夫勞苦，不得盡其天性。「卉木萋止，女心悲止，征夫歸止」，室家踰時則思也。 檀車，役車也。 幝幝，敝貌。 痯痯，罷貌。「期逝不至，而多爲恤。」逝，往。 恤，憂也。 遠行不必如期，室家之情以期望之。「卜筮偕止，會言近止」，卜之筮之，會人占之也。 邇，近也。

《魚麗》六章，三章章四句，三章章二句。

《魚麗》，美萬物盛多能備禮也。 文、武以《天保》以上治內，《采薇》以下治外。 始於憂勤，終於逸樂。 故美萬物盛多，可以告於神明矣。

魚麗于罶，鱨鯊。 君子有酒，旨且多。 魚麗于罶，魴鱧。 君子有酒，多且旨。 魚麗于罶，鰋鯉。君子有酒，旨且有。　物其多矣，維其嘉矣。　物其旨矣，維其偕矣。　維其有矣，維其時矣。

「魚麗于罶，鱨鯊。」麗，歷也。罶，曲梁也，寡婦之笱也。鱨，楊也。鯊，鮀也。太平而後微物衆多。取之有時，用之有道，則物莫不多矣。古者不風不暴，不行火。草木不折不芟，斤斧不入山林。豺祭獸然後殺，獺祭魚然後漁，鷹隼擊然後罻羅設。是以天子不合圍，諸侯不掩群，大夫不麛不卵，士不偃塞，「偃」「堰」古今字，古通作「隱塞」，如字。庶人不總罟，罟必四寸，然後入澤梁。故山不童，澤不竭，鳥獸魚鼈皆得其所然。古「然」「焉」通用。鱧，鯇也。鰋，鮎也。

《南陔》，孝子相戒以養也。《白華》，孝子之絜白也。《華黍》，時和歲豐，宜黍稷也。有其義而亡其辭。按：此七字毛公所著。鄭云：「孔子時六亡詩俱在，戰國及秦之世而亡其義，則與衆篇之義合編，故在。」然則兩云有其義而亡其辭，毛公所著無疑也。鄭又云：「毛公闕其亡者，以見在爲數，故推改什首，遂通耳，而下非孔子之舊。」然則孔子時當作《鹿鳴之什》《白華之什》《彤弓之什》《祈父之什》《小旻之什》《北山之什》《桑扈之什》《都人士之什》，凡《小雅》之篇八什。

皇清經解卷六百一十五終　嘉應生員楊懋建校

毛詩故訓傳　卷一七

金壇段大令玉裁訂

南有嘉魚之什故訓傳第十七　小雅

《南有嘉魚之什》十篇，四十六章，二百七十二句。

《南有嘉魚》四章，章四句。

《南有嘉魚》，樂與賢也。太平君子至誠，樂與賢者共之也。

南有嘉魚，烝然罩罩。君子有酒，嘉賓式燕以樂。　南有嘉魚，烝然汕汕。君子有酒，嘉賓式燕以衎。　南有樛木，甘瓠纍之。君子有酒，嘉賓式燕綏之。　翩翩者鵻，烝然來思。君子有酒，嘉賓式燕又思。

「南有嘉魚。」南，江、漢之閒，魚所産也。罩罩，篧也。汕汕，樔也。按：當云「罩，篧也。汕，樔也」。不當疊字。罩罩者，以罩罩魚也。汕汕者，以汕汕魚也。衎，樂也。「南有樛木，甘瓠纍之」，興也。

纍，蔓也。鵻，壹宿之鳥。

《南山有臺》五章，章六句。

《南山有臺》，樂得賢也。得賢則能爲邦家立大平之基矣。

南山有臺，北山有萊。樂只君子，邦家之基。樂只君子，萬壽無期。南山有桑，北山有楊。樂只君子，邦家之光。樂只君子，萬壽無疆。南山有杞，北山有李。樂只君子，民之父母。樂只君子，德音不已。南山有栲，北山有杻。樂只君子，遐不眉壽。樂只君子，德音是茂。南山有枸，北山有楰。樂只君子，遐不黄耇。樂只君子，保艾爾後。

「南山有臺，北山有萊」，興也。臺，夫須也。萊，萊草也。基，本也。栲，山樗也。杻，檍也。眉壽，秀眉也。枸，枳枸。楰，鼠梓。黄，黄髮也。耇，老。艾，養。保，安也。依傳，似經文當作「艾保」。

《由庚》，萬物得由其道也。《崇丘》，萬物得極其高大也。《由儀》，萬物之生各得其宜也。有其義而亡其辭。

《蓼蕭》四章，章六句。

《蓼蕭》，澤及四海也。

蓼彼蕭斯，零露湑兮。既見君子，我心寫兮。燕笑語兮，是以有譽處兮。蓼彼蕭斯，零露瀼瀼。既見君子，爲龍爲光。其德不爽，壽考不忘。蓼彼蕭斯，零露泥泥。既見君子，孔燕豈弟。宜兄宜弟，令德壽豈。蓼彼蕭斯，零露濃濃。既見君子，攸革沖沖。和鸞雝雝，萬福攸同。

「蓼彼蕭斯，零露湑兮」，興也。蓼，長大貌。蕭，蒿也。湑湑然，蕭上露貌。寫，輸寫其心也。瀼瀼，露蕃貌。龍，寵也。爽，差也。泥泥，霑濡也。豈，樂也。《釋文》此謂「豈」即「愷」之叚借。弟，易也。「宜兄宜弟」，爲兄亦宜，爲弟亦宜也。濃濃，厚貌。攸，轡首飾也。革，轡首也。此謂「革」即「勒」字，古文省。沖沖，垂飾皃。在軾曰和，在鑣曰鸞。攸革，古金石文字皆作「攸勒」，或作「鋚勒」。《說文》曰：「鋚，轡首銅也。」然則鋚以飾轡首。傳云「垂飾皃」，正謂「鋚」也。《韓奕》鞹以爲鞃，淺以爲幦，鋚以飾勒，金以飾軛，四事一例。《載見》云「攸革有鶬」，鶬謂金飾。《采芑》箋云「攸革，轡首垂也」，皆可證。各本作「攸，轡也」，係淺人删「首飾」二字。「攸」作「鞗」，亦淺人爲之。今正。蓋毛多古文，以「攸革」爲「鋚勒」。

《湛露》四章，章四句。

《湛露》，天子燕諸侯也。

湛湛露斯，匪陽不晞。厭厭夜飲，不醉無歸。湛湛露斯，在彼豐草。厭厭夜飲，在宗載考。湛湛露斯，在彼杞棘。顯允君子，莫不令德。共桐其椅，其實離離。豈弟君子，莫不令儀。

「湛湛露斯，匪陽不晞」，興也。湛湛，露茂盛貌。陽，日也。此謂「陽」即「暘」之叚借。晞，乾也。露雖湛湛然，見陽則乾。厭，厭安也。此謂「厭厭」即「愔愔」之叚借。夜飲，燕私也。燕私，各本誤作「私燕」。考正義不誤。《楚茨》《尚書大傳》皆云「燕私」。「不醉無歸」，宗子將有事，則族人皆侍。不醉而出，是不親也。醉而不出，是渫宗也。豐，茂也。在宗，夜飲必於宗室。離離，垂也。

《湛露》三章，章六句。

《彤弓》，天子錫有功諸侯也。

彤弓弨兮，受言藏之。我有嘉賓，中心貺之。鍾鼓既設，一朝饗之。彤弓弨兮，受言載之。我有嘉賓，中心喜之。鍾鼓既設，一朝右之。彤弓弨兮，受言櫜之。我有嘉賓，中心好之。鍾鼓既設，一朝醻之。

彤弓，朱弓也，以講德習射。弨，弛貌。言，我也。貺，賜也。「貺」本作「兄」。兄，滋也。滋，益也。引申之，凡賜予曰「兄」。俗字加貝作「貺」。載，載以歸也。喜，樂也。右，勸也。此謂「右」即「侑」之叚借。櫜，韜也。好，説也。醻，報也。

《菁菁者莪》四章，章四句。

《菁菁者莪》，樂育材也。君子能長育人材，則天下喜樂之矣。

菁菁者莪，在彼中阿。既見君子，樂且有儀。　菁菁者莪，在彼中沚。既見君子，我心則喜。　菁菁者莪，在彼中陵。既見君子，錫我百朋。　汎汎楊舟，載沈載浮。既見君子，我心則休。

「菁菁者莪，在彼中阿」，興也。菁菁，盛貌。莪，蘿蒿也。中阿，阿中也，大陵曰阿。君子能長育人材，如阿之長莪菁菁然。中沚，沚中也。喜，樂也。中陵，陵中也。「汎汎楊舟，載沈載浮」，楊，木也，爲舟，載沈亦浮，載浮亦浮。各本作「載沈亦沈」。今從正義。

《六月》六章，章八句。

《六月》，宣王北伐也。《鹿鳴》廢則和樂缺矣。《四牡》廢則君臣缺矣。《皇皇者華》廢則忠信缺矣。《常棣》廢則兄弟缺矣。《伐木》廢則朋友缺矣。《天保》廢則福禄缺矣。《采薇》廢則征伐缺矣。《出車》廢則功力缺矣。《杕杜》廢則師衆缺矣。《魚麗》廢則法度缺矣。《南陔》廢則孝友缺矣。《白華》廢則廉恥缺矣。《華黍》廢則蓄積缺矣。《由庚》廢則陰陽失其道理矣。《南有嘉魚》廢則賢者不安，下不得其所矣。《崇丘》廢則萬物不遂矣。《南山有臺》廢則爲國之基隊矣。《由儀》廢則萬物失其道理矣。《蓼蕭》廢則恩澤乖矣。《湛露》廢則萬國離矣。《彤弓》廢則諸夏衰矣。《菁菁者莪》廢則無禮儀矣。《小雅》盡廢，則四夷交侵，中國微矣。

六月棲棲，戎車既飭。四牡騤騤，載是常服。玁允孔熾，我是用急。王于出征，以匡王國。比物四驪，閑之維則。維此六月，既成我服。我服既成，于三十里。王于出征，以佐天子。四牡修廣，其大有顒。薄伐玁允，以奏膚公。有嚴有翼，共武之服。共武之服，以定王國。玁允匪茹，整居焦獲。侵鎬及方，至于涇陽。織文鳥章，「織」讀爲「識」。古「徽幟」作「徽識」。帛茷央央。正義云：「言帛旆者，謂絳帛。猶『通帛爲旃』，亦是絳。」《公羊》疏引「帛旆英英」，古叚「茷」爲「旆」。元戎十乘，以先啓行。戎車既安，如輊如軒。四牡既佶，既佶且閑。薄伐玁允，至于大原。文武吉甫，萬邦爲憲。吉甫燕喜，既多受祉。來歸自鎬，我行永久。飲御諸友，炰鱉膾鯉。炰，《禮》注作「缹」，《通俗文》：「燥煮曰缹。」與《瓠葉》《閟宮》之「炮」迥別。侯誰在矣，張仲孝友。

棲棲，簡閲貌。飭，正也。日月爲常。服，戎服也。熾，盛也。「比物四驪，閑之維則。」物，毛物也。則，法也。言先教戰然後用師。「于三十里」，師行三十里也。「師行」之下當有「日」字。「王于出征，以佐天子」，出征以佐其爲天子也。修，長。廣，大也。顒，大貌。奏，爲。膚，大。公，功也。嚴，威嚴也。翼，敬也。焦獲，周地接于獫允者。鳥章，錯革鳥爲章也。帛茷，繼旐者也。央央，鮮明貌。此謂「央」即「英」之叚借。「元戎」，元，大也。夏后氏曰鉤車先正也，殷曰寅車先疾也，周曰元戎先良也。輊，摯。《考工記》：「大車之轅摯。」佶，正也。「薄伐獫允，至于大原」，言逐出之而已。「文武吉甫。」吉甫，尹吉甫也，有文有武。憲，法也。祉，福也。御，進也。侯，維也。「張仲孝友。」張仲，賢臣也。善父母爲孝，善兄弟爲友。使文武之臣征伐，與孝友之臣處内。

《采芑》四章，章十二句。

《采芑》，宣王南征也。

薄言采芑，于彼新田，于此菑畝。方叔涖止，其車三千，師干之試。方叔率止，乘其四騏。四騏翼翼，路車有奭。簟茀魚服，鉤膺鞗革。　薄言采芑，于彼新田，于此中鄉。方叔涖止，其車三千，旂旐英英。方叔率止，約軝錯衡。八鸞瑲瑲，服其命服。朱芾斯皇，有瑲葱珩。　鴥彼飛隼，其飛戾天，亦集爰止。方叔涖止，其車三千，師干之試。方叔率止，鉦人伐鼓。陳師鞠旅，顯允方叔。伐鼓淵淵，振旅闐闐。　蠢爾荆蠻，大邦爲讎。方叔元老，克壯其猶。方叔率止，執訊獲醜。戎車嘽嘽，嘽嘽焞焞，如霆如雷。顯允方叔，征伐玁狁，荆蠻來威。

「薄言采芑，于彼新田，于此菑畝」，興也。芑，菜也。田一歲曰菑，二歲曰新田，三歲曰畬。宣王能新美天下之士，然後用之。「方叔涖止。」方叔，卿士也，受命而爲將也。涖，臨。此謂「涖」即「隸」之叚借。師，衆。干，扞。試，用也。奭，赤貌。鈎膺，樊纓也。鄉，所也。約軝，長轂之軝也，朱而約之。錯衡，文衡也。瑲瑲，聲也。朱芾，黄朱芾也。皇，猶煌煌也。瑲珩，聲也。蔥，蒼也。三命蔥珩，言周室之强，車服之美也。言其强美，斯劣矣。戾，至也。伐，擊也。鉦以静之，鼓以動之。鞫，告也。淵淵，鼓聲也。入曰振旅，復長幼也。蠢，動也。荆蠻，荆州之蠻也。依傳，則知經文定是「荆蠻」。《國語·晉語》《漢書·韋元成傳》《後書·李膺傳》《文選·王仲宣誄》及唐初人所引皆不誤。「方叔元老」。元，大也。五官之長出于諸侯，曰天子之老。壯，大。猶，道也。嘽嘽，衆也。焞焞，盛也。

《車攻》八章，章四句。

《車攻》，宣王復古也。宣王能内修政事，外攘夷狄，復文、武之竟土。修車馬，備器械，復會諸侯於東都，因田獵而選車徒焉。

我車既攻，我馬既同。四牡龐龐，駕言徂東。　田車既好，四牡孔阜。東有甫草，駕言行狩。　之子于苗，選徒囂囂。建旐設旄，薄狩于敖。薄狩，《東京賦》《水經·泲水注》、《後漢書·安帝紀》注及《初學記》所引皆可證。薄，辭也。箋云：「狩，田獵搏獸也。」釋「狩」以「搏獸」者，以上文言「苗」，毛謂「夏獵」，則不當復舉冬獵之名。且上章言「行狩」，疏謂是獵之總名。則此「狩」字當爲實事，以別於上章。　駕彼四牡，四牡奕奕。赤芾金舄，會同有繹。　夬拾既佽，《釋文》作「夬」。弓矢既調，射夫既同，助我舉柴。　四黄既駕，兩驂不倚。倚，今本作「猗」。按：傳、箋皆不云「猗，倚也」，則經文本作「倚」，與「倚重較兮」同誤。不失其馳，舍矢如破。　蕭蕭馬鳴，悠悠旆旌。徒御不警，經文作「警」，傳、箋、正義皆甚明。大庖不盈。　之子于征，有聞無聲。允矣君子，展也大成。

攻，堅。同，齊也。宗廟齊豪，尚純也。戎事齊力，尚强也。田獵齊足，尚疾也。龐龐，充實也。東，洛邑也。甫，大也。田者，大艾草以爲防，或舍其中。褐纏旃以爲門，裘纏質以爲槸，間容握，驅而入，轚則不得入。之左者之左，之右者之右，十字依《釋文》。然後焚而射焉。天子發然後諸侯發，諸侯發然後大夫、士發。天子發抗大綏，諸侯發抗小綏，獻禽於其下，故戰不出頃，田不出防，不逐奔走，古之道也。之子，有司也。夏獵曰苗。「選徒囂囂。」囂囂，聲也。維數車徒者爲有聲也。敖，地名。「駕彼四牡，四牡奕奕」，言諸侯來會也。「赤芾金舄」，諸侯赤芾金舄。舄，達履也。「達」「舄」古字通，鄭注《周禮》云：「單下曰履，複下曰舄。」然則「達」取重舄之義。「金舄」謂金飾其下，其上則赤也。故於此言之。而《狼跋》無傳。時見曰會，殷見曰同。繹，陳也。夬，所以鉤絃也。「所以」二字今補。拾，遂也。佽，利也。柴，積也。「四黄既駕，兩驂不倚」，言御者之良也。「不失其馳，舍矢如破」，言習于射御法也。「蕭蕭馬鳴，悠悠旆旌」，言不讙譁也。徒，輦者。御，御馬者。二「者」字本作「也」。不警，警也。不盈，盈也。一曰乾豆，二曰賓客，三曰充君之庖，故自左膘而射之，達于右髃，爲上殺。射右耳本，次之。鄭云此「射」當爲「達」。射左髀，達于右䯚，爲下殺。面傷不獻。踐毛不獻。謂毛遭蹂躪狼藉。正義説非。不成禽不獻。禽雖多，擇取三十焉，其餘以與大夫、士。以習射於澤宫，田雖得禽，射不中不得取禽。田雖不得禽，射中則得取禽。古者以辭讓取，不以勇力取。「有聞無聲」，有善聞而無讙譁之聲也。

《吉日》四章，章六句。

《吉日》，美宣王田也。能慎微接下，無不自盡以奉其上焉。

吉日維戊，既伯既禱。田車既好，四牡孔阜。升彼大阜，從其群醜。吉日庚午，既差我馬。獸之所同，麀鹿麌麌。漆沮之從，天子之所。瞻彼中原，其祁孔有。儦儦俟俟，或群或友。悉率左右，以燕天子。　既張我弓，既挾我矢。發彼小豝，殪此大兕。以御賓客，且以酌醴。

維戊，順類乘牡也。伯，馬祖也。重物慎微，將用馬力，必先爲之禱其祖。禱，禱獲也。庚，外事以剛日也。差，擇也。鹿牝曰麀。麌麌，衆多也。「漆沮之從，天子之所」，漆沮之水，麀鹿所生也。從漆沮驅禽，而致天子之所。祁，大也。趨則儦儦，行則俟俟。獸三曰群，二曰友。「悉率左右，以燕天子」，驅禽之左右，以安待天子也。「發彼小豝，殪此大兕。」殪，壹發而死。言能中微而制大也。酌醴，饗醴，天子之飲酒也。

皇清經解卷六百一十六終　　　　嘉應生員楊懋建校

毛詩故訓傳　卷一八

金壇段大令玉裁訂

鴻鴈之什故訓傳第十八　小雅

《鴻鴈之什》十篇，三十二章，二百三十句。

《鴻鴈》三章，章六句。

《鴻鴈》，美宣王也。萬民離散，不安其居。而能勞來還定安集之，至于鰥寡，無不得其所焉。

鴻鴈于飛，肅肅其羽。之子于征，劬勞于野。爰及矜人，哀此鰥寡。鴻鴈于飛，集于中澤。之子于垣，百堵皆作。雖則劬勞，其究安宅。鴻鴈于飛，哀鳴嗸嗸。維此哲人，謂我劬勞。維彼愚人，謂我宣驕。

「鴻鴈于飛，肅肅其羽」，興也。大曰鴻，小曰鴈。肅肅，羽聲也。之子，侯伯卿士也。劬勞，病苦也。矜，憐也。老無妻曰鰥，偏喪曰寡。中澤，澤中也。一丈爲板，五板爲堵。究，窮也。「哀鳴嗸嗸」，未得所安集則嗸嗸然也。宣，示也。

《庭燎》三章，章五句。

《庭燎》，美宣王也。因以箴之。

夜如何其？夜未央。庭燎之光。君子至止，鸞聲將將。夜如何其？夜未艾。庭燎晣晣。君子至止，鸞聲噦噦。夜如何其？夜鄉晨。庭燎有煇。君子至止，言觀其旂。

央，且也。且，薦也。凡物薦之則有二層。未且，猶言「未漸進」也。與「未艾」「鄉晨」爲次第。若作「旦」字，則與「鄉晨」不別矣。庭燎，大燭。君子，謂諸侯也。將將，鸞鑣聲。艾，久也。晣晣，明也。噦噦，徐行有節也。煇，光也。

《沔水》三章，二章章八句，一章六句。

《沔水》，規宣王也。

沔彼流水，朝宗于海。鴥彼飛隼，載飛載止。嗟我兄弟，邦人諸友。莫肯念亂，誰無父母。沔彼流水，其流湯湯。鴥彼飛隼，載飛載揚。念彼不蹟，載起載行。心之憂矣，不可弭忘。鴥彼飛隼，率彼中陵。民之訛言，寧莫之懲。我友敬矣，讒言其興。

「沔彼流水，朝宗于海。鴥彼飛隼，載飛載止」，興也。沔，水流滿也。水猶有所朝宗。「邦人諸友」，謂諸侯也。兄弟，同姓臣也。「誰無父母」，京師者，諸侯之父母也。「其流湯湯」，言放衍無所入也。「載飛載揚」，言無所定止也。不蹟，不循道也。弭，止也。懲，止也。「我友敬矣，讒言其興」，疾王不能察讒也。

《鶴鳴》二章，章九句。

《鶴鳴》，誨宣王也。

鶴鳴九皋，古書引皆無「于」字，凡十四見。唐石「于九皋」誤。聲聞于野。魚潛在淵，或在于渚。樂彼之園，爰有樹檀，其下維蘀。它山之石，可以爲錯。鶴鳴九皋，聲聞于天。魚在于渚，或潛在淵。樂彼之園，爰有樹檀，其下維穀。它山之石，可以攻玉。

鶴鳴，興也。「鶴鳴九皋，聲聞于野。」皋，澤也。言身隱而名著也。「魚潛在淵，或在于渚」，良魚在淵，小魚在渚。「樂彼之園，爰有樹檀，其下維蘀」，何樂于彼園之觀乎？蘀，落也。尚有樹檀而下其蘀。「它山之石，可以爲錯。」錯，石也，此謂「錯」即「厝」之叚借。可以琢玉。舉賢用滯，則可以治國。穀，惡木也。攻，錯也。

《祈父》三章，章四句。

《祈父》，刺宣王也。

祈父，予王之爪牙。胡轉予于恤，靡所止居？祈父，予王之爪士。胡轉予于恤，靡所厎止？祈父，亶不聰。胡轉予于恤，有母之尸饔！

祈父，司馬也，職掌封圻之兵甲。恤，憂也。宣王之末，司馬職廢，羌戎爲敗。士，事也。此與《褰裳》傳「士，事也」，皆當作「事，士也」。經文本作「事」。厎，至也。亶，誠也。尸，陳也。孰食曰饔。

《白駒》四章，章六句。

《白駒》，大夫刺宣王也。

皎皎白駒，食我場苗。縶之維之，以永今朝。所謂伊人，於焉逍遥。皎皎白駒，食我場藿。

縶之維之，以永今夕。所謂伊人，於焉嘉客。　皎皎白駒，賁然來思。爾公爾侯，逸豫無期。慎爾優遊，勉爾遯思。　皎皎白駒，在彼空谷。生芻一束，其人如玉。無金玉爾音，而有遐心。

「皎皎白駒」，宣王之末不能用賢，賢者有乘白駒而去者。縶，絆。維，繫也。藿猶苗也。夕猶朝也。賁，飾也。「爾公爾侯，逸豫無期」，爾公爾侯邪，依正義，當「爾公」下增一「耶」字。何爲逸樂無期以反也。慎，誠也。空，大也。此謂「空」即「穹」之叚借也。《釋詁》曰：「穹，大也。」《韓詩》正作「穹谷」。

《黄鳥》三章，章七句。

《黄鳥》，刺宣王也。

黄鳥黄鳥，無集于穀，無啄我粟。此邦之人，不我肯穀。言旋言歸，復我邦族。　黄鳥黄鳥，無集于桑，無啄我粱。此邦之人，不可與明。言旋言歸，復我諸兄。　黄鳥黄鳥，無集于栩，無啄我黍。此邦之人，不可與處。言旋言歸，復我諸父。

「黄鳥黄鳥，無集于穀，無啄我粟」，興也。黄鳥，宜集木啄粟者。喻天下室家不以其道而相去，是失其性。穀，善也。「言旋言歸，復我邦族」，宣王之末天下室家離散，妃匹相去，有不以禮者。「不可與明」，不可與明夫婦之道。「復我諸兄」，婦人有歸宗之義。處，居也。諸父，猶諸兄也。

《我行其野》三章，章六句。

《我行其野》，刺宣王也。

我行其野，蔽芾其樗。昏姻之故，言就爾居。爾不我畜，復我邦家。　我行其野，言采其蓫。昏姻之故，言就爾宿。爾不我畜，言歸思復。　我行其野，言采其葍。不思舊姻，求爾新特。成不以富，亦祇以異。祇，適也。凡此訓唐人皆從衣。

樗，惡木也。畜，養也。蓫，惡菜也。復，反也。葍，惡菜也。新特，外昏也。祇，適也。

《斯干》九章，四章章七句，五章章五句。

《斯干》，宣王考室也。

秩秩斯干，幽幽南山。如竹苞矣，如松茂矣。兄及弟矣，式相好矣，無相猶矣。　似續妣祖，築室百堵，西南其户。爰居爰處，爰笑爰語。　約之閣閣，椓之橐橐。風雨攸除，鳥鼠攸去，君子攸芋。如跂斯翼，如矢斯棘，如鳥斯革。如翬斯飛，君子攸躋。殖殖其庭，有覺其楹，噲噲其正。噦噦其冥，君子攸寧。下莞上簟，乃安斯寢。乃寢乃興，乃占我夢。吉夢維何？維熊維羆，維虺維蛇。大人占之，維熊維羆，男子之祥；維虺維蛇，女子之祥。乃生男子，載寢之牀，載衣之裳，載弄之璋。其泣喤喤，朱芾斯皇，家室君王。乃生女子，載寢之地，載衣之裼，載弄之瓦。無非無儀，唯酒食是議，無父母詒罹。

「秩秩斯干，幽幽南山」，興也。秩秩，流行也。干，澗也。此謂叚借。幽幽，深遠也。苞，本也。猶，道也。似，嗣也。此謂叚借也。「西南其户」，西鄉户、南鄉户也。約，束也。閣閣，猶歷歷也。「閣」讀如「洛」。橐橐，用力也。芋，大也。此謂「芋」同「訏」。「如跂斯翼」，如人之跂竦翼爾也。棘，棱廉也。革，翼也。此謂「革」即「⿰革羽」之叚借。《韓詩》正作「⿰革羽」，云：「翅也。」躋，升也。殖殖，言平正也。有覺，言高大也。正，長。冥，窈也。「乃占我夢」，言善之應人也。半珪曰璋。裳，下之飾也。璋，臣之職也。裼，緥也。《韓詩》作「褅」，正字也。此叚「裼襄」字爲之。瓦，紡專也。「紡塼」，俗謂之「鏞」。無儀，婦人質，無威儀也。罹，憂也。

《無羊》四章，章八句。

《無羊》，宣王考牧也。

誰謂爾無羊？三百維群。誰謂爾無牛？九十其犉。爾羊來思，其角濈濈。爾牛來思，其耳溼溼。或降于阿，或飲于池，或寢或訛。爾牧來思，何蓑何笠，或負其餱。三十維物，爾牲則具。爾牧來思，以薪以蒸，以雌以雄。爾羊來思，矜矜兢兢，不騫不崩。麾之以肱，畢來既升。牧人乃夢，衆維魚矣，旐維旟矣。大人占之：衆維魚矣，實維豐年。旐維旟矣，室家溱溱。

黄牛黑脣曰犉。「其角濈濈」，聚其角而息濈濈然也。「其耳溼溼」，呞而動，其耳溼溼然。訛，動也。毛謂「訛」即「吪」也。何，揭也。蓑，所以備雨。笠，所以禦暑。「三十維物」，異毛色者三十也。「矜矜兢兢」，以言堅彊也。騫，曜也。此從集注本。曜，《考工記》作「燿」，讀爲「哨」，頃小也。毛釋此「不騫不崩」別於《天保》言山。崩，群疾也。群疾，謂病者衆也。肱，臂也。升，升八牢也。「衆維魚矣，實維豐年」，陰陽和則魚衆多矣。溱溱，衆也。旐旟，所以聚衆也。

皇清經解卷六百一十七終　　嘉應生員楊懋建校

金壇段大令玉裁訂

毛詩故訓傳　卷一九

節南山之什故訓傳第十九　小雅

《節南山之什》十篇，七十九章，五百五十二句。

《節南山》十章，六章章八句，四章章四句。

《節南山》，家父刺幽王也。

節彼南山，維石巖巖。赫赫師尹，民具爾瞻。憂心如惔，不敢戲談。國既卒斬，何用不監？

節彼南山，有實其猗。赫赫師尹，不平謂何？天方薦瘥，喪亂弘多。民言無嘉，憯莫懲嗟。

尹氏大師，維周之氐。秉國之均，四方是維，天子是毗，卑民不迷。不弔昊天，不宜空我師。

弗躬弗親，庶民不信。今本「弗信」，日本古本作「不」。弗問弗仕，勿罔君子。式夷式已，無小人殆。瑣瑣姻亞，則無膴仕。

昊天不傭，降此鞫訩。昊天不惠，降此大戾。君子如届，卑民心闋。君子如夷，惡怒是違。

不弔昊天，亂靡有定。式月斯生，卑民不寧。憂心如酲，誰秉國成？不自爲政，卒勞百姓。　駕彼四牡，四牡項領。我瞻四方，蹙蹙靡所騁。　方茂爾惡，相爾矛矣。既夷既懌，如相醻矣。　昊天不平，我王不寧。不懲其心，覆怨其正。　家父作誦，以究王訩。式訛爾心，以畜萬邦。

「節彼南山，維石巖巖」，興也。節，高峻皃。此謂「節」即「截」之叚借。巖巖，積石皃。赫赫，顯盛貌。師，大師，周之三公也。尹，尹氏，爲大師。具，俱。瞻，視。惔，燔也。「惔」當從《説文》作「𤆍」，小爇也。轉寫作「炎」，又作「惔」。卒，盡。斬，斷。監，視也。實，滿。猗，長也。薦，重。瘥，病。弘，大也。憯，曾也。氏，本。均，平。毗，厚也。弔，至。空，窮也。此謂「空」即「穹」之叚借也。《七月》傳「穹，窮也」。「庶民弗信」，庶民之言不可信。「勿罔君子」，勿罔上而行也。「式夷式已，無小人殆。」式，用也。夷，平也。用平則已，無以小人之言至於危殆也。瑣瑣，小貌。兩壻相謂曰亞。膴，厚也。傭，均。鞫，盈。訩，訟也。屆，極。闋，息。夷，易。違，去也。病酒曰酲。成，平也。項，大也。此謂「項」即「洪」之叚借。騁，極也。茂，勉也。懌，服也。正，長也。家父，大夫也。

《正月》十三章，八章章八句，五章章六句。

《正月》，大夫刺幽王也。

正月繁霜，我心憂傷。民之訛言，亦孔之將。念我獨兮，憂心京京。哀我小心，癙憂以痒。父母生我，胡俾我瘉。不自我先，不自我後。好言自口，莠言自口。憂心愈愈，是以有侮。憂心惸惸，念我無禄。民之無辜，并其臣僕。哀我人斯，于何從禄？瞻烏爰止，于誰之屋？瞻彼中林，侯薪侯蒸。民今方殆，視天夢夢。既克有定，靡人弗勝。有皇上帝，伊誰云憎？謂山蓋卑，爲岡爲陵。民之訛言，寧莫之懲？召彼故老，訊之占夢。具曰予聖，誰知烏之雌雄？謂天蓋高，不敢不局。謂地蓋厚，不敢不蹐。維號斯言，有倫有脊。哀今之人，胡爲虺蜴？瞻彼阪田，有菀其特。天之抏我，如不我克。彼求我則，如不我得。執我仇仇，亦不我力。心之憂矣，如或結之。今兹之正，胡然厲矣？燎之方揚，寧或滅之。赫赫宗周，褒姒烕之。終其永懷，又窘陰雨。其車既載，乃棄爾輔。載輸爾載，將伯助予。無棄爾輔，員于爾輻。屢顧爾僕，不輸爾載。終踰絶險，曾是不意。魚在于沼，亦匪克樂。潛雖伏矣，亦孔之炤。憂心慘慘，念國之爲虐。彼有旨酒，又有嘉肴。洽比其鄰，昏姻孔云。念我獨兮，憂心慇慇。佌佌彼有屋，蔌蔌方穀。民今之無禄，天夭是椓。哿矣富人，哀此惸獨。

正月，夏之四月。繁，多也。將，大也。京京，憂不去也。癙、痒，皆病也。父母，謂文、武也。我，我天下。瘉，病也。莠，醜也。愈愈，憂懼也。惸惸，憂意也。臣僕，古者有罪不入於刑，則役之園土，以爲臣僕。「瞻烏爰止，于誰之屋」，富人之屋，烏所集也。中林，林中也。薪、蒸，言似而非。「視天夢夢」，王者爲亂夢夢然。勝，乘也。皇，君也。「謂山蓋卑，爲岡爲陵」，在位非君子，乃小人也。故老，元老。訊，問也。「具曰予聖」，君臣俱自謂聖也。局，曲也。蹐，累足也。「蹐」與「積」同音。倫，道也。脊，理也。蜴，螈也。「瞻彼阪田，有菀其特」，言朝廷曾無傑臣也。扤，動也。仇仇，謷謷也。厲，惡也。滅之，滅之以水也。宗周，鎬京也。「褒姒威之。」褒，國也。姒，姓也。威，滅也。有褒國之女，幽王惑焉，而以爲后。詩人知其必滅周也。窘，困也。「其車既載，乃棄爾輔」，大車重載，又棄其輔。將，請也。伯，長也。員，益也。沼，池也。懆懆，猶戚戚也。「彼有旨酒，又有嘉肴」，言禮物備也。「洽比其鄰，昏姻孔云。」洽，合也。鄰，近也。云，旋也。是言王者不能親親以及遠。慇慇然痛也。佌佌，小也。蔌蔌，陋也。「夭夭是椓」，君夭之，在位椓之。哿，可。獨，單也。

《十月之交》八章，章八句。

《十月之交》，大夫刺幽王也。

十月之交，朔月辛卯。日有食之，亦孔之醜。彼月而微，此日而微。今此下民，亦孔之哀。

日月告凶，不用其行。四國無政，不用其良。彼月而食，則維其常。此日而食，于何不藏。爗爗震電，不寧不令。百川沸騰，山冢卒崩。「卒」與《漸漸之石》同。高岸爲谷，深谷爲陵。哀今之人，胡憯莫懲。皇父卿士，番維司徒。家伯維宰，仲允膳夫。棸子内史，蹶維趣馬。楀維師氏，艷妻傓方處。此從《説文》作「傓」。抑此皇父，豈曰不時？胡爲我作，不即我謀！徹我墻屋，田卒汙萊。曰予不戕，禮則然矣。皇父孔聖，作都于向。擇三有事，亶侯多藏。不憖遺一老，俾守我王。擇有車馬，以居徂向。黽勉從事，不敢告勞。無罪無辜，讒口囂囂。下民之孽，匪降自天。噂沓背憎，職競由人。悠悠我里，亦孔之痗。四方有羡，我獨居憂。民莫不逸，我獨不敢休。天命不徹，我不敢傚我友自逸。

之交，日月之交會。「日有食之，亦孔之醜」。醜，惡也。月，臣道。日，君道。爗爗，震電皃。震，雷也。沸，出。騰，乘也。山頂曰冢。「高岸爲谷，深谷爲陵」，言易位也。艷妻，褒姒。美色曰艷。傓，熾也。時，是也。下則汙，高則萊。「皇父孔聖」，皇父甚自謂聖。向，邑也。「擇三有事，亶侯多藏」，有司國之三卿，信維貪淫多藏之人也。噂猶噂噂。沓猶沓沓。職，主也。悠悠，憂也。里，病也。此從《釋文》。痗，病也。羡，餘也。「天命不徹，我不敢傚我友自逸。」徹，道也。親屬之臣，心不能已也。

《雨無正》七章，二章章十句，二章章八句，三章章六句。

《雨無正》，大夫刺幽王也。雨，自上下者也。衆多如雨，而非所以爲正也。

浩浩昊天，不駿其德。降喪饑饉，斬伐四國。昊天疾威，此從正義本。弗慮弗圖。舍彼有罪，既伏其辜。若此無罪，淪胥以鋪。周宗既滅，靡所止戾。正大夫離居，莫知我勩。三事大夫，莫肯夙夜。邦君諸侯，莫肯朝夕。庶曰式臧，覆出爲惡。如何昊天，辟言不信。如彼行邁，則靡所臻。凡百君子，各敬爾身。胡不相畏，不畏于天。戎成不退，饑成不遂。曾我暬御，憯憯日瘁。凡百君子，莫肯用誶。聽言則荅，譖言則退。哀哉不能言，匪舌是出，維躬是瘁。哿矣能言，巧言如流，俾躬處休。維曰于仕，孔棘且殆。云不可使，得罪于天子。亦云可使，怨及朋友。謂爾遷于王都，曰予未有室家。鼠思泣血，無言不疾。昔爾出居，誰從作爾室？

駿，長也。穀不熟曰饑，蔬不熟曰饉。舍，除也。淪，率也。戾，定也。勩，勞也。覆，反也。辟，法也。戎，兵。遂，安也。暬，御。侍，御也。瘁，病也。「聽言則荅，譖言則退」，以言進退人也。「哀哉不能言，匪舌是出，維躬是瘁」，哀賢人不得言，不得出是舌也。「哿矣能言，巧言如流，俾躬處休。」哿，可也。可矣，世所謂能言也。巧言從俗，如水轉流。于，往也。「謂爾遷于王都，曰予未有室家」，賢者不肯遷于王都也。無聲曰泣血。「無言不疾」，無所言而不見疾也。「昔爾出居，誰從作爾室」，遭亂世，義不得去。思其友而不肯反者也。

《小旻》六章，三章章八句，三章章七句。

《小旻》，大夫刺幽王也。

旻天疾威，敷于下土。謀猶回遹，何日斯沮？謀臧不從，不臧覆用。我視謀猶，亦孔之邛。

敷，布。回，邪也。遹，辟也。沮，壞也。邛，病也。

潝潝訿訿，亦孔之哀。謀之其臧，則具是違。謀之不臧，則具是依。我視謀猶，伊于胡底。

潝潝然患其上，訿訿然思不稱其上。作「不思」者誤也。

我龜既厭，不我告猶。謀夫孔多，是用不集。發言盈庭，誰敢執其咎？如匪行邁謀，是用不得于道。

「不我告猶。」猶，道也。集，就也。「發言盈庭，誰敢執其咎」，謀人之國，國危則死之，古之道也。

哀哉爲猶，匪先民是程，匪大猶是經。維邇言是聽，維邇言是爭。如彼築室于道謀，是用不潰于成。

古曰在昔，昔曰先民。程，法。經，常。猶，道。邇，近也。「維邇言是爭」，爭爲近言也。潰，遂也。

國雖靡止，或聖或否。民雖靡膴，或哲或謀，或肅或艾。如彼泉流，無淪胥以敗。

「國雖靡止，或聖或否。民雖靡膴，或哲或謀，或肅或艾。」靡止，言小也。人有通聖者，有不能者，亦有明哲者，有聰謀者。艾，治也。有恭肅者，有治理者。

不敢暴虎，不敢馮河。人知其一，莫知其他。戰戰兢兢，如臨深淵，如履薄冰。

馮，陵也。徒涉曰馮河，徒搏曰暴虎。一，非也。他，不敬小人之危殆也。戰戰，恐也。兢兢，戒也。「如臨深淵」，恐隊也。

「如履薄冰」，恐陷也。

《小宛》六章，章六句。

《小宛》，大夫刺幽王也。作「宣王」誤。

宛彼鳴鳩，翰飛戾天。我心憂傷，念昔先人。明發不寐，有懷二人。人之齊聖，飲酒温克。彼昏不知，壹醉日富。各敬爾儀，天命不又。中原有菽，庶民采之。螟蛉有子，蜾蠃負之。教誨爾子，式穀似之。題彼脊令，載飛載鳴。我日斯邁，而月斯征。夙興夜寐，無忝爾所生。交交桑扈，率場啄粟。哀我填寡，宜岸宜獄。握粟出卜，自何能穀？温温恭人，如集于木。惴惴小心，如臨于谷。戰戰兢兢，如履薄冰。

「宛彼鳴鳩，翰飛戾天」，興也。宛，小貌。鳴鳩，鶻鵰。翰，高也。戾，至也。行小人之道，責高明之功，終不可得。先人，文、武也。明發，發夕至明也。齊，正。克，勝也。「壹醉日富」，醉日而富矣。宋本、岳本如是。謂當壹醉之日，頓自富矣。與箋小別。又，復也。此謂「又」爲「復」之叚借。「中原有菽，庶民采之。」中原，原中也。菽，藿也，力采者則得之。螟蛉，桑蟲也。蜾蠃，蒲盧也。負，持也。「題彼脊令，載飛載鳴。」題，視也。此謂「題」即「睼」之叚借。脊令不能自舍，君子有取節爾。忝，辱也。「交交桑扈，率場啄粟。」交交，小貌。桑扈，竊脂也。言上爲亂政而求下之治，終不可得也。填，盡。岸，訟也。此謂「岸」即「犴」之叚借。《韓詩》正作「犴」。溫溫，和柔貌。「如集于木」，恐隊也。「如臨于谷」，恐隕也。

小弁八章，章八句。

《小弁》，刺幽王也。大子之傅作焉。

弁彼鸒斯，歸飛提提。民莫不穀，我獨于罹。何辜于天？我罪伊何？心之憂矣，云如之何！　踧踧周道，鞫爲茂草。我心憂傷，惄焉如擣。《釋文》。假寐永歎，維憂用老。心之憂矣，疢如疾首。　維桑與梓，必恭敬止。靡瞻匪父，靡依匪母。不屬于毛，不離于裏。唐石經。天之生我，我辰安在？　菀彼柳斯，鳴蜩嘒嘒。有漼者淵，萑葦淠淠。譬彼舟流，不知所届。心之憂矣，不遑假寐。　鹿斯之奔，維足伎伎。雉之朝雊，尚求其雌。譬彼壞木，疾用無枝。心之憂矣，寧莫之知！　相彼投兔，尚或先之。行有死人，尚或墐之。當依《説文》作「殣」。君子秉心，惟其忍之。心之憂矣，涕既隕之！　君子信讒，如或醻之。君子不惠，不舒究之。伐木掎矣，析薪扡矣。舍彼有罪，予之佗矣！　莫高匪山，莫浚匪泉。君子無易由言，耳屬于垣。無逝我梁，無發我笱。我躬不閲，遑恤我後。

「弁彼鷽斯，歸飛提提」，興也。弁，樂也。鷽，卑居。卑居，雅烏也。提提，群貌。「民莫不穀，我獨于罹」，幽王取申女，生大子宜咎。又説褒姒，生子伯服，立以爲后。而放宜咎，將殺之。「何辜于天，我罪伊何」，舜之怨慕，日號泣于旻天、于父母。踧踧，平易也。周道，周室之通道。鞫，窮也。惄，思也。擣，心疾也。「維桑與梓，必恭敬止」，父之所樹，已尚不敢不恭敬也。毛在外，陽以言父。裏在内，陰以言母。辰，時也。蜩，蟬也。嘒嘒，聲也。漼，深貌。淠淠，衆也。「鹿斯之奔，維足伎伎。」伎伎，舒貌。謂鹿之奔走，其足伎伎然舒也。壞，瘣也，謂傷病也。他家《詩》作「瘣」，《爾雅·釋木》、《説文》某氏注《爾雅》所引是也。《毛詩》作「壞」，故毛公以《爾雅》釋之，復釋「瘣」字之義。墐，路冢也。隕，隊也。「伐木掎矣，析薪扡矣」，伐木者掎其顛，析薪者隨其理。「扡」即《説文》「拕」字，經叚借取「迆衺隨理」之意。佗，加也。浚，深也。「我躬不閲，遑恤我後」，念父，孝也。高子曰：「《小弁》，小人之詩也。」孟子曰：「何以言之？」曰：「怨乎。」孟子曰：「固哉，夫高叟之爲詩也！有越人於此，關弓而射我，我則談笑而道之。無他，疏之也。兄弟關弓而射我，我則垂涕泣而道之。無他，戚之也。以上當依《孟子》書爲明順。然則《小弁》之怨，親親也。親親，仁也。固哉，夫高叟之爲詩！曰：『《凱風》何以不怨？』曰：『《凱風》，親之過小者也。《小弁》，親之過大者也。親之過大而不怨，是愈疏也。親之過小而怨，是不可磯也。《釋文》：「磯，古愛反。」按：依此音，則正與「杌」同。杌，漢賦多作「扢」。「不可杌」，謂「不可摩及之」也。幾聲、乞聲古同音通用。愈疏，不孝也。不可磯，亦不孝也。孔子曰：舜其至孝矣，五十而慕。』」

《巧言》六章，章八句。

《巧言》，刺幽王也。大夫傷於讒，故作是詩也。

悠悠昊天，曰父母且。無罪無辜，亂如此幠。昊天已威，予慎無罪。昊天大幠，予慎無辜。

亂之初生，僭始既涵。亂之又生，君子信讒。君子如怒，亂庶遄沮。君子如祉，亂庶遄已。

君子屢盟，亂是用長。君子信盜，亂是用暴。盜言孔甘，亂是用餤。匪其止共，維王之邛。

奕奕寢廟，君子作之。秩秩大猷，聖人莫之。他人有心，予忖度之。躍躍毚兔，遇大獲之。

荏染柔木，君子樹之。往來行言，心焉數之。蛇蛇碩言，出自口矣。巧言如簧，顔之厚矣。

彼何人斯，居河之麋。無拳無勇，職爲亂階。既微且尰，爾勇伊何？爲猶將多，爾居徒幾何？

幠，大也。威，畏。慎，誠也。僭，數。《釋文》云「毛側蔭反」，則「數」當「色主反」，不音「朔」。涵，容也。遄，疾。沮，止也。祉，福也。盟，凡國有疑，會同則用盟而相要也。盜，逃也。此謂叚借。餤，進也。奕奕，大貌。秩秩，進知也。莫，謀也。毚兔，狡兔也。荏染，柔意也。柔木，椅、桐、梓、漆也。蛇蛇，淺意也。水草交謂之麋。此謂「湄」之叚借。拳，力也。骭瘍爲微。腫足爲尰。

《何人斯》八章，章六句。

《何人斯》，蘇公刺暴公也。暴公爲卿士，而譖蘇公焉。故蘇公作是詩以絶之。

彼何人斯，其心孔艱。胡逝我梁，不入我門。伊誰云從，維暴之云。二人從行，誰爲此禍？胡逝我梁，不入唁我。始者不如，今云不我可。彼何人斯，胡逝我陳。我聞其聲，不見其身。不媿于人，不畏于天。彼何人斯，其爲飄風。胡不自北？胡不自南？胡逝我梁？祇攪我心！爾之安行，亦不遑舍。爾之亟行，遑脂爾車。壹者之來，云何其盱？爾還而入，我心易也。還而不入，否難知也。壹者之來，俾我祇也。伯氏吹壎，仲氏吹篪。及爾如貫，諒不我知。出此三物，以詛爾斯。爲鬼爲蜮，則不可得。有靦面目，視人罔極。作此好歌，以極反側。

云，言也。陳，堂塗也。飄風，暴起之風。攪，亂也。易，説。祇，病也。「祇」者，「疷」之叚借。《無將大車》傳：「疷，病也。」土曰壎，竹曰篪。三物，豕、犬、雞也。民不相信則盟詛之。君以豕，臣以犬，民以雞。蜮，短弧也。「弧」作「狐」，誤。靦，姡也。反側，不正直也。

《巷伯》七章，四章章四句，一章五句，一章八句，一章六句。

《巷伯》，刺幽王也。寺人傷於讒，故作是詩也。巷伯，奄官兮。正義曰：「兮，衍字。」案：「兮」

「也」，古通用。此五字《序》文也。下文注云：「巷伯，内小臣也。」今本譌亂。《詩》《周禮》二疏及《詩音義》可據正。

萋兮斐兮，成是貝錦。彼譖人者，亦已大甚。　哆兮侈兮，成是南箕。彼譖人者，誰適與謀？　緝緝翩翩，謀欲譖人。愼爾言也，謂爾不信。　捷捷幡幡，謀欲譖言。豈不爾受，既其女遷。　驕人好好，勞人草草。蒼天蒼天，視彼驕人，矜此勞人。　彼譖人者，誰適與謀？取彼譖人，投畀豺虎。豺虎不食，投畀有北。有北不受，投畀有昊。　楊園之道，猗于畝丘。寺人孟子，作爲此詩。凡百君子，敬而聽之。

「萋兮斐兮，成是貝錦」，興也。萋、斐，文章相錯也。貝錦，錦文也。「哆兮侈兮，成是南箕。」哆，大貌。南箕，箕星也。侈之言是必有因也，《禮記》注：「侈者，因物而大之名。」斯人自謂辟嫌之不審也。昔者顔叔子獨處于室，鄰之釐婦又獨處于室。夜，暴風雨至而室壞，婦人趨而至，顔叔子納之而使執燭。放乎旦而蒸盡，蒸，析麻中幹也。古以爲燭。摍屋而繼之。「摍屋」即《左傳》之「抽屋」也。《武梁碑》作「摍笮」，《説文》曰：「摍，蹴引也。」自以爲辟嫌之不審矣。若其審者，宜若魯人然。魯人有男子獨處于室，鄰之釐婦又獨處于室。夜，暴風雨至而室壞，婦人趨而托之，男子閉户而不納。婦人自牖與之言曰：「子何爲不納我乎？」男子曰：「吾聞之也，男子不六十不閒居。」此即「六十閉房」之説。謂不六十不能無欲也。《釋文》「閒音閑」，是也。正義「男子」作「男女」，「閒」訓「閒雜」，非。今子幼，吾亦幼，不可以納子。」婦人曰：「子何不若柳下惠然？嫗不逮門之女，國人不稱其亂。」此俗所謂「坐懷不亂」也。荀卿曰：「柳下惠與後門者同衣，國人不稱其亂。」後門即不逮門，謂不及門，無宿處也。《禮記》注曰：「以體曰嫗。」男子曰：「柳下惠固可，吾固不可。吾將以吾不可，學柳下惠之可。」孔子曰：「欲學柳下惠可者，未有能似於是也。」三句依正義補二字。緝緝，口舌聲。翩翩，往來貌。捷捷，猶緝緝也。幡幡，猶翩翩也。遷，去也。好好，喜也。草草，勞心也。投，棄也。北，北方寒涼而不毛。昊，昊天也。楊園，園名。猗，加也。猗，古音如「阿」。加，古音如「歌」。同韻叚借。畝丘，丘名。寺人而曰孟子者，罪已定矣，而將踐刑，作此詩也。

皇清經解卷六百一十八終　　嘉應生員楊懋建校

毛詩故訓傳　卷二〇

金壇段大令玉裁訂

谷風之什故訓傳第二十　小雅

《谷風之什》十篇，五十四章，三百五十六句。

《谷風》三章，章六句。

《谷風》，刺幽王也。天下俗薄，朋友道絶焉。

習習谷風，維風及雨。將恐將懼，維予與女。將安將樂，女轉棄予。習習谷風，維風及頹。將恐將懼，寘予于懷。將安將樂，棄予如遺。習習谷風，維山崔嵬。無草不死，無木不萎。忘我大德，思我小怨。

「習習谷風，維風及雨」，興也。風雨相感，朋友相須。「將安將樂，女轉棄予」，言朋友趨利，窮達相棄。「維風及頹」，頹，風之焚輪者也。「焚輪」猶「紛綸」，風之自上下者也。風薄相扶而上，「薄」謂

「積」也。喻朋友相須而成。崔嵬，山顛也。「無草不死，無木不萎」，言雖盛夏萬物茂壯，草木無不有死葉萎枝者。不有，從日本古本。

《蓼莪》六章，四章章四句，二章章八句。

《蓼莪》，刺幽王也。民人勞苦，孝子不得終養爾。

蓼蓼者莪，匪莪伊蒿。哀哀父母，生我劬勞。　蓼蓼者莪，匪莪伊蔚。哀哀父母，生我勞瘁。　缾之罄矣，惟罍之恥。鮮民之生，不如死之久矣。無父何怙，無母何恃？出則銜恤，入則靡至。　父兮生我，母兮鞫我。「鞫」訓「窮」，亦訓「養」。猶「治亂曰亂」也。俗作「鞠」，非。拊我畜我，長我育我。顧我復我，出入腹我。欲報之德，昊天罔極！　南山烈烈，飄風發發。民莫不穀，我獨何害？　南山律律，飄風弗弗。民莫不穀，我獨不卒。

「蓼蓼者莪，匪莪伊蒿」，興也。蓼蓼，長大貌。蔚，牡菣也。「缾之罄矣，維罍之恥。」缾小而罍大。罄，盡也。鮮，寡也。鞫，養。腹，厚也。烈烈然至難也。發發，疾貌。律律，猶烈烈也。弗弗，猶發發也。

《大東》七章，章八句。

《大東》，刺亂也。東國困於役而傷於財，譚大夫作是詩以告病焉。

有饛簋飧，有捄棘匕。周道如砥，其直如矢。君子所履，小人所視。睠言顧之，潸焉出涕。小東大東，杼柚其空。「軸」作「柚」，誤。糾糾葛屨，可以履霜。佻佻公子，行彼周行。既往既來，使我心疚。有冽氿泉，無浸穫薪。契契寤歎，哀我憚人。薪是穫薪，尚可載也。哀我憚人，亦可息也。東人之子，職勞不來。西人之子，粲粲衣服。舟人之子，熊羆是裘。私人之子，百僚是試。或以其酒，不以其漿。鞙鞙佩璲，不以其長。維天有漢，監亦有光。跂彼織女，「跂」當從《說文》作「技」。終日七襄。雖則七襄，不成報章。睆彼牽牛，不可以服箱。「可」字依《文選》李善《思玄賦》注補。東有啓明，西有長庚。有捄天畢，載施之行。維南有箕，不可以簸揚。維北有斗，不可以挹酒漿。維南有箕，載翕其舌。維北有斗，西柄之揭。

「有饛簋飧，有捄棘匕」，興也。饛，滿簋皃。飧，孰食，謂黍稷也。捄，長皃。匕，所以載鼎實。棘，赤心也。如砥，貢賦平均也。如矢，賞罰不偏也。睠，反顧也。潸，涕下皃。空，盡也。佻佻，獨行皃。公子，譚公子也。冽，寒意也。側出曰氿泉。穫，艾也。契契，憂苦也。憚，勞也。載，載乎意也。未詳。「意」當作「車」。東人，譚人也。來，勤也。西人，京師人也。粲粲，鮮盛皃。舟人，舟楫之人。「熊羆是裘」，言富也。私人，私家人也。「百僚是試」，用於百官也。「或以其酒，不以其漿」，或醉於酒，或不得漿也。鞙鞙，玉皃。璲，瑞也。漢，天河也。「監亦有光」，有光而無所明也。跂，隅皃。襄，反也。「不成報章」，不能反報成章也。皖，明星皃。《廣韻》：「皖，明星。」戶版切。何鼓謂之牽牛。〔一〕服，牝服也。箱，大車之箱也。日且出謂明星爲啓明，且，正義作「旦」，非也。「且出」正謂「未旦」「昧爽」。時旦者，日在地上，明星不見矣。日既入謂明星爲長庚。庚，續也。「有捄天畢，載施之行。」捄，畢皃。畢，所以掩兔也，何嘗見其可用乎？挹，斞也。翕，合也。

《四月》八章，章四句。

《四月》，大夫刺幽王也。在位貪殘，下國構禍，怨亂竝興焉。

四月維夏，六月徂暑。先祖匪人，胡寧忍予。　秋日淒淒，百卉具腓。李善注《文選·戲馬臺詩》曰：「《韓詩》作『腓』，毛萇作『痱』。」亂離瘼矣，爰其適歸。　冬日烈烈，飄風發發。民莫不穀，我獨何害？　山有嘉卉，侯栗侯梅。廢爲殘賊，莫知其尤。　相彼泉水，載清載濁。我日構禍，曷云

〔一〕「何」，疑當作「河」，參見《毛詩注疏》。

能穀？ 滔滔江漢，南國之紀。盡瘁以仕，寧莫我有？ 匪鶉匪鳶，翰飛戾天。匪鱣匪鮪，潛逃于淵。 山有蕨薇，隰有杞桋。君子作歌，維以告哀。

「六月徂暑。」徂，往也。六月，火星中，暑盛而往矣。淒淒，涼風也。卉，草也。腓，病也。離，憂。瘼，病。適，之也。廢，大也。構，成。曷，逮也。「滔滔江漢，南國之紀。」滔滔，大水貌。其神足以綱紀一方。鶉，雕也。雕鳶，貪殘之鳥也。鱣鮪，大魚，能逃處淵。杞，枸繼也。桋，赤楝也。

《北山》六章，三章章六句，三章章四句。

《北山》，大夫刺幽王也。役使不均，已勞於從事，而不得養其父母焉。

陟彼北山，言采其杞。偕偕士子，朝夕從事。王事靡盬，憂我父母。 溥天之下，莫非王土。率土之濱，莫非王臣。大夫不均，我從事獨賢。 四牡彭彭，王事傍傍。嘉我未老，鮮我方將。旅力方剛，經營四方。 或燕燕居息，或盡瘁事國。或息偃在牀，或不已于行。 或不知嘂號，宋本《毛詩音義》。或懆懆劬勞。或棲遲偃仰，或王事鞅掌。 或湛樂飲酒，或懆懆畏咎。或出入風議，或靡事不爲。

偕偕，强壯貌。士子，有王事者也。溥，大。率，循。濱，厓也。賢，勞也。《説文》：「賢，多財也。」引伸之凡多皆曰「賢」。彭彭然不得息，傍傍然不得已。將，壯也。此謂叚借。旅，衆也。燕燕，安息貌。盡瘁事國，盡力勞病以從國事也。嘂，呼。號，召也。鞅掌，失容也。

《無將大車》三章，章四句。

《無將大車》，大夫悔將小人也。

無將大車，祇自塵兮。無思百憂，祇自疧兮。 無將大車，維塵冥冥。無思百憂，不出于熲。 無將大車，維塵雝兮。無思百憂，祇自重兮。

大車，小人之所將也。疧，病也。熲，光也。

《小明》五章，三章章十二句，二章章六句。

《小明》，大夫悔仕於亂世也。

明明上天，照臨下土。我征徂西，至于艽野。二月初吉，載離寒暑。心之憂矣，其毒大苦。念彼共人，涕零如雨。豈不懷歸，畏此罪罟。 昔我往矣，日月方除。曷云其還，歲聿云莫。念我獨兮，我事孔庶。心之憂矣，癉我不暇。念彼共人，睠睠懷顧。豈不懷歸，畏此譴怒。　昔我往矣，日月方奥。曷云其還，政事愈戚。作「蹙」者，俗。　歲聿云莫，采蕭穫菽。心之憂矣，自詒伊戚。念彼共人，興言出宿。豈不懷歸，畏此反覆。　嗟爾君子，無恒安處。靖共爾位，正直是與。神之聽之，式穀以女。　嗟爾君子，無恒安息。靖共爾位，好是正直。神之聽之，介爾景福。

艽野，遠荒之地。初吉，朔日也。罟，網也。除，除陳生新也。癉，勞也。奥，煖也。戚，促也。戚，憂也。靖，謀也。正直爲正，能正人之曲曰直。息，猶處也。介、景，皆大也。

《鼓鍾》四章，章五句。

《鼓鍾》，刺幽王也。

鼓鍾將將，淮水湯湯，憂心且傷。淑人君子，懷允不忘。　鼓鍾喈喈，淮水湝湝，憂心且悲。淑人君子，其德不回。　鼓鍾伐鼛，淮有三洲，憂心且妯。淑人君子，其德不猶。　鼓鍾欽欽，鼓瑟鼓琴，笙磬同音。以雅以南，以籥不僭。

「鼓鍾將將，淮水湯湯，憂心且傷」，幽王用樂不與德比。會諸侯于淮上，鼓其淫樂以示諸侯。

賢者爲之憂傷也。喈喈，猶將將。湝湝，猶湯湯。悲，猶傷也。回，邪也。鼛，大鼓也。三洲，淮上地。妯，動也。猶，若也。欽欽，言使人樂進也。笙、磬，東方之樂也。同音，四縣皆同也。「以雅以南」，爲雅爲南也。舞四夷之樂，大德廣所及也。東夷之樂曰韎，南夷之樂曰南，西夷之樂曰株正義本。離，北夷之樂曰禁。「以籥不僭。」以籥，以爲籥舞也。若是，爲和而不僭矣。

《楚茨》六章，章十二句。

《楚茨》，刺幽王也。政煩賦重，田萊多荒，饑饉降喪，民卒流亡，祭祀不饗。故君子思古焉。

楚楚者茨，言抽其棘。自昔何爲？我蓺黍稷。我黍與與，我稷翼翼。我倉既盈，我庾維億。以爲酒食，以亯以祀，凡獻於神曰亯，神歆之曰饗。《詩》之例如此。此上言「以亯以祀」，下言「神保是饗」，《閟宮》上言「亯祀不忒，亯以騂犧」，下言「是饗是宜」，《烈祖》上言「以假以亯」，下言「來假來饗」是也。以妥以侑，以介景福。濟濟蹌蹌，絜爾牛羊，以往烝嘗。或剥或亨，或肆或將。祝祭于祊，祀事孔明。先祖是皇，神保是饗，孝孫有慶。報以介福，萬壽無疆。執爨踖踖，爲俎孔碩，或燔或炙。君婦莫莫，爲豆孔庶，爲賓爲客。獻酬交錯，禮儀卒度，笑語卒獲。神保是格，報以介福，萬壽攸酢！我孔熯矣，式禮莫愆。工祝致告，徂賚孝孫。苾芬孝祀，神耆飲食。卜爾百福，如幾如式。既齊既稷，既匡既敕。永錫爾極，時萬時億。禮儀既備，鍾鼓既戒。孝孫徂位，工祝致告。神具醉止，皇尸載起。鍾鼓送尸，正義及《宋書・禮志》兩引，皆作「鍾鼓送尸」，與上文「鍾鼓既戒」一例。〔一〕神保聿歸。諸宰君婦，廢徹不遲。諸父兄弟，備言燕私。樂具入奏，以綏後禄。爾殽既將，莫怨具慶。既醉既飽，小大稽首。神者飲食，使君壽考。孔惠孔時，維其盡之。子子孫孫，勿替引之。

楚楚，茨棘貌。抽，除也。露積曰庾。萬萬曰億。妥，安坐也。侑，勸也。「躋躋蹌蹌」，言有容也。亨，飪之也。肆，陳。將，齊也。或陳于互，或齊其肉。祊，門内也。皇，大。保，安也。爨，饔爨、廩爨也。踖踖，言爨竈有容也。燔，取膟膋也。炙，炙肉。莫莫，言清静而敬至也。「爲豆孔庶，爲賓爲客」。豆謂内羞、庶羞也。正義作「内」，宋本、岳本作「肉」。《釋文》曰：「内羞，房中之羞。或作『肉』，非也。」繹而賓尸及賓客。東西爲交，邪行爲錯。度，法度也。獲，得時也。格，來。酢，報也。熯，敬也。此謂「熯」即「戁」之叚借。戁，敬也。善其事曰工。賚，予也。幾，期。式，法也。稷，疾。敕，固也。致告，告利成也。皇，大也。「諸父兄弟，備言燕私」。燕私，燕而盡其私恩也。「以綏後禄」。綏，安也。安然後受福禄也。將，行也。替，廢。引，長也。

〔一〕「既」上原衍一「既」字，據七葉衍祥堂本刪。

《信南山》六章，章六句。

《信南山》，刺幽王也。不能修成王之業，疆理天下，以奉禹功。故君子思古焉。

信彼南山，維禹甸之。畇畇原隰，曾孫田之。我疆我理，南東其畝。上天同雲，雨雪雰雰。益之以霢霂，既優既渥，既霑既足，生我百穀。疆埸翼翼，黍稷彧彧。曾孫之穡，以爲酒食。畀我尸賓，壽考萬年。中田有廬，疆埸有瓜。是剥是菹，獻之皇祖。曾孫壽考，受天之祜。祭以清酒，從以騂牡，享于祖考。執其鸞刀，以啓其毛，取其血膋。是烝是享，苾苾芬芬。祀事孔明，先祖是皇。報以介福，萬壽無疆。

甸，治也。畇畇，墾辟貌。曾孫，成王也。疆，畫經界也。理，分地理也。「南東其畝」，或南或東也。「上天同雲，雨雪雰雰。」雰雰，雪貌。豐年之冬必有積雪。小雨曰霢霂。埸，畔也。翼翼，讓畔也。彧彧，茂盛貌。「是剥是菹」，剥瓜爲菹也。騂牡，周尚赤也。鸞刀，刀有鸞者。言割中節也。毛以告純也。膋，脂膏也。血以告殺，膋以升臭，合之黍稷，實之於蕭合。馨，香也。從《集注》及定本。烝，進也。

皇清經解卷六百一十九終　　漢軍生員樊封校

毛詩故訓傳　卷二一

金壇段大令玉裁訂

甫田之什故訓傳第二十一　小雅

《甫田之什》十篇，三十九章，二百九十六句。

《甫田》四章，章十句。

《甫田》，刺幽王也。君子傷今而思古焉。

倬彼甫田，歲取十千。我取其陳，食我農人，自古有年。今適南畝，或耘或耔，黍稷薿薿。攸介攸止，烝我髦士。　以我齊明，與我犧羊，以社以方。我田既臧，農夫之慶。琴瑟擊鼓，以御田祖，以祈甘雨，以介我稷黍，以穀我士女。　曾孫來止，以其婦子，饁彼南畝。田畯至喜，攘其左右，嘗其旨否。禾易長畝，終善且有。曾孫不怒，農夫克敏。　曾孫之稼，如茨如梁。曾孫之庾，如坻如京。乃求千斯倉，乃求萬斯箱。黍稷稻粱，農夫之慶。報以介福，萬壽無疆！

「倬彼甫田。」倬，明貌。甫田，謂天下田也。十千，言多也。「我取其陳，食我農人」，尊者食新，農夫食陳也。耘，除草也。耔，雝本也。「烝我髦士。」烝，進。髦，俊也。治田得穀，俊士以進。器實曰齍，在器曰盛。社，后土也。方，迎四方氣於郊也。田祖，先嗇也。穀，善也。易，治也。長畝，竟畝也。敏，疾也。茨，積也。《說文》曰：「穦，積禾也。」毛謂此「茨」即「穦」之叚借也。「茨」本訓「屋以艸蓋」，故知此訓「積」爲叚借。《說文》引《詩》「積之粟粟」作「穦之秩秩」，是「積」「穦」可通用矣。何以言「如」也？此與《淇澳》「如積」同義。在野曰「稼」，云「曾孫之稼」，則謂未獲者也。○《瞻彼洛矣》曰「福禄如茨」，亦謂「如積」也。梁，車梁也。京，高丘也。

《大田》四章，二章章八句，二章章九句。

《大田》，刺幽王也。言矜寡不得自存焉。

大田多稼，既種既戒，既備乃事。以我覃耜，俶載南畝。播厥百穀，既庭且碩。曾孫是若。

既方既皁，既堅既好，不稂不莠。去其螟螣，及其蟊賊。無害我田穉。田祖有神，秉畀炎火。

有渰淒淒，興雲祁祁。雨我公田，遂及我私。彼有不穫穉，此有不斂穧。彼有遺秉，此有滯穗。伊寡婦之利。

曾孫來止，以其婦子。饁彼南畝，田畯至喜。來方禋祀，以其騂黑，與其黍稷。以享以祀，以介景福。

覃，利也。此謂「覃」即「剡」之假借。《東京賦》正作「剡耜」。庭，直也。實未堅者曰皁。稂，童粱也。莠，似苗也。食心曰螟，食葉曰螣，食根曰蟊，食節曰賊。炎火，盛陽也。渰，陰雲皃。此從《顔氏家訓》、定本、《集注》作「陰雲」。淒淒，雲行皃。此從《説文》《玉篇》《廣韻》作「淒淒」，乃與傳「雲行」訓合。祁祁，徐皃也。《家訓》、正義皆有「皃」。《説文》：「淒，雨雲起也。渰，雨雲皃。」「雨雲」謂欲雨之雲。凡大雨之來，黑雲起而風生，風生而雲行，所謂「有渰淒淒」也。已而風定，白雲彌天，雨隨之下，所謂「興雲祁祁」，雨公及私也。《顔氏家訓》《釋文》、正義皆作「興雨」，於物理、經訓皆失之。秉，把也。騂，牛也。黑，羊、豕也。

《瞻彼洛矣》三章，章六句。

《瞻彼洛矣》，刺幽王也。思古明王能爵命諸侯，賞善罰惡焉。

瞻彼洛矣，維水泱泱。君子至止，福禄如茨。韎韐有奭，以作六師。瞻彼洛矣，維水泱泱。君子至止，鞞琫有珌。君子萬年，保其家室。瞻彼洛矣，維水泱泱。君子至止，福禄既同。君子萬年，保其家邦。

「瞻彼洛矣，維水泱泱」，興也。洛，宗周溉浸水也。自魏黃初以前，雍州「渭洛」，字作「洛」。豫州「伊雒」，字作「雒」。絶無混淆。至黃初以後乃亂矣。其云至漢改「伊洛」作「伊雒」者，僞也。泱泱，深廣貌。韎韐者，茅蒐染韋。一入曰韎，句絶。韐所以代韠也。韎者，韐之色也。「茅蒐染韋，一入曰韎」亦見《説文》及《五經文字》即一染謂之縓也。韠，韍也。士無「韍」有「韐」，故云「韐所以代韠」。箋申之云：「韎者，茅蒐染也。茅蒐，韎聲。韐，祭服之韠，合韋爲之。」皆分析「韎」「韐」二字名義。各本譌舛不可讀。「茅蒐韎聲」者，《異義》所云，齊魯之閒言「韎」，聲如「茅蒐」也。六師，天子六軍。鞞，容刀鞞也。琫，上飾。珌，下飾也。鞞，刀室也，即刀削。「削」音「肖」。削之上刀把其飾曰「琫」。削末之飾曰「珌」。「有」讀爲「又」，言有鞞、有琫、又有珌也。《公劉》傳：「下曰鞞，上曰琫。」畧舉其下上之體而已。《釋名》與毛所説各異，戴東原氏改此傳云：「琫上飾，鞞下飾。珌，飾皃。」非也。「鞞」不可言「飾」。天子玉琫而珧珌，諸侯璗琫而鏐珌，大夫鐐琫而鐐珌，士珕琫而珕珌。此從正義本與《釋文》。《集注》、定本不同。考《説文》琫、珌，天子皆以玉，然則諸侯皆以金，大夫皆以銀，士皆以珕，爲有條理。《説文》又云：「天子玉琫而珧珌。」

《裳裳者華》四章，章六句。

《裳裳者華》，刺幽王也。古之仕者世禄。小人在位，則讒諂竝進，棄賢者之類，絶功臣之世焉。

裳裳者華，其葉湑兮。我覯之子，我心寫兮。我心寫兮，是以有譽處兮。裳裳者華，芸其黄矣。我覯之子，維其有章矣。維其有章矣，是以有慶矣。裳裳者華，或黄或白。我覯之子，乘其四駱。乘其四駱，六轡沃若。左之左之，君子宜之。右之右之，君子有之。維其有之，是以似之。

「裳裳者華，其葉湑兮」，興也。裳裳，猶堂堂也。湑，盛皃。芸，黄盛也。「乘其四駱，六轡沃若」，言世禄也。左，陽道，朝祀之事。右，陰道，喪戎之事。似，嗣也。

《桑扈》四章，章四句。

《桑扈》，刺幽王也。君臣上下，動無禮文焉。

交交桑扈，有鶯其羽。君子樂胥，受天之祜。　交交桑扈，有鶯其領。君子樂胥，萬邦之屏。之屏之翰，百辟爲憲。不戢不難，受福不那。　兕觥其觩，旨酒思柔。彼交匪敖，萬福來求。

「交交桑扈，有鶯其羽」，興也。鶯然有文章也。胥，皆也。領，頸也。屏，蔽也。翰，榦。此謂叚借。　憲，法也。戢，聚也。不戢，戢也。不難，難也。那，多也。不多，多也。

《鴛鴦》四章，章四句。

《鴛鴦》，刺幽王也。思古明王交於萬物有道，自奉養有節焉。

鴛鴦于飛，畢之羅之。君子萬年，福禄宜之。　鴛鴦在梁，戢其左翼。君子萬年，宜其遐福。

乘馬在廄，摧之秣之。君子萬年，福禄艾之。　乘馬在廄，秣之摧之。君子萬年，福禄綏之。

「鴛鴦于飛，畢之羅之」，興也。鴛鴦，匹鳥。太平之時，交於萬物有道，取之以時，於其飛，乃畢掩而羅之。「戢其左翼」，言休息也。摧，挫也。挫者，毛時「莝」字，此毛謂「摧」即「挫」之叚借也。鄭恐學者不解，故釋曰：「挫，今之『莝』字。」今本箋「挫」或作「摧」，非。秣，粟也。艾，養也。

《頍弁》三章，章十二句。

《頍弁》，諸公刺幽王也。暴戾無親，不能宴樂同姓、親睦九族，孤危將亡。故作是詩也。

有頍者弁，實維伊何？爾酒既旨，爾殽既嘉。豈伊異人，兄弟匪他。蔦與女蘿，施于松柏。未見君子，憂心奕奕。既見君子，庶幾説懌。有頍者弁，實維何其？爾酒既旨，爾殽既時。豈伊異人，兄弟具來。蔦與女蘿，施于松上。未見君子，憂心怲怲。既見君子，庶幾有臧。有頍者弁，實維在首。爾酒既旨，爾殽既阜。豈伊異人，兄弟甥舅。如彼雨雪，先集維霰。死喪無日，無幾相見。樂酒今夕，君子維宴。

「有頍者弁，實維伊何」，興也。頍，弁貌。弁，皮弁也。「蔦與女蘿，施于松柏。」蔦，寄生也。女蘿，菟絲、松蘿也。喻諸公非自有尊，托王之尊。奕奕然無所薄也。時，善也。怲怲，憂盛滿也。臧，善也。霰，暴雪也。「暴」必是譌字。《爾雅》作「消雪」，《説文》作「稷雪」。「暴」當作「黍」。如黍如稷，皆謂其形也。「消雪」當作「屑雪」。

《車舝》五章，章六句。

《車舝》，大夫刺幽王也。褒姒嫉妬，無道竝進，讒巧敗國，德澤不加於民。周人思得賢女以配君子，故作是詩也。

閒關車之舝兮，思孌季女逝兮。匪飢匪渴，德音來佸。雖無好友，式燕且喜。依彼平林，有集維鷮。辰彼碩女，令德來教。式燕且譽，好爾無射。雖無旨酒，式飲庶幾。雖無嘉殽，式食庶幾。雖無德與女，式歌且舞。陟彼高岡，析其柞薪。析其柞薪，其葉湑兮。鮮我覯爾，我心寫兮。高山仰止，景行行止。四牡騑騑，六轡如琴。覯爾新昏，以慰我心。

「閒關車之舝兮」，興也。閒關，設舝皃。孌，美皃。季女，謂「有齊季女」也。佸，會也。依，茂木貌。平林，林木之在平地者也。鷮，雉也。辰，時也。景，大也。慰，怨也。此從《釋文》釋「慰」爲「怨」，如釋「亂」爲「治」、釋「徂」爲「存」。此蓋幽王初立褒姒爲后而作，故曰「新昏」。

《青蠅》三章，章四句。

《青蠅》，大夫刺幽王也。

營營青蠅，止于樊。豈弟君子，無信讒言。營營青蠅，止于棘。讒人罔極，交亂四國。營營青蠅，止于榛。讒人罔極，構我二人。

「營營青蠅，止于樊」，興也。營營，往來貌。樊，藩也。榛，所以爲藩也。

《賓之初筵》五章，章十四句。

《賓之初筵》，衛武公刺時也。幽王荒廢，媟近小人，飲酒無度。天下化之，君臣上下沈湎淫液。武公既入，而作是詩也。

賓之初筵，左右秩秩。籩豆有楚，殽核維旅。酒既和旨，飲酒孔偕。鍾鼓既設，舉醻逸逸。大侯既抗，弓矢斯張。射夫既同，獻爾發功。發彼有勺，以祈爾爵。籥舞笙鼓，樂既和奏。烝衎烈祖，以洽百禮。百禮既至，有壬有林。錫爾純嘏，子孫其湛。其湛曰樂，各奏爾能。賓載手仇，室人入又。酌彼康爵，以奏爾時。賓之初筵，温温其恭。其未醉止，威儀反反。曰既醉止，威儀幡幡。舍其坐遷，屢舞僊僊。其未醉止，威儀抑抑。曰既醉止，威儀怭怭。是曰既醉，不知其秩。賓既醉止，載號載呶。亂我籩豆，屢舞僛僛。是曰既醉，不知其郵。側弁之俄，屢舞傞傞。既醉而出，竝受其福。醉而不出，是謂伐德。飲酒孔嘉，維其令儀。凡此飲酒，或醉或否。既立之監，或佐之史。彼醉不臧，不醉反耻。式勿從謂，無俾大怠。匪言勿言，匪由勿語。依鄭箋則「匪由」乃「勿由」之誤，下文「由醉之言」即蒙此。由醉之言，俾出童羖。三爵不識，矧敢多又。

秩秩然肅敬也。楚，列貌。殽，豆實也。核，加籩也。旅，陳也。逸逸，往來次序也。大侯，君侯也。抗，舉也。有燕射之禮。匀，質也。祈，求也。「籥舞笙鼓」，秉籥而舞，與笙鼓相應。壬，大。林，君也。嘏，大也。「賓載手仇，室人入又。」手，取也。室人，主人也。主人請射於賓，賓許諾，自取其匹而射。主人亦入於次又射，以耦賓也。康爵，酒所以安體也。時，中者也。反反，言重慎也。幡幡，失威儀也。遷，徙也。「婁舞僊僊。」婁，數。僊僊然。抑抑，慎密也。怭怭，媟嫚也。秩，常也。號、呶，號呼讙呶也。此七字當是「號呼呶讙也」五字。僛僛，舞不能自正也。傞傞，不止也。「既立之監，或佐之史」，立酒之監，佐酒之史也。「俾出童羖。」羖，羊不童也。

皇清經解卷六百二十終

漢軍樊　封舊校
番禺黎永椿新校

毛詩故訓傳　卷二二

金壇段大令玉裁訂

魚藻之什故訓傳第二十二　小雅

《魚藻之什》十四篇，六十二章，三百二句。

《魚藻》三章，章四句。

《魚藻》，刺幽王也。言萬物失其性，王居鎬京，將不能以自樂。故君子思古之武王焉。

魚在在藻，有頒其首。王在在鎬，豈樂飲酒。　魚在在藻，有莘其尾。王在在鎬，飲酒樂豈。　魚在在藻，依于其蒲。王在在鎬，有那其居。

「魚在在藻，有頒其首。」頒，大首皃。魚以依蒲藻爲得其性。莘，長皃。

《采菽》五章，章八句。

《采菽》，刺幽王也。侮慢諸侯，諸侯來朝不能錫命以禮數，徵會之而無信義。君子見微而思古焉。

采菽采菽，筐之筥之。君子來朝，何錫予之？雖無予之，路車乘馬。又何予之？玄衮及黼。觱沸檻泉，言采其芹。君子來朝，言觀其旂。其旂淠淠，鸞聲嘒嘒。載驂載駟，君子所届。赤芾在股，邪幅在下。彼交匪紓，天子所予。樂只君子，天子命之。樂只君子，福禄申之。維柞之枝，其葉蓬蓬。樂只君子，殿天子之邦。樂只君子，萬福攸同。平平左右，亦是率從。汎汎楊舟，紼纚維之。樂只君子，天子葵之。樂只君子，福禄膍之。優哉游哉，亦是戾矣。

「采菽采菽，筐之筥之」，興也。菽，所以芼太牢而待君子也。羊則苦，豕則薇。君子，謂諸侯也。「玄衮」，衮，卷龍也。白與黑謂之黼。「觱沸檻泉。」觱沸，泉出貌。檻泉，正出也。淠淠，動也。嘒嘒，中節也。「赤芾在股，邪幅在下。」諸侯赤芾。句絶。「邪幅」，幅，偪也，所以自偪束也。紓，緩也。申，重也。蓬蓬，盛貌。殿，鎮也。平平，辯治也。「汎汎楊舟，紼纚維之。」紼，繂也。纚，緌也。明王能維持諸侯也。葵，揆也。膍，厚也。戾，至也。

《角弓》八章，章四句。

《角弓》，父兄刺幽王也。不親九族而好讒佞，骨肉相怨，故作是詩也。

騂騂角弓，騂，《説文》作「觲」。翩其反矣。兄弟昏姻，無胥遠矣。爾之遠矣，民胥然矣。爾之教矣，民胥傚矣。此令兄弟，綽綽有裕。不令兄弟，交相爲瘉。民之無良，相怨一方。受爵不讓，至于己斯亡。老馬反爲駒，不顧其後。如食宜饇，如酌孔取。毋教猱升木，如塗塗附。君子有徽猷，小人與屬。雨雪瀌瀌，見晛曰消。莫肯下遺，式居婁驕。雨雪浮浮，見晛曰流。如蠻如髦，我是用憂。

「騂騂角弓，翩其反矣」，興也。騂騂，調利也。不善紲檠巧用則翩然而反。綽綽，寬也。裕，饒。瘉，病也。「受爵不讓，至于己斯亡」，爵禄不以相讓，故怨禍及之。比周而黨愈少，鄙争而名愈辱，求安而身愈危。「老馬反爲駒」，已老矣，而孩童慢之。饇，飽也。猱，猨屬。塗，泥。附，著也。徽，美也。晛，日氣也。浮浮，猶瀌瀌也。流，流而去也。蠻，南蠻也。髦，夷髦也。

《菀柳》三章，章六句。

《菀柳》，刺幽王也。暴虐無親而刑罰不中，諸侯皆不欲朝。言王者之不可朝事也。

有菀者柳，不尚息焉。上帝甚蹈，無自暱焉。俾予靖之，後予極焉。　有菀者柳，不尚愒焉。上帝甚蹈，無自瘵焉。俾予靖之，後予邁焉。　有鳥高飛，亦傅于天。彼人之心，于何其臻？曷予靖之，居以凶矜？

「有菀者柳，不尚息焉」，興也。菀，茂木也。蹈，動。《檜》傳：「悼，動也。」則知「蹈」「悼」音義同。鄭申毛，非易毛也。暱，近也。靖，治。極，至也。愒，息也。瘵，病也。曷，害。此謂叚借。借「曷」爲「害」。猶借「害」爲「曷」也。矜，危也。

《都人士》五章，章六句。

《都人士》，周人刺衣服無常也。古者長民，衣服不貳，從容有常。以齊其民，則民德歸壹。傷今不復見古人也。

彼都人士，狐裘黃黃。其容不改，出言有章。行歸于周，萬民所望。　彼都人士，臺笠緇撮。彼君子女，綢直如髮。我不見兮，我心不說。　彼都人士，充耳琇實。彼君子女，謂之尹吉。我不見兮，我心菀結。　彼都人士，垂帶而厲。彼君子女，卷髮如蠆。我不見兮，言從之邁。匪伊垂之，帶則有餘。匪伊卷之，髮則有旟。我不見兮，云何盱矣？

彼，彼明王也。周，忠信也。臺所以御雨，笠所以御暑也。依《南山有臺》疏及《文選》謝元暉《卧病詩》注所引。緇撮，緇布冠也。「綢直如髮」，密直如髮也。訓「綢」爲「密」，謂「綢」爲「稠」之假借也。琇，美石也。尹，正也。厲，帶之垂者。旟，揚也。

《采緑》四章，章四句。

《采緑》，刺怨曠也。幽王之時，多怨曠者也。

終朝采緑，不盈一匊。予髮曲局，薄言歸沐。終朝采藍，不盈一襜。五日爲期，六日不詹。之子于狩，言韔其弓。之子于釣，言綸之繩。其釣維何，維魴及鱮。維魴及鱮，薄言觀者。

「終朝采緑，不盈一匊」，興也。自旦及食時爲終朝。兩手曰匊。「予髮曲局。」局，卷也。婦人夫不在則不容飾。衣蔽前謂之襜。詹，至也。「五日爲期」，婦人五日一御也。

《黍苗》五章，章四句。

《黍苗》，刺幽王也。不能膏潤天下，卿士不能行召伯之職焉。

芃芃黍苗，陰雨膏之。悠悠南行，召伯勞之。　我任我輦，我車我牛。我行既集，蓋云歸哉。　我徒我御，我師我旅。我行既集，蓋云歸處。　肅肅謝功，召伯營之。烈烈征師，召伯成之。　原隰既平，泉流既清。召伯有成，王心則寧。

「芃芃黍苗，陰雨膏之」，興也。芃芃，長大貌。悠悠，行貌。「我任我輦，我車我牛」，任者，輦者，車者，牛者也。「我徒我御，我師我旅」，徒行者，御車者，師者，旅者也。謝，邑也。土治曰平。水治曰清。

《隰桑》四章，章四句。

《隰桑》，刺幽王也。小人在位，君子在野。思見君子，盡心以事之。

隰桑有阿，其葉有難。既見君子，其樂如何。　隰桑有阿，其葉有沃。既見君子，云何不樂。　隰桑有阿，其葉有幽。既見君子，德音孔膠。　心乎愛矣，遐不謂矣。中心臧之，何日忘之。

「隰桑有阿，其葉有難」，興也。阿然美貌。難然盛貌。有以利人也。沃，柔也。幽，黑色也。

此謂「幽」即「黝」之叚借。《周禮》「幽堊」，鄭讀爲「黝」。膠，固也。

《白華》八章，章四句。

《白華》，周人刺幽后也。幽王取申女以爲后，又得褒姒而黜申后。故下國化之，以妾爲妻，以孽代宗。而王弗能治。周人爲之作是詩也。

白華菅兮，白茅束兮。之子之遠，俾我獨兮。　英英白雲，露彼菅茅。天步艱難，之子不猶。

滮池北流，浸彼稻田。嘯歌傷懷，念彼碩人。　樵彼桑薪，卬烘于煁。維彼碩人，實勞我心。

鼓鍾于宮，聲聞于外。念子懆懆，視我邁邁。　有鶖在梁，有鶴在林。維彼碩人，實勞我心。

鴛鴦在梁，戢其左翼。之子無良，二三其德。　有扁斯石，履之卑兮。之子之遠，俾我疷兮。

「白華菅兮，白茅束兮」，興也。白華，野菅也。已漚爲菅。「英英白雲，露彼菅茅。」英英，白雲貌。露亦有雲，言天地之氣無微不著，無不覆養也。步，行。猶，可也。滮，流貌。卬，我。烘，燎也。煁，烓竈也。桑薪，宜以養人者也。「鼓鍾于官，聲聞于外」，有諸宮中，必形見於外也。邁邁，不説也。此謂「邁邁」即「㤄㤄」之叚借也。《韓詩》《説文》作「㤄㤄」。鶖，禿鶖也。「有扁斯石」，扁扁乘石貌。石，㮚石，王乘車履石。疷，病也。

《緜蠻》三章，章八句。

《緜蠻》，微臣刺亂也。大臣不用仁心，遺忘微賤，不肯飲食教載之。故作是詩也。

緜蠻黄鳥，止于丘阿。道之云遠，我勞如何。飲之食之，教之誨之。命彼後車，謂之載之。

「緜蠻黄鳥，止于丘阿」，興也。緜蠻，小鳥貌。「丘阿」，阿，曲阿也。鳥止於阿，人止於仁。

緜蠻黄鳥，止于丘隅。豈敢憚行，畏不能趨。飲之食之，教之誨之。命彼後車，謂之載之。

緜蠻黄鳥，止于丘側。豈敢憚行，畏不能極。飲之食之，教之誨之。命彼後車，謂之載之。

《瓠葉》四章，章四句。

《瓠葉》，大夫刺幽王也。上棄禮而不能行，雖有牲牢饔餼，不肯用也。故思古之人不以微薄廢禮焉。

幡幡瓠葉，采之亨之。君子有酒，酌言嘗之。

有兔斯首，炮之燔之。君子有酒，酌言獻

之。 有兔斯首，燔之炙之。君子有酒，酌言酢之。 有兔斯首，燔之炮之。君子有酒，酌言醻之。

幡幡，瓠葉貌。瓠，庶人之菜也。毛曰炮，加火曰燔。獻，奏也。炕火曰炙。《説文》：「炕，乾也。」炕火，謂乾之於火。《生民》傳：「貫之加於火曰烈。」烈即炙也。燔與火相著，炙與火相離。酢，報也。醻，道飲也。

《漸漸之石》三章，章六句。

《漸漸之石》，下國刺幽王也。戎狄叛之，荊舒不至，乃命將率東征。役久病於岳宋。外，故作是詩也。

漸漸之石，維其高矣。山川悠遠，維其勞矣。武人東征，不皇朝矣。 漸漸之石，維其卒矣。山川悠遠，曷其没矣。武人東征，不皇出矣。 有豕白蹢，烝涉波矣。月離于畢，俾滂沱矣。武人東征，不皇他矣。

漸漸，山石高峻。卒，竟。没，盡也。「有豕白蹢，烝涉波矣。」豕，豬。蹢，蹄也。將久雨，則豕進涉水波。「月離于畢，俾滂沱矣。」畢，噣也。月離陰星則雨。

《苕之華》三章，章四句。

《苕之華》，大夫閔時也。幽王之時，西戎、東夷交侵中國，師旅竝起，因之以饑饉。君子閔周室之將亡，傷己逢之，故作是詩也。

苕之華，芸其黃矣。心之憂矣，維其傷矣。　苕之華，其葉青青。知我如此，不如無生。

牂羊墳首，三星在罶。人可以食，鮮可以飽。

「苕之華，芸其黃矣」，興也。苕，陵苕也。將落則黃。芸者，黃盛。與《裳裳者華》同。「其葉青青」，華落，葉青青然也。牂羊，牝羊也。墳，大也。罶，曲梁也，寡婦之笱也。「牂羊墳首」，言無是道也。「三星在罶」，言不可久也。「人可以食，鮮可以飽」，治日少而亂日多也。

《何草不黃》四章，章四句。

《何草不黃》，下國刺幽王也。四夷交侵，中國背叛，用兵不息，視民如禽獸。君子憂之，故作是詩也。

何草不黄，何日不行。何人不將，經營四方？　何草不玄，何人不矜。哀我征夫，獨爲匪民。　匪兕匪虎，率彼曠野。哀我征夫，朝夕不暇。　有芃者狐，率彼幽草。有棧之車，行彼周道。

「何人不將，經營四方」，言萬民無不從役也。兕、虎，野獸也。曠，空也。芃，小獸貌。棧車，役車也。

皇清經解卷六百二十一終　　漢軍生員樊封校

毛詩故訓傳　卷二三

金壇段大令玉裁訂

文王之什故訓傳第二十三　大雅

《文王之什》十篇，六十六章，四百一十四句。

《文王》七章，章八句。

《文王》，文王受命作周也。

文王在上，於昭于天。周雖舊邦，其命維新。有周不顯，帝命不時。文王陟降，在帝左右。

亹亹文王，令聞不已。陳錫哉周，侯文王孫子。文王孫子，本支百世。凡周之士，不顯亦世。

世之不顯，厥猶翼翼。思皇多士，生此王國。王國克生，維周之楨。濟濟多士，文王以寧。

穆穆文王，於緝熙敬止。假哉天命，有商孫子。商之孫子，其麗不億。上帝既命，侯于周服。

侯服于周，天命靡常。殷士膚敏，祼將于京。厥作祼將，常服黼冔。王之藎臣，無念爾祖。

無念爾祖，聿修厥德。永言配命，自求多福。殷之未喪師，克配上帝。宜鑒于殷，駿命不易。命之不易，無遏爾躬。宣昭義問，有虞殷自天。上天之載，無聲無臭。儀刑文王，萬邦作孚。

在上，在民上也。於，歎辭。昭，見也。「其命維新」，乃新在文王也。有周，周也。不顯，顯也。顯，光也。不時，時也。時，是也。「文王陟降，在帝左右」，言文王升接天、下接人也。亹亹，勉也。哉，載。此謂叚借。侯，維也。本，本宗也。支，支子也。「凡周之士，不顯亦世」，不世顯德乎！士者世祿也。翼翼，恭敬。思，辭也。皇，天。楨，榦也。濟濟，多威儀也。穆穆，美也。緝熙，光明也。假，固也。此謂叚借。「商之孫子，其麗不億。上帝既命，侯于周服。」麗，數也。盛德不可爲衆也。「侯服于周，天命靡常」，則見天命之無常也。殷士，殷侯也。膚，美。敏，疾也。祼，灌鬯也。周人尚臭。將，行。京，大也。黼，白與黑也。冔，殷冠也。夏后氏曰收，周曰冕。藎，進也。無念，念也。聿，述也。「永言配命，自求多福。」永，長。言，我也。我長配天命而行，爾庶國亦當自求多福。「殷之未喪師，克配上帝」，帝乙已上也。駿，大也。遏，止。義，善。虞，度也。載，事。刑，法。孚，信也。

《大明》八章，四章章六句，四章章八句。

《大明》，文王有明德，故天復命武王也。

明明在下，赫赫在上。天難忱斯，不易維王。天位殷適，使不挾四方。摯仲氏任，自彼殷商。來嫁于周，曰嬪于京。乃及王季，維德之行。大任有身，生此文王。維此文王，小心翼翼。昭事上帝，聿懷多福。厥德不回，以受方國。天監在下，有命既集。文王初載，天作之合。在洽之陽，在渭之涘。文王嘉止，大邦有子。大邦有子，俔天之妹。文定厥祥，親迎于渭。造舟爲梁，不顯其光。有命自天，命此文王。于周于京，纘女維莘。長子維行，篤生武王。保右命爾，燮伐大商。殷商之旅，其會如林。矢于牧野，維予侯興。上帝臨女，無貳爾心。牧野洋洋，檀車煌煌，駟騵彭彭。維師尚父，時維鷹揚。涼彼武王，肆伐大商，會朝清明。

「明明在下，赫赫在上。」明明，察也。文王之德明明於下，故赫赫然著見于天。忱，信也。「天位殷適」，紂居天位而殷之正適也。挾，達也。「摯仲氏任」，摯國任姓之中女也。此當經作「中」，傳作「仲」。《釋文》、正義所據未是也。古以「中」爲「仲」，如「中興」即「仲興」，亦是。嬪，婦。京，大也。王季，大王之子、文王之父也。大任，仲任也。「仲」本作「中」。身，重也。回，違也。集，就。載，識。合，妃也。洽，洽水也。渭，渭水也。涘，厓也。嘉，美也。俔，磬也。磬，《玉篇》《廣韻》皆作「罄」。罄，盡也。「騁馬曰磬」，語意略同。猶云「竟是天之妹」。「文定厥祥」，言大姒之有文德也。祥，善也。「親迎于渭」，言賢聖之妃也。「造舟爲梁，不顯其光」，言受命之宜，王基乃始於是也。天子造舟，諸侯維舟，大夫方舟，士特舟。造舟，然後可以顯其光輝。纘，繼也。莘，大姒國也。「長子維行。」長子，長女也。能行大任之德焉。篤，厚。右，助。燮，和也。旅，衆也。如林，言衆而不爲用也。按：《說文》：旝即發石車，引《詩》「其旝如林」。毛、鄭皆不作「旝」，則《說文》所偁者，三家《詩》也。「矢于牧野，維予侯興。」矢，陳。興，起也。言天下之望周也。「上帝臨女，無貳爾心」，言無敢懷貳心也。洋洋，廣也。煌煌，明也。騮馬白腹曰騵。言上周下殷也。師，大師也。尚父，可尚可父。鷹揚，如鷹之飛揚也。涼，佐也。此謂「涼」即「亮」之叚借。肆，疾也。「會朝清明。」會，甲也。會，古外切。「甲」與「會」雙聲。凡器之蓋曰會，日之首曰甲，二者演之，爲居首之偁。《貨殖傳》「蓋一州」，《漢書》作「甲一州」。《詩》之甲朝，〔一〕一謂甲子日，一謂第一日，天下清明也。定本作「會甲兵」，坐不知由音以推義耳。不崇朝而天下清明。

《緜》九章，章六句。

《緜》，文王之興，本大王也。

緜緜瓜瓞，民之初生，自土漆沮。依正義作「漆沮」。古公亶父，陶復陶穴，未有家室。　古公亶

〔一〕「甲朝」，原作「里明」，據七葉衍祥堂本改。

父，來朝趣馬。「趣」字，依《玉篇》引鄭云「避惡早且疾」。「早」謂「朝」，「疾」謂「趣」。《説文》：「趣，疾也。」率西水滸，至于岐下。爰及姜女，聿來胥宇。　周原膴膴，堇荼如飴。爰始爰謀，爰契我龜。曰止曰時，築室于兹。　迺慰迺止，迺左迺右，迺疆迺理，迺宣迺畝。自西徂東，周爰執事。　迺召司空，迺召司徒，卑立室家。其繩則直，縮版以載，作廟翼翼。　捄之陑陑，從玉部、手部作「陑」。若从耎聲，則不得音而、音仍矣。度之薨薨，築之登登，削婁馮馮。百堵皆興，鼛鼓弗勝。　迺立皋門，皋門有伉。迺立應門，應門將將。迺立冢土，戎醜攸行。　肆不殄厥愠，亦不隕厥問。柞棫拔矣，行道兑矣。混夷駾矣，維其喙矣。　虞芮質厥成，文王蹶厥生。予曰有疏附，予曰有先後，予曰有奔奏，予曰有御侮。

「緜緜瓜瓞」，興也。緜緜，不絶貌。瓜瓞，瓜紹也。瓞，瓝也。此傳之難讀，由淺人誤删「瓜瓞」二字，而以「瓜」逗，「紹也」句耳。「瓜紹」謂之「瓜瓞」。「瓜紹」何以謂之「瓜瓞」？瓞者瓝也，小瓜之稱也。瓜紹之瓜必小如瓝，故謂之瓜瓞也。何言乎「瓜紹」？繼先歲近本之實也。《爾雅》「其紹瓞」，當作「瓜紹瓞」。民，周民也。自，用。土，居也。漆，漆水。沮，沮水也。古公，豳公也。古言久也。亶父，字，或殷以名言，質也。古公處豳，狄人侵之。事之以皮幣，不得免焉。事之以犬馬，不得免焉。事之以珠玉，不得免焉。乃屬其耆老而告之曰：「狄人之所欲者，吾土地也。吾聞之，君子不以其所養人者害人。

二三子何患乎無君。」去之。踰梁山，邑於岐山之下。豳人曰：「仁人之君，不可失也。」從之如歸市。「陶復陶穴」，陶其土而復之，陶其壤而穴之。「未有家室」，室内曰家。未有寢廟，亦未敢有家室。率，循也。滸，水厓也。姜女，大姜也。胥，相。此「相」字依今法讀去聲。古無平、去分别。宇，居也。周原，漆、沮之閒也。膴膴，美也。堇，菜也。荼，苦菜也。契，開也。慰，安。爰，於也。「其繩則直」，言不失繩直也。乘謂之縮。箋云「乘」當爲「繩」。「作廟翼翼」，君子將營宫室，宗廟爲先，廐庫爲次，居室爲後。捄，虆也。此謂「捄」即「蔂」字之叚借。虆梩，從土蔂也。陑陑，衆也。「度之薨薨。」度，居也。毛云「居」，鄭云「投」，《韓詩》云「填」，三者同意。薨薨，言百姓之勸勉也。「薨薨」二字今補。「薨」當讀莫滕反。與「懋懋」「亹亹」「没没」「勉勉」皆雙聲。登登，用力也。削屢馮馮削墻鍛屢之聲馮馮然。「屢」音「樓」，空也。鍛屢者，搥打空竅坳突處。馮馮，堅實聲也。皆，俱也。鼛，大鼓也，長一丈二尺。或鼛或鼓，經文鼛、鼓分大小。言勸事樂功也。「廼立皋門，皋門有伉。廼立應門，應門將將。」王之郭門曰皋門。伉，高貌。王之正門曰應門。將將，嚴正也。美大王作郭門以致皋門，作正門以致應門焉。「廼立冢土，戎醜攸行。」冢，大。戎，大。醜，衆也。冢土，大社也。起大事，動大衆，必先有事乎社而後出，謂之宜。美大王之社，遂爲大社也。肆，故今也。愠，恚。隕，隊也。兑，成蹊也。駾，突。喙，困也。《方言》：「瘃，極也。」又曰：「殇，極也。」皆即此經「喙」字。《外傳》「余病喙」，韋注「短氣皃」。質，成也。成，平也。蹶，動也。虞、芮之君相與争田，久而不平。乃相謂曰：「西伯，仁人也。盍往質焉。」乃相與朝周。入其竟，則耕者讓畔，行者讓路。入其邑，男女異路，班白不提挈。入其朝，士讓爲大夫，大夫讓爲卿。二國之君感而相謂曰：「我等小人，不可以履君子之庭。」乃相讓，以其所争田爲閒田而退。天下聞之而歸者四十餘國。率下親上曰「疏附」。相道前後曰「先後」。喻德宣譽曰奔奏。武臣折衝曰御侮。

《棫樸》五章，章四句。

《棫樸》，文王能官人也。

芃芃棫樸，薪之槱之。槱，《釋文》譌作「楢」。濟濟辟王，左右趣之。濟濟辟王，左右奉璋。奉璋峩峩，髦士攸宜。淠彼涇舟，烝徒楫之。周王于邁，六師及之。倬彼雲漢，爲章于天。周王壽考，遐不作人。追琢其章，金玉其相。勉勉我王，綱紀四方。

「芃芃樸棫，薪之槱之」，興也。芃芃，木盛貌。棫，白桵也。樸，枹木也。《方言》「樸」字即此經及《考工記》之「樸」字。槱，積也。山木茂盛，萬民得而薪之。賢人衆多，國家得用蕃興。趣，趨也。此謂叚借。半圭曰璋。峩峩，盛壯也。髦，俊也。淠，舟行貌。楫，擢也。擢从手引也。俗字从木。六師，天子六軍。倬，大也。雲漢，天河也。「遐不作人。」遐，遠也，遠不作人也。此當云「遠作人」也，「不」字衍。鄭箋異義。追，彫也。金曰雕，玉曰琢。相，質也。

《旱麓》六章，章四句。

《旱麓》，受祖也。周之先祖世修后稷、公劉之業。大王、王季申以百福千禄焉。此是「千」字。《假樂》箋曰「子孫得禄千億」是也。

瞻彼旱麓，榛楛濟濟。豈弟君子，干禄豈弟。 瑟彼玉瓚，黄流在中。豈弟君子，福禄攸降。 鳶飛戾天，魚躍于淵。豈弟君子，遐不作人。 清酒既載，騂牡既備。以享以祀，以介景福。 瑟彼柞棫，民所燎矣。豈弟君子，神所勞矣。 莫莫葛藟，施于條枚。豈弟君子，求福不回。

旱，山名也。麓，山足也。濟濟，衆多也。「干禄豈弟。」干，求也。言陰陽和，山藪殖，故君子得以干禄樂易。玉瓚，圭瓚也。黄金所以飾。句絶。此從正義本。流，鬯也。九命然後錫以秬鬯、圭瓚。「鳶飛戾天，魚躍于淵」，言上下察也。「清酒既載，騂牡既備」，言年豐畜碩也。「以享以祀，以介景福」，言祀所以得福也。瑟，衆貌。莫莫，施貌。

《思齊》五章，二章章六句，三章章四句。

《思齊》，文王所以聖也。

思齊大任，文王之母。思媚周姜，京室之婦。大姒嗣徽音，則百斯男。惠于宗公，神罔時怨，神罔時恫。刑于寡妻，至于兄弟，以御于家邦。雝雝在宮，肅肅在廟。不顯亦臨，無射亦保。肆戎疾不殄，烈假不瑕。不聞亦式，不諫亦入。肆成人有德，小子有造。古之人無斁，譽髦斯士。

齊，莊。媚，愛也。周姜，大姜也。京室，王室也。大姒，文王之妃也。「則百斯男」，大姒十子，衆妾則宜百子也。宗公，宗神也。恫，痛也。刑，法也。寡妻，適妻也。御，迎也。雝雝，和也。肅肅，敬也。「不顯亦臨」，以顯臨之。「無射亦保。」保，安。無，厭也。「肆戎疾不殄。」肆，故今也。戎，大也。故今大疾害人者，不絶之而自絶也。烈，業。假，大也。「不聞亦式，不諫亦入」，言性與天合也。造，爲也。斁，厭也。髦，俊也。依《釋文》有此六字，無「古之人無厭於有譽之俊士也」十二字。

《皇矣》八章，章十二句。

《皇矣》，美周也。天監代殷，莫若周也。世世修德，莫若文王。此從崔《集注》本。

皇矣上帝，臨下有赫。監觀四方，求民之莫。維此二國，其政不獲。維彼四國，爰究爰度。上帝耆之，憎其式廓。乃眷西顧，此維與宅。作之屏之，其菑其翳。修之平之，其灌其栵。啓之辟之，其檉其椐。攘之剔之，其檿其柘。帝遷明德，串夷載路。天立厥妃，受命既固。帝省其山，柞棫斯拔，松柏斯兑。帝作邦作對，自大伯王季。維此王季，因心則友，則友其兄，則篤其慶。載錫之光，受禄無喪，奄有四方。維此王季，按：王季，《左傳》作「文王」。帝度其心，貊其德音。其德克明，克明克類，克長克君，王此大邦，克順克比。比于文王，其德靡悔。既受帝祉，施于孫子。帝謂文王，無然畔援，無然歆羡，誕先登于岸。密人不共，敢距大邦，侵阮徂共。王赫斯怒，爰整其旅，以按徂旅，以篤于周祜，以對于天下。依其在京，侵自阮疆，陟我高岡。無矢我陵，我陵我阿。無飲我泉，我泉我池。度其鮮原，居岐之陽，在渭之將，萬邦之方，下民之王。帝謂文王，予懷明德。不大聲以色，不長夏以革。不識不知，順帝之則。帝謂文王，詢爾仇方，同爾弟兄。以爾鈎援，與爾臨衝，以伐崇墉。臨衝閑閑，崇墉言言，執訊連連，攸馘安安。是類是禡，是致是附，四方以無侮。臨衝茀茀，崇墉仡仡。是伐是肆，是絶是忽，四方以無拂。

皇，大。莫，定也。二國，殷、夏也。彼，彼有道也。四國，四方也。究，謀。度，居也。毛傳「度」訓「居」二見，《緜》與《皇矣》也。耆，惡也。「耆」即「嗜好」字。「耆」訓「惡」，猶「亂」訓「治」、「徂」訓「存」。「憎其式廓」。廓，大也。憎其用大位，行大政。西顧，顧西土也。宅，居也。木立死曰菑。自斃爲翳。灌，叢生也。栵，栭也。檉，河柳也。椐，樻也。檿，山桑也。「帝遷明德」，徙就文王之德也。串，習。此謂「串」即「慣」之叚借。慣，《説文》作「摜」。作「遺串」即《説文》「毌」字。夷，常。路，大也。妃，媲也。兑，易直也。「兑」與《殷武》「丸丸」古同音同義。「兑」从㕣聲。對，配也。「自大伯王季」，從大伯之見王季也。因，親也。善兄弟曰友。慶，善。光，大也。喪，亡。奄，大也。心能制義曰度。貊，静也。德正應和曰貊。照臨四方曰明。類，善也。勤施無私曰類。教誨不倦曰長。賞慶刑威曰君。此章故訓本左氏。已上三十三字各本係箋，自屬舛誤，今正之。慈和徧服曰順。擇善而從曰比。經緯天地曰文。「無然畔援，無然歆羡」，無是畔道，無是援取，無是貪羡。此謂「歆」即「貪」之叚借。賈逵注《國語》本此。岸，高位也。「密人不共，敢距大邦，侵阮徂共」，國有密須氏侵阮，遂往侵共也。旅，師。按，止也。旅，地名也。對，遂也。京，大阜也。矢，陳也。小山別大山曰鮮。將，側也。此從雙聲得其訓詁，與「行，翩也」同。方，則也。懷，歸也。「不大聲以色」，不大聲見於色。「不長夏以革」，革，更也。不以長大有所更。仇，匹也。「鈎援」，鈎，鈎梯也，所以鈎引上城者。以「引」釋「援」。臨，臨車也。衝，衝車也。墉，城也。閑閑，動摇也。言言，高大也。連連，徐也。攸，所也。馘，獲也。不服者，殺而獻其左耳曰馘。於内曰類。於野曰禡。致，致其社稷群神。附，附其先祖，爲之立後，尊其尊而親其親。茀茀，彊盛也。仡仡，猶言言也。肆，疾也。忽，滅也。

《靈臺》五章，章四句。

《靈臺》，民始附也。文王受命，而民樂其有靈德，以及鳥獸昆蟲焉。

經始靈臺，經之營之。庶民攻之，不日成之。　經始勿亟，庶民子來。王在靈囿，麀鹿攸伏。　麀鹿濯濯，白鳥翯翯。王在靈沼，於牣魚躍。　虡業維樅，賁鼓維鏞。於論鼓鍾，於樂辟廱。　於論鼓鍾，於樂辟廱。鼉鼓逢逢，矇瞍奏公。

神之精明者稱靈。四方而高曰臺。經，度之也。攻，作也。「不日成之」，不日有成也。囿，所以域養禽獸也，「丸有」亦言「九域」，亦言「九囿」。天子百里，諸侯四十里。靈囿，言靈道行於囿也。麀，牝也。濯濯，娱遊也。翯翯，肥澤也。沼，池也。靈沼，言靈道行於沼也。牣，滿也。植者曰虡，横者曰栒。業，大版也。樅，崇牙也。賁，大鼓也。鏞，大鍾也。論，思也。定本及《集注》《釋文》有此三字。「論」同「侖」、「思」同「䚡理」之「䚡」。箋申毛耳。《説文》亼部曰：「侖，思也。」龠部曰：「侖，理也。」思如角有䚡理。毛謂「論」爲「侖」之叚借，鼓與鍾合其思理。《書》所謂「無相奪倫」、《記》所謂「論倫無患」也。水旋丘如璧曰辟廱，以節觀者。鼉，魚屬。逢逢，和也。有眸子而無見曰矇。無眸子曰瞍。公，事也。

《下武》六章，章四句。

《下武》，繼文也。武王有聖德，復受天命，能昭先人之功焉。

下武維周，世有哲王。三后在天，王配于京。王配于京，世德作求。永言配命，成王之孚。成王之孚，下土之式。永言孝思，孝思維則。媚茲一人，應侯順德。永言孝思，昭哉嗣服。昭茲來許，繩其祖武。於萬斯年，受天之祜。受天之祜，四方來賀。於萬斯年，不遐有佐。

武，繼也。三后，大王、王季、文王也。王，武王也。式，法也。「孝思維則」，則其先人也。一人，天子也。應，當。侯，維也。許，進。繩，戒。武，迹也。「不遐有佐」，遠夷來佐也。此皆「不譬，譬也」「不盈，盈也」之例。不遠有佐者，遠夷來佐也。遐不作人者，遠作人也。

《文王有聲》八章，章五句。

《文王有聲》，繼伐也。武王能廣文王之聲，卒其伐功也。

文王有聲，遹駿有聲。遹求厥寧，遹觀厥成。文王烝哉！文王受命，有此武功。既伐于崇，作邑于豐。文王烝哉！築城伊淢，作豐伊匹。匪棘其欲，遹追來孝。王后烝哉！王公伊濯，維豐之垣。四方攸同，王后維翰。王后烝哉！豐水東注，維禹之績。四方攸同，皇王維辟。皇王烝哉！　鎬京辟雍，自西自東，自南自北，無思不服。皇王烝哉！　考卜維王，宅是鎬京。維龜正之，武王成之。武王烝哉！　豐水有芑，武王豈不仕。詒厥孫謀，以燕翼子。武王烝哉！

烝，君也。減，成溝也。此謂「減」即「洫」之叚借。《韓詩》正作「洫」。古文「鬩」作「閪」。匹，配也。后，君也。濯，大。翰，幹也。績，業。皇，大也。「鎬京辟廱，自西自東。自南自北，無思不服」，武王作邑於鎬京也。芑，草也。仕，事。燕，安。翼，敬也。

皇清經解卷六百二十二終　漢軍生員樊封校

毛詩故訓傳　卷二四

金壇段大令玉裁訂

生民之什故訓傳第二十四　大雅

《生民之什》十篇，六十五章，四百三十三句。

《生民》八章，四章章十句，四章章八句。

《生民》，尊祖也。后稷生於姜嫄，文、武之功起於后稷。故推以配天焉。

厥初生民，時維姜嫄。生民如何？克禋克祀，以弗無子。履帝武敏歆，攸介攸止。載震載夙，載生載育，時維后稷。誕彌厥月，先生如達。不坼不副，無菑無害。以赫厥靈，上帝不寧。不康禋祀，居然生子。誕寘之隘巷，牛羊腓字之。誕寘之平林，會伐平林。誕寘之寒冰，鳥覆翼之。鳥乃去矣，后稷呱矣。實覃實訏，厥聲載路。誕實匍匐，克岐克嶷，以就口食。蓺之荏菽，荏菽旆旆，禾役穟穟，麻麥幪幪，瓜瓞唪唪。誕后稷之穡，有相之道。茀厥豐草，種之黄茂。實方實苞，實種實褎，實發實秀，實堅實好，實穎實栗，即有邰家室。《吕覽》《説文》《水經注》引皆無「即」字。

誕降嘉種，維秬維秠，維穈維芑。恒之秬秠，是穫是畝。恒之穈芑，是任是負，以歸肇祀。 誕我祀如何？或舂或揄，當依《說文》作「舀」。或簸或蹂。釋之溲溲，烝之浮浮。載謀載惟，取蕭祭脂。取羝以軷，載燔載烈。以興嗣歲。 卬盛于豆，于豆于登，其香始升，上帝居歆。胡臭亶時？后稷肇祀，庶無罪悔，以迄于今。

生民，本后稷也。姜嫄，姜姓也。后稷之母配高辛氏帝焉。「克禋克祀，以弗無子。」禋，敬。弗，去也。去無子，求有子，古者必立郊禖焉。玄鳥至之日，以大牢祠于郊禖，天子親往，后妃率九嬪御。乃禮天子所御，帶以弓韣，授以弓矢于郊禖之前。履，踐也。帝，高辛氏之帝也。武，迹。敏，疾也。從於帝而見於天，將事齊敏也。歆，饗。介，大也。攸止，福禄所止也。震，動。夙，早。育，長也。后稷，周棄也，勤播百穀以利民，死于黑水之山。韋昭注《魯語》稱《毛詩》傳如是。《魏志·杜畿傳》引之。今據補十字。誕，大。彌，終。達，達生也。「達生」之「達」，今補。「達生」謂「沓生」，言重沓而生。此與《車攻》傳「舄達屨也」，皆叚「達」爲「沓」。姜嫄之子首生者，乃如重沓而生之易。然先釋「達」而後釋「先生」，如《白華》傳先釋「烘煁」而後釋「桑薪」文法同也。先生，二字今補。姜嫄之子先生者也。「不坼不副，無菑無害」，言易也。凡人在母，母則病。生則坼副菑害其母，橫逆人道。赫，顯也。不寧，寧也。不康，康也。「誕寘之隘巷，牛羊腓字之」。誕，大。寘，置。腓，辟。字，愛也。天生后稷，異之於人，欲以顯其靈也。帝不順天，是不明也。故承天意而異之於天下。「誕寘之平林，會伐平林」，牛羊而辟人者，理也。置之平林，又爲人所收取之。「誕寘之寒冰，鳥覆翼之」，大鳥來，一翼覆之，一翼藉之，人而收取之，又其理也。故置之於寒冰。「鳥乃去矣，后稷呱矣」，於是知有天異，往取之矣。后稷呱呱然而泣。覃，長。訏，大。路，大也。岐，知意也。嶷，識也。《説文》引詩作「啜」，《太玄》「儗」同「啜」。今本《毛詩》作「嶷」，淺人依「岐」字偏旁改之耳。「岐」「知」古音同，在十六部。「啜」「識」古音同，弟一部。此古於疊韻得訓之大凡也。岐者，山之兩岐也。心之開明似之，故曰「知意」。啜者，心口開有所識也，故曰「識」也。《皇矣》亦「不識不知」竝言。荏菽，戎菽也。旆旆然長也。役，列也。「役」者，「穎」之叚借。《説文》引正作「穎」。「列」者，「梨」之叚借。梨，黍穰也。禾莖亦云梨。穟穟，苗好美也。幪幪然茂盛也。唪唪然多實也。相，助也。茀，治也。艸多曰「茀」，治艸曰「茀」，猶「治亂曰亂」也。黄，嘉穀也。《碩鼠》傳曰：「苗，嘉穀也。」《説文》曰：「禾，嘉穀也。粟，嘉穀實也。」凡言「嘉穀」皆謂「禾」，生曰苗，秀曰禾。茂，美也。方，極畝也。苞，本也。種，襍種也。〔一〕古多以「襍」爲「集」。毛云「襍種」，鄭云「生不襍」，實一説也。集種者，種純粹之謂。褎，長也。發，盡發也。不榮而實曰秀。穎，垂穎也。栗，其實栗栗然。「有部家室」。部，姜嫄之國也。謂后稷於部是家是室也。堯見天因部而生后稷，故國后稷於部，命使事天以顯神，順天命耳。凡傳言「耳」者，「而已」之合聲也。「誕降嘉種」，天降嘉種也。秬，黑黍也。秠，一稃二米也。穈，赤苗也。芑，白苗也。恒，徧也。「以歸肇祀。」肇，始也。始歸郊祀也。

〔一〕「襍」，原作「褋」，據七葉衍祥堂本改。

揄，抒臼也。「或簸或蹂」，或簸康者，或蹂米者也。依定本，作「米」爲長，下文箋云「后稷既爲郊祀之酒及其米」。案：「蹂米」即今人「洮米」，以手重擦之。「蹂」之言「柔」也。下文「釋之溲溲」，則疏散之，漂去康皮也。一事中分二層，箋説未愜。釋，淅米也。溲溲，聲也。浮浮，氣也。嘗之日涖卜來歲之芟，獮之日涖卜來歲之戒，社之日涖卜來歲之稼。所以興來而繼往也。「載謀載惟」，穀孰而謀，陳祭而卜矣。「取蕭祭脂，取羝以軷」，取蕭合黍稷，臭達墻屋。先奠而後爇蕭合馨香也。羝，牡羊。軷，道祭。傅火曰燔，貫之加于火曰烈。「以興嗣歲」，興來歲、繼往歲也。卬，我。木曰豆，瓦曰登。豆，薦菹醢。登，大羹也。迄，至也。

《行葦》七章，二章章六句，五章章四句。

《行葦》，忠厚也。周家忠厚，仁及草木。故能内睦九族，外尊事黄耇，養老乞言，以成其福禄焉。

敦彼行葦，牛羊勿踐履。方苞方體，維葉泥泥。戚戚兄弟，莫遠具爾。或肆之筵，或授之几。肆筵設席，授几有緝御。或獻或酢，洗爵奠斝。醓醢以薦，或燔或炙。嘉殽脾臄，或歌或咢。敦弓既堅，四鍭既鈞，舍矢既均，序賓以賢。敦弓既句，既挾四鍭。四鍭如樹，序賓以不侮。曾孫維主，酒醴維醹。酌以大斗，以祈黄耇。黄耇台背，以引以翼。壽考維祺，以介景福。

敦，聚貌。行，道也。「維葉泥泥」，葉初生泥泥也。戚戚，內相親也。「或肆之筵，或授之几。」肆，陳也。或陳筵者，或授几者。設席，重席也。緝御，踧踖之容也。斝，爵也。夏曰醆，殷曰斝，周曰爵。以肉曰醓醢。臄，函也。《説文》「函，谷也。」於毛傳爲轉注。「谷」「臄」一字也。服虔曰：「口上曰臄，口下曰函。」析言之。今《説文》「谷」譌「舌」。歌者，比於琴瑟也。徒歌曰謡，徒擊鼓曰咢。此蒙上文「歌」字兼舉《爾雅》「謡」「咢」二訓。俗妄删之，遂參差互異。敦弓，畫弓也。天子敦弓。「四鍭既鈞」，鍭矢參亭也。「舍矢既均」，已均中蓺也。「蓺」即「臬」之叚借。「序賓以賢」，言賓客次序皆賢。孔子射於矍相之圃，觀者如堵墻。射至於司馬，使子路執弓矢出，延射曰：「奔軍之將，亡國之大夫，與爲人後者不入。其餘皆入。」蓋去者半，入者半。又使公罔之裘、序點揚觶而語。公罔之裘揚觶而語八字今補。曰：「幼壯孝弟，耆耋好禮，不從流俗，修身以俟死。弟、禮、死爲韻。者不《射義》注云：「者不，言有此行不可以在此賓位也。」玉裁按：者不，猶今言「是否」。「是否在此位」爲一句。在此位。」蓋去者半，處者半。序點又揚觶而語曰：「好學不倦，好禮不變，耄勤稱道不亂倦、變、亂爲韵。者，不在此位也。」蓋僅有存焉。「敦弓既句」，天子之弓，合九而成規也。「四鍭如樹」，言皆中也。「序賓以不侮」，言其皆有賢才也。曾孫，成王也。醹，厚也。大斗，長三尺也。祈，報也。台背，大老也。引，長。翼，敬也。祺，吉也。

《既醉》八章，章四句。

《既醉》，大平也。醉酒飽德，人有士君子之行焉。

既醉以酒，既飽以德。君子萬年，介爾景福。　既醉以酒，爾殽既將。君子萬年，介爾昭明。　昭明有融，高朗令終。令終有俶，公尸嘉告。　其告維何？籩豆靜嘉。朋友攸攝，攝以威儀。　威儀孔時，君子有孝子。孝子不匱，永錫爾類。　其類爲何？家室之壼。君子萬年，永錫祚胤。　其胤維何？天被爾禄。君子萬年，景命有僕。　其僕維何？釐爾女士。釐爾女士，從以孫子。

既者，盡其禮，終其事。將，行也。融，長。朗，明也。令終，始於饗燕，終於享祀。俶，始也。公尸，天子以卿，言諸侯也。「籩豆靜嘉」，恒豆之菹，水草之和也。其醢，陸産之物也。加豆，陸産也。其醢，水物也。籩豆之薦，水土之品也。不敢用常褻味而貴多品。所以交於神明者，言道之徧至也。「朋友攸攝，攝以威儀」，言相攝佐者以威儀也。匱，竭。類，善也。壼，廣也。胤，嗣也。禄，福也。僕，附也。釐，予也。

《鳧鷖》五章，章六句。

《鳧鷖》，守成也。大平之君子能持盈守成，神祇祖考安樂之也。

鳧鷖在涇，公尸來燕來寧。爾酒既清，爾殽既馨。公尸燕飲，福禄來成。鳧鷖在沙，公尸來燕來宜。爾酒既多，爾殽既嘉。公尸燕飲，福禄來爲。鳧鷖在渚，公尸來燕來處。爾酒既湑，爾殽伊脯。公尸燕飲，福禄來下。鳧鷖在潨，公尸來燕來宗。既燕于宗，福禄攸降。公尸燕飲，福禄來崇。鳧鷖在亹，公尸來止熏熏。旨酒欣欣，燔炙芬芬。公尸燕飲，無有後艱。

「鳧鷖在涇。」鳧，水鳥也。鷖，鳧屬。大平則萬物衆多。馨，香之遠聞也。沙，水旁也。宜，宜其事也。「爾酒既多，爾殽既嘉」，言酒品齊多而殽備美也。「福禄來爲」，厚爲孝子也。渚，沚也。處，止也。潨，水會也。宗，尊也。崇，重也。亹，山絶水也。熏熏，和説也。欣欣然樂也。芬芬，香也。「無有後艱」，言不敢多祈也。

《假樂》四章，章六句。

《假樂》，嘉成王也。

假樂君子，顯顯令德。宜民宜人，受禄于天。保右命之，自天申之。千禄百福，子孫千億。穆穆皇皇，宜君宜王。不愆不忘，率由舊章。威儀抑抑，德音秩秩。無怨無惡，率由群四。受福無疆，四方之綱。 之綱之紀，燕及朋友。百辟卿士，媚于天子。不《釋文》作「匪」。解于位，民之攸塈。

假，嘉也。此謂叚借。「宜民宜人」，宜安民，宜官人也。申，重也。「宜君宜王」，宜君王天下也。抑抑，美也。秩秩，有常也。朋友，群臣也。塈，息也。

《公劉》六章，章十句。

《公劉》，召康公戒成王也。成王將涖政，戒以民事，美公劉之厚於民，而獻是詩也。

篤公劉，匪居匪康。迺埸迺疆，迺積迺倉，迺裹餱糧，于橐于囊，思輯用光。弓矢斯張，干戈戚揚，爰方啓行。 篤公劉，于胥斯原。既庶既繁，既順迺宣，而無永嘆。陟則在巘，復降在原。何以舟之？維玉及瑤，鞞琫容刀。 篤公劉，逝彼百泉，瞻彼溥原。迺陟南岡，迺覯于京。京師之野，于時處處，于時廬旅，于時言言，于時語語。 篤公劉，于京斯依。蹌蹌濟濟，俾筵俾几。既登迺依，迺造其曹。執豕于牢，酌之用匏。食之飲之，君之宗之。 篤公劉，既溥既長，既景迺岡，相其陰陽，觀其流泉。其軍三單，度其隰原，徹田爲糧。度其夕陽，豳居允荒。 篤公劉，于豳斯館，涉渭爲亂，取厲取鍛。止基迺理，爰衆爰有。夾其皇澗，遡其過澗。止旅迺密，篤，厚也。公劉居於邰，而遭夏人亂，迫逐公劉。公劉乃辟中國之難，遂平西戎而遷其民，邑於豳焉。「迺場迺疆」，言修其疆場也。「迺積迺倉」，言民事時和，國有積倉也。小曰橐，大曰囊。「思輯用光」，言民相與和睦，以顯於時也。「弓矢斯張，干戈戚揚。爰方啓行。」戚，斧也。揚，鉞也。張其弓矢，秉其干戈戚揚，以方開道路，去之豳，蓋諸侯之從者十有八國焉。胥，相。宣，徧也。無永嘆，民無長嘆，猶文王之無悔也。正義云：《皇矣》「其德靡悔」，毛意不與鄭同。巘，小山，別於大山也。舟，帶也。「舟」即「匊」之叚借，故訓爲「帶」。「維玉及瑶」，言有美德也。下曰鞞，上曰琫，言德有度數也。容刀，言有武事也。溥，大。覯，見也。「京師之野」，言是京乃大衆所宜居之野也。此從正義。廬，寄也。直言曰言，論難曰語。「既登乃依」，賓已登席坐矣，乃依几矣。曹，群也。執豕于牢，新國則殺禮也。酌之用匏，儉以質也。「君之宗之」，爲之君，爲之大宗也。「既景迺岡」，考於日景，參之高岡。三單，相襲也。徹，治也。山西曰夕陽。荒，大也。館，舍也。正絶流曰亂。碫，碫石也。此從《釋文》。箋釋傳「碫石」字云：「碫石，所以爲鍛質也。」皇澗，澗名也。遡，鄉也。過澗，澗名也。密，安也。此謂「密」即「宓」之叚借。芮，水厓也。此謂「芮」即「汭」之叚借。鞫，究也。

芮鞫之即。

《泂酌》三章，章五句。

《泂酌》，召康公戒成王也。言皇天親有德、饗有道也。

泂酌彼行潦，挹彼注兹。可以餴饎。豈弟君子，民之父母。泂酌彼行潦，挹彼注兹。可以濯罍。豈弟君子，民之攸歸。泂酌彼行潦，挹彼注兹。可以濯溉。豈弟君子，民之攸塈。

「溉」當同《匪風》作「概」。

泂，遠也。此謂「泂」即「迥」之叚借。行潦，流潦也。餴，餾也。饎，酒食也。「豈弟君子，民之父母」，樂以强教之，易以説安之。民皆有父之尊，有母之親。濯，滌也。罍，祭器。溉，清也。「清」「淨」，古今字。

《卷阿》十章，六章章五句，四章章六句。

《卷阿》，召康公戒成王也。言求賢用吉士也。

有卷者阿，票風自南。豈弟君子，來游來歌，以矢其音。伴奂爾游矣，優遊爾休矣。豈弟君子，俾爾彌爾性，似先公酋矣。爾土宇昄章，亦孔之厚矣。豈弟君子，俾爾彌爾性，百神爾主矣。爾受命長矣，茀禄爾康矣。豈弟君子，俾爾彌爾性，純嘏爾常矣。有馮有翼，有孝有德，以引以翼。豈弟君子，四方爲則。　顒顒卬卬，如珪如璋，令聞令望。豈弟君子，四方爲綱。　鳳皇于飛，翽翽其羽，亦集爰止。藹藹王多吉士，維君子使，媚于天子。　鳳皇于飛，翽翽其羽，亦傅于天。藹藹王多吉人，維君子命，媚于庶人。　鳳皇鳴矣，于彼高岡。梧桐生矣，于彼朝陽。菶菶萋萋，雝雝喈喈。　君子之車，既庶且多。君子之馬，既閑且馳。矢詩不多，維以遂歌。

「有卷者阿，票風自南」，興也。卷，曲也。票風，迴風也。惡人被德化而消，猶票風之入曲阿也。矢，陳也。伴奂，廣大有文章也。彌，終也。似，嗣也。酋，終也。昄，大也。茀，小也。嘏，大也。「有馮有翼」，道可馮依以爲輔翼也。引，長。翼，敬也。顒顒，温貌。卬卬，盛貌。鳳皇，靈鳥，仁瑞也。「靈鳥」當是「禮鳥」轉寫失之。「騶虞，義獸，有至信之德則應之。」「麟，信獸而應禮。」「鳳皇，禮鳥，有仁德則應之。」三傳皆與古左氏説同。服虔曰：「修其母，致其子。視明禮修而麟至，思睿信立而白虎擾。言從乂成而神龜在沼，聽聰知正而名川出龍，貌恭性仁則鳳皇來儀。」雄曰鳳，雌曰皇。翽翽，衆多也。藹藹，猶濟濟也。「梧桐生矣，于彼朝陽。」梧桐，柔木也。山東曰朝陽。梧桐不生山岡，大平而後生朝陽。「菶菶萋萋」，梧桐盛也。「雝雝喈喈」，鳳皇鳴也。臣竭其力，則地極其化，天下和洽，則鳳皇樂德。「君子之車，既庶且多。君子之馬，既閑且馳」，上能錫以車馬，行中節、馳中法也。「矢詩不多，維以遂歌。」不多，多也。明王使公卿獻詩以陳其志，遂爲工師之歌焉。

《民勞》五章，章十句。

《民勞》，召穆公刺厲王也。

民亦勞止，汔可小康。惠此中國，以綏四方。無縱詭隨，以謹無良。式遏寇虐，憯不畏明。揉遠能邇，揉，依《釋文》。以定我王。民亦勞止，汔可小休。惠此中國，以爲民逑。無縱詭隨，以謹惛怓。式遏寇虐，無俾民憂。無棄爾勞，以爲王休。民亦勞止，汔可小息。惠此京師，以綏四國。無縱詭隨，以謹罔極。式遏寇虐，無俾作慝。敬慎威儀，以近有德。民亦勞止，汔可小愒。惠此中國，俾民憂泄。無縱詭隨，以謹醜厲。式遏寇虐，無俾正敗。戎雖小子，而式弘大。民亦勞止，汔可小安。惠此中國，國無有殘。無縱詭隨，以謹繾綣。式遏寇虐，無俾正反。王欲玉女，是用大諫。

汔，危也。中國，京師也。四方，諸夏也。詭隨，詭人之善、隨人之惡者。詭，責也。箋云「詭人之善不肯行」。「以謹無良」，慎小以懲大也。憯，曾也。《説文》引作「朁」。揉，安也。休，定也。逑，合也。惛怓，大亂也。休，美也。息，止也。慝，惡也。「以近有德」，求近德也。愒，息。泄，去也。

「泄」與「渫」同。經典多叚「泄」爲「渫」。醜，衆。厲，危也。戎，大也。賊義曰殘。繾綣，反覆也。

《板》八章，章八句。

《板》，凡伯刺厲王也。

上帝板板，下民卒癉。出話不然，爲猶不遠。靡聖管管，不實于亶。猶之未遠，是用大諫。天之方難，無然憲憲。天之方蹶，無然泄泄。辭之輯矣，民之洽矣。辭之繹矣，民之莫矣。我雖異事，及爾同寮。我即爾謀，聽我囂囂。我言維服，勿以爲笑。先民有言，詢于芻蕘。天之方虐，無然謔謔。老夫灌灌，小子蹻蹻。匪我言耄，爾用憂謔。多將熇熇，不可救藥。天之方懠，無爲夸毗。威儀卒迷，善人載尸。民之方殿屎，則莫我敢葵。喪亂蔑資，曾莫惠我師。天之牖民，如壎如篪，如璋如圭，如取如攜。攜無曰益，牖民孔易。民之多僻，無自立辟。价人維藩，大師維垣。大邦維屏，大宗維翰。懷德維寧，宗子維城。無俾城壞，無獨斯畏。敬天之怒，無敢戲豫。敬天之渝，無敢馳驅。昊天曰明，及爾出王。昊天曰旦，及爾游羨。

板板，反也。上帝，以稱王者也。癉，病也。話，善言也。猶，道也。管管，無所依繫。亶，誠也。猶，圖也。憲憲，猶欣欣也。蹶，動也。泄泄，猶沓沓也。輯，和。洽，合。繹，說。莫，定也。寮，官也。躡躡，猶警警也。芻蕘，薪采者。薪采者，見《穀梁傳》。謔謔然喜樂也。灌灌，猶款款也。蹻蹻，驕皃。八十曰耄。熇熇然熾盛也。懠，怒也。夸毗，體柔人也。殿屎，呻吟也。此謂「殿屎」即「唸吚」之叚借。《說文》正作「唸吚」。蔑，無。資，財也。牖，道也。此謂「牖」即「誘」之叚借。《召南》傳曰：「誘，道也。」「如壎如篪」，言相和也。「如璋如圭」，言相合也。「如取如攜」，言必從也。辟，法也。价，善也。藩，屏也。垣，墻也。大宗，王者，天下之大宗也。翰，榦也。此謂叚借。懷，和也。戲豫，逸豫也。馳驅，自恣也。王，往。此謂叚借。旦，明。游，行。羡，溢也。

皇清經解卷六百二十三終　　漢軍生員樊封校

毛詩故訓傳　卷二五

金壇段大令玉裁訂

蕩之什故訓傳第二十五　大雅

《蕩之什》十一篇，九十二章，七百六十九句。

《蕩》八章，章八句。

《蕩》，召穆公傷周室大壞也。厲王無道，天下蕩蕩，無綱紀文章。故作是詩也。

蕩蕩上帝，下民之辟。疾威上帝，其命多辟。天生烝民，其命匪諶。靡不有初，鮮克有終。

文王曰咨，咨女殷商。曾是彊禦，曾是掊克。曾是在位，曾是在服。天降滔德，女興是力。

文王曰咨，咨女殷商。而秉義類，彊禦多懟。流言以對，寇攘式内。侯作侯祝，靡屆靡究。　文王曰咨，咨女殷商。女炰烋于中國，斂怨以爲德。不明爾德，時無背無側。爾德不明，以無陪無卿。　文王曰咨，咨女殷商。天不湎爾以酒，不義從式。既愆爾止，靡明靡晦。式號式呼，俾晝作夜。　文王曰咨，咨女殷商。如蜩如螗，如沸如羹。小大近喪，人尚乎由行。内奰于中國，覃及鬼方。文王曰咨，咨女殷商。匪上帝不時，殷不用舊。雖無老成人，尚有典刑。曾是莫聽，大命以傾。文王曰咨，咨女殷商。人亦有言，顛沛之揭。枝葉未有害，〔二〕本實先撥。殷鑒不遠，在夏后之世。

上帝，以托君王也。辟，君也。「疾威上帝」，疾病人矣，威罪人矣。諶，誠也。咨，嗟也。强禦，强梁禦善也。掊克，自伐而好勝人也。定本「掊」作「倍」。正義云「謂己兼倍于人而自矜伐也」。今按：毛意謂掊自引聚也。訓以「自伐」，猶自多也。「克」之訓「好勝人」也。《孟子》亦作「掊克」。服，服政事也。天，君。滔，漫也。對，遂也。「侯作侯祝」。作、祝，詛也。四字一句。作，經傳皆如字。「侯作侯祝」與「乃宣乃畝」「爰始爰謀」句法同。届，極。究，窮。炰烋，猶彭亨也。無背，背無臣。無側，側無人也。無陪，無陪貳也。無卿，無卿士也。義，宜也。「卑晝作夜」，使晝爲夜也。蜩，蟬也。螗，蝘也。「人尚乎由行」，言居人上，欲用行是道也。奰，怒也，不醉而怒曰奰。鬼方，遠方也。顛，仆。沛，拔也。此謂叚借也。「拔」同「跋」。揭，根見貌。

《抑》十二章，三章章八句，九章章十句。

〔二〕「葉」字原脱，據七葉衍祥堂本補。

《抑》，衛武公刺厲王，亦以自警也。

抑抑威儀，維德之隅。人亦有言，靡哲不愚。庶人之愚，亦職維疾。哲人之愚，亦維斯戾。無競維人，四方其訓之。有覺德行，四國順之。訏謨定命，遠猶辰告。敬慎威儀，維民之則。其在于今，興迷亂于政。顛覆厥德，荒湛于酒。女雖湛樂從，弗念厥紹。罔敷求先王，克共明刑。肆皇天弗尚，如彼泉流，無淪胥以亡。夙興夜寐，洒埽廷内。維民之章，脩爾車馬，弓矢戎兵。用戒戎作，用逷蠻方。質爾民人，作「人民」者誤。謹爾侯度，用戒不虞。慎爾出話，敬爾威儀，無不柔嘉。白圭之玷，《説文》作「㓠」。尚可磨也。斯言之玷，不可爲也。無易由言，無曰苟矣，莫捫朕舌。言不可逝矣。無言不讎，無德不報。惠于朋友，庶民小子。子孫繩繩，萬民是不承。依《釋文》別本，與箋合。視爾友君子，輯柔爾顔，不遐有愆。相在爾室，尚不媿于屋漏。無曰不顯，莫云予覯。神之格思，不可度思，矧可射思。辟爾爲德，俾臧俾嘉。淑慎爾止，不愆于儀。不僭不賊，鮮不爲則。投我以桃，報之以李。彼童而角，實虹小子。荏染柔木，言緡之絲。温温恭人，維德之基。其維哲人，告之話言，順德之行。其維愚人，覆謂我僭，民各有心。於乎小子，未知臧否。匪手攜之，言示之事。匪面命之，言提其耳。借曰未知，亦既抱子。民之靡盈，誰夙知而莫成？昊天孔昭，我生靡樂。視爾夢夢，我心慅慅。誨爾諄諄，聽我藐藐。匪用爲教，覆用爲虐。借曰未知，亦聿既耄。於乎小子，告爾舊止。聽用我謀，庶無大悔。天方艱難，曰喪厥國。取譬不遠，昊天不忒。回遹其德，俾民大棘。

抑抑，密也。隅，廉也。「靡哲不愚」，國有道則知，國無道則愚。職，主。戾，罪也。無競，競也。訓，教。覺，直也。訏，大。謨，謀。猶，道。辰，時也。紹，繼。共，執。刑，法也。淪，率也。洒，灑。章，表也。遏，遠也。質，成也。不虞，非度也。話，善言也。玷，缺也。莫，無。捫，持也。讎，用也。輯，和也。西北隅謂之屋漏。覯，見也。格，至也。「辟爾爲德，俾臧俾嘉」，女爲善，則民爲善矣。止，至也。爲人君止於仁，爲人臣止於敬，爲人子止於孝，爲人父止於慈，與國人交止於信。僭，差也。童，羊之無角者也。而角，自用也。虹，潰也。緡，被也。温温，寬柔也。詁言，古之善言也。《釋文》曰：「話，《説文》作『詁』。」蓋《説文》偁《詩》曰「告之詁言」，陸氏所據未誤。今本《説文》「《詩》曰詁訓」四字不成語，淺人所改耳。借，假也。莫，晚也。夢夢，亂也。懆懆，憂不樂也。藐藐然不入也。耄，老也。

《桑柔》十六章，八章章八句，八章章六句。

《桑柔》，芮伯刺厲王也。

菀彼桑柔，其下侯旬。捋采其劉，瘼此下民。不殄心憂，倉兄填兮。倬彼昊天，寧不我矜？四牡騤騤，旟旐有翩。亂生不夷，靡國不泯。民靡有黎，具禍以燼。於乎有哀，國步斯頻。國步蔑資，天不我將。靡所止疑，云徂何往？君子實維，秉心無競。誰生厲階，至今爲梗。憂心慇慇，念我土宇。我生不辰，逢天僤怒。自西徂東，靡所定處。多我覯痻，孔棘我圉。爲謀爲毖，亂兄斯削。告爾憂恤，誨爾序爵。誰能執熱，逝不以濯。其何能淑，載胥及溺。如彼遡風，亦孔之僾。民有肅心，荓云不逮。好是家嗇，力民代食。家嗇維寶，代食維好。天降喪亂，滅我立王。降此蟊賊，稼穡卒痒。哀恫中國，具贅卒荒。靡有旅力，以念穹蒼。維此惠君，民人所瞻。秉心宣猶，考慎其相。維彼不順，自獨俾臧。自有肺腸，俾民卒狂。瞻彼中林，甡甡其鹿。朋友已譖，不胥以穀。人亦有言，進退維谷。維此聖人，瞻言百里。維彼愚人，覆狂以喜。匪言不能，胡斯畏忌？維此良人，弗求弗迪。維彼忍心，是顧是復。民之貪亂，寧爲荼毒？大風有隧，有空大谷。維此良人，作爲式穀。維彼不順，征以中垢。大風有隧，貪人敗類。聽言則對，誦言如醉。匪用其良，覆俾我悖。嗟爾朋友，予豈不知而作？如彼飛蟲，時亦弋獲。既之陰女，反予來赫。民之罔極，職涼善背。爲民不利，如云不克。民之回遹，職競用力。民之未戾，職盜爲寇。涼曰不可，覆背善詈。雖曰非予，既作爾歌。

「菀彼桑柔，其下侯旬。捋采其劉，瘼此下民」，興也。菀，茂貌。旬，言陰均也。劉，暴樂而希也。瘼，病也。倉，喪也。兄，滋也。此與《常棣》《召旻》傳同，彼作「兹」，此作「滋」，皆訓「益」。填，久也。昊天，斥王者也。騤騤，不息也。鳥隼曰旟，龜蛇曰旐，翩翩在路不息也。夷，平。泯，滅也。黎，齊也。步，行。頻，急也。疑，定也。競，彊。厲，惡。梗，病也。宇，居。僤，厚也。圉，垂也。毖，慎也。「誰能執熱，逝不以濯」，濯所以救熱也，禮亦所以毖亂也。遡，鄉。僾，唈。此謂「僾」即「旡」之叚借也。《説文》曰：「旡，飲食气屰不得息曰旡。古文作『旡』，居未切。」按：炁㤅字以此古文爲聲，故經叚「僾」爲「旡」也。唈，古書皆云「於邑」，「唈」乃俗字耳。荓，使也。代食，無功者食天禄也。贅，屬。荒，虚也。穹蒼，蒼天。相，質也。甡甡，衆多也。谷，窮也。「瞻言百里」，遠慮也。迪，進也。隧，道也。中垢，言闇冥也。類，善也。覆，反也。赫，光也。定本、《集注》作「炙也」。顧廣圻曰：「依正義攷之，古本作『赤，赤也』。」謂此赤盛字即拒赤字也。古「拒嚇」祇作「赤」。涼，薄也。戾，定也。

《雲漢》八章，章十句。

《雲漢》，仍叔美宣王也。宣王承厲王之烈，内有撥亂之志，遇烖而懼，側身修行，欲銷去之。天下喜於王化復行，百姓見憂。故作是詩也。

倬彼雲漢，昭回于天。王曰於乎，何辜今之人？天降喪亂，饑饉薦臻。靡神不舉，靡愛斯牲。圭璧既卒，寧莫我聽。旱既大甚，温隆蟲蟲。不殄禋祀，自郊徂宮。上下奠瘞，靡神不宗。后稷不克，上帝不臨。耗斁下土，寧丁我躬？　旱既大甚，則不可推。兢兢業業，如霆如雷。周餘黎民，靡有孑遺。昊天上帝，則不我遺。胡不相畏，先祖于摧。　旱既大甚，則不可沮。赫赫炎炎，云我無所。大命近止，靡瞻靡顧。群公先正，則不我助。父母先祖，胡寧忍予？　旱既大甚，滌滌山川。旱魃爲虐，如惔如焚。我心憚暑，憂心如熏。群公先正，則不我聞。昊天上帝，寧俾我遯？　旱既大甚，黽勉畏去。胡寧瘨我以旱？憯不知其故。祈年孔夙，方社不莫。昊天上帝，則不我虞。敬恭明祀，宜無悔怒。　旱既大甚，散無友紀。鞫哉庶正，疚哉冢宰。趣馬師氏，膳夫左右。靡人不周，無不能止。瞻卬昊天，云如何里？　瞻卬昊天，有嘒其星。大夫君子，昭假無贏。大命近止，無棄爾成。何求爲我，以戾庶正。瞻卬昊天，曷惠其寧？

回，轉也。薦，重。臻，至也。「温隆蟲蟲」，温温而暑，「温」讀爲「蘊」，鬱積也。定本作「蘊」。隆隆而雷，蟲蟲而熱也。「上下奠瘞，靡神不宗」，上祭天，下祭地。奠，奠其禮。瘞，瘞其物。宗，尊也。國有凶荒，則索鬼神而祭之。丁，當也。推，去也。兢兢，恐也。業業，危也。「靡有孑遺」，無孑然遺失也。「失」同「佚」。摧，至也。沮，止也。赫赫，旱氣也。炎炎，熱氣也。「大命近止」，民近死亡也。先正，百辟卿士也。「父母先祖」，文、武爲民父母也。「滌滌山川」。滌滌，旱氣也。山無木，川無水。魃，旱神也。惔，燎也。此謂「惔」即「炎」之叚借。《韓詩》正作「炎」。憚，勞。熏，灼也。悔，恨也。「趣馬師氏，膳夫左右。靡人不周」，言歲凶年穀不登，則趣馬不秣，師氏弛其兵，馳道不除。祭事不縣。膳夫徹膳。左右布而不脩。大夫不食粱，士飲酒不樂。周，救也。「無不能止」，言無止不能也。嘒，衆星貌。假，至也。戾，定也。

《崧高》八章，章八句。

《崧高》，尹吉甫美宣王也。天下復平，能建國親諸侯，褒賞申伯焉。

崧高維嶽，駿極于天。維嶽降神，生甫及申。維申及甫，維周之翰。四國于蕃，四方于宣。亹亹申伯，王纘之事。于邑于謝，南國是式。王命召伯，定申伯之宅。登是南邦，世執其功。王命申伯，式是南邦。因是謝人，以作爾庸。王命召伯，徹申伯土田。王命傅御，遷其私人。申伯之功，召伯是營。有俶其城，寢廟既成。既成藐藐，王錫申伯。四牡蹻蹻，鉤膺濯濯。王遣申伯，路車乘馬。我圖爾居，莫如南土。錫爾介圭，以作爾寶。往近王舅，南土是保。申伯信邁，王餞于郿。申伯還南，謝于誠歸。王命召伯，徹申伯土疆。以峙其粻，式遄其行。申伯番番，既入于謝，徒御嘽嘽。周邦咸喜，戎有良翰。不顯申伯，王之元舅，文武是憲。申伯之德，柔惠且直。揉此萬邦，聞于四國。吉甫作誦，其詩孔碩。其風肆好，以贈申伯。《釋文》曰：

「贈，送也。《詩》之本皆尒。崔《集注》本作『贈，增也』，云『增益申伯之美』。」案：增，當是崔本作「曾」。《説文》「曾」字下亦云：「曾者，益也。」

崧，高貌。山大而高曰崧。嶽，四嶽也。東嶽岱，南嶽衡，西嶽華，北嶽恒。堯之時，姜氏爲四伯，掌四嶽之祀，述諸侯之職。於周則有甫、有申、有齊、有許也。駿，大。極，至也。嶽降神靈和氣，以生申、甫之大功。翰，榦也。謝，周之南國也。召伯，召公也。登，成也。功，事也。庸，城也。徹，治也。御，治事之官。私人，家臣也。俶，作也。藐藐，美貌。蹻蹻，壯貌。鉤膺，樊纓也。濯濯，光明也。乘馬，四馬也。寶，瑞也。迈，己也。「己」與「忌」同。《大叔于田》傳曰：「忌，辭也。」此傳謂「迈」者，「己」之叚借。箋申之曰：「己，辭也。讀如『彼記之子』之『記』。」《王風》「彼其之子」箋曰：「其，或作『記』，或作『己』，讀聲相似。」《鄭風》箋曰：「忌，讀如『彼己之子』之『己』。」蓋「其」「記」「己」「忌」「迈」五字同詞之助也。「己」作「戊己」字，今本《毛詩》此及《王風》《鄭風》作「已止」字，誤。又：鄭釋毛云：「己，詞也。」今本仍作「迈」，誤。經、傳「迈」誤作「近」，則自唐然矣。惟宋廖氏本作「迈」。申伯，宣王之舅也。郿，地名。番番，勇武貌。諸侯有大功，則賜虎賁。「徒御嘽嘽。」徒，徒行者。御，御車者。嘽嘽，喜樂也。「不顯申伯」，顯矣申伯也。「文武是憲」，言有文有武也。吉甫，尹吉甫也。作誦，作是工師之誦也。肆，長也。贈，增也。

《烝民》八章，章八句。

《烝民》，尹吉甫美宣王也。任賢使能，周室中興焉。

天生烝民，有物有則。民之秉彝，好是懿德。天監有周，昭假于下。保兹天子，生仲山甫。　仲山甫之德，柔嘉維則。令儀令色，小心翼翼。古訓是式，威儀是力。天子是若，明命使賦。　王命仲山甫，式是百辟，纘戎祖考，王躬是保。出納王命，王之喉舌。賦政于外，四方爰發。　肅肅王命，仲山甫將之。邦國若否，仲山甫明之。既明且哲，以保其身。夙夜匪解，以事一人。　人亦有言，柔則茹之，剛則吐之。維仲山甫，柔亦不茹，剛亦不吐。不侮矜寡，不畏彊禦。　人亦有言，德輶如毛，民鮮克舉之。我義圖之。維仲山甫舉之，愛莫助之。衮職有闕，維仲山甫補之。　仲山甫出祖，四牡業業。征夫捷捷，每懷靡及。四牡彭彭，八鸞鏘鏘。王命仲山甫，城彼東方。　四牡騤騤，八鸞喈喈。仲山甫徂齊，式遄其歸。吉甫作誦，穆如清風。仲山甫永懷，以慰其心。

烝，衆。物，事。則，法。彝，常。懿，美也。仲山甫，樊侯也。古，故。訓，道。若，順。賦，布也。戎，大也。喉舌，冢宰也。將，行也。義，宜也。愛，隱也。此謂「愛」即「薆」之叚借。衮，有衮冕者。衮冕，君之上服也。「仲山甫補之」，善補過也。「仲山甫出祖，四牡業業。征夫捷捷，每懷靡及」，言述職也。業業，言高大也。捷捷，言樂事也。「城彼東方。」東方，齊也。古者諸侯之居逼隘，則王者遷其邑而定其居，蓋去薄姑而遷於臨菑也。騤騤，猶彭彭也。喈喈，猶鏘鏘也。式遄其歸遄疾也。言周之望仲山甫也。清風，清微之風，化養萬物者也。

《韓奕》六章，章十二句。

《韓奕》，尹吉甫美宣王也。能錫命諸侯。

奕奕梁山，維禹甸之。有倬其道，韓侯受命。王親命之，纘戎祖考，無廢朕命。夙夜匪解，虔共爾位。朕命不易，榦不庭方，以佐戎辟。四牡奕奕，孔修且張。韓侯入覲，以其介圭，入覲于王。王錫韓侯，淑旂綏章，簟茀錯衡，玄衮赤舄，鈎膺鏤錫，鞹鞃淺幭，攸革金厄。韓侯出祖，出宿于屠。顯父餞之，清酒百壺。其殽維何？炰鼈鮮魚。其蔌維何？維筍及蒲。其贈維何？乘馬路車。籩豆有且，侯氏燕胥。韓侯取妻，汾王之甥，蹶父之子。韓侯迎止，于蹶之里。百兩彭彭，八鸞鏘鏘，不顯其光。諸娣從之，祁祁如雲。韓侯顧之，爛其盈門。蹶父孔武，靡國不到。爲韓姞相攸，莫如韓樂。孔樂韓土，川澤訏訏，魴鱮甫甫，麀鹿噳噳。有熊有羆，有貓有虎。慶既令居，韓姞燕譽。溥彼韓城，燕師所完。以先祖受命，因時百蠻。王錫韓侯，其追其貊。奄受北國，因以其伯。實墉實壑，實畝實籍。獻其貔皮，赤豹黃羆。

奕奕，大也。甸，治也。禹治梁山，除水災。今宣王平大亂，命諸侯。「有倬其道」，有倬然之道者也。受命，受命爲侯伯也。戎，大。虔，固。共，執也。庭，直也。修，長。張，大。覲，見也。淑，善也。交龍爲旂。綏，大綏也。毛意「綏」當作「緌」。錯衡，文衡也。鏤錫，金鏤其錫也。鞹，革也。鞃，軾中也。淺，虎皮淺毛也。幭，覆式也。厄，烏蠋也。「烏蠋」即《小爾雅·釋名》之「烏啄」，沈重音「書」是也。正義牽合《釋蟲》「烏蠋」，如風馬牛不相及。屠，地名也。此《説文》之「鄌」。顯父，有顯德者也。蔌，菜殽也。筍，竹也。蒲，蒲蒻也。汾，大也。蹶父，卿士也。里，邑也。祁祁，徐靚也。如雲，言衆多也。諸侯一取九女，二國媵之。諸娣，衆妾也。顧之，曲顧道儀也。曲顧，見《淮南鴻烈解》《列女傳》《白虎通》。道儀，謂導引之儀也，舊作「義」。姞，蹶父姓也。訏訏，大也。甫甫然大也。噳噳然衆也。貓，似虎淺毛者也。師，衆也。先祖，韓侯之先祖，武王之子也。「因時百蠻」，長是蠻服之百國也。追、貊，戎狄國也。奄，撫也。「實墉實壑」，言高其城、深其壑也。〔一〕「獻其貔皮，赤豹黄羆。」貔，猛獸也。追、貊之國來貢，而侯伯總領之。

《江漢》六章，章八句。

《江漢》，尹吉甫美宣王也。能興衰撥亂，命召公平淮夷。

〔一〕「深其」二字殘損不可識，據七葉衍祥堂補。

江漢浮浮，武夫滔滔。匪安匪游，淮夷來求。既出我車，既設我旟。匪安匪舒，淮夷來鋪。江漢湯湯，武夫洸洸。經營四方，告成于王。四方既平，王國庶定。時靡有爭，王心載寧。江漢之滸，王命召虎。式辟四方，徹我疆土。匪疚匪棘，王國來極。于疆于理，至于南海。王命召虎，來旬來宣。文武受命，召公維翰。無曰予小子，召公是似。肇敏戎公，用錫爾祉。釐爾圭瓚，秬鬯一卣，告于文人。錫山土田，于周受命，自召祖命。虎拜稽首，天子萬年！虎拜稽首，對揚王休。作召公考，天子萬壽。明明天子，令聞不已。矢其文德，洽此四國。

浮浮，衆彊貌。滔滔，廣大貌。淮夷，東國，在淮浦而夷行者也。鋪，病也。此謂「鋪」即「痡」之叚借。洸洸，武貌。召虎，召穆公也。旬，徧也。召公，召康公也。似，嗣。此謂叚借。肇，謀。敏，疾。戎，大。公，事也。「釐爾圭瓚，秬鬯一卣。」釐，賜也。秬，黑黍也。鬯，香草也，築煮合而鬱之曰鬯。卣，器也。九命錫圭瓚、秬鬯。文人，文德之人也。「錫山土田」，諸侯有大功德，賜之名山土田附庸。對，遂。考，成。矢，施也。

《常武》六章，章八句。

《常武》，召穆公美宣王也。有常德以立武事，因以爲戒然。

赫赫明明，王命卿士，南仲大祖，大師皇父。整我六師，以修我戎。既敬既戒，惠此南國。

王謂尹氏，命程伯休父，左右陳行，戒我師旅。率彼淮浦，省此徐土。不留不處，三事就緒。

赫赫業業，有嚴天子。王舒保作，匪紹匪游。徐方繹騷，震驚徐方。如雷如霆，徐方震驚。

王奮厥武，如震如怒。進厥虎臣，闞如虓虎。鋪敦淮濆，仍執醜虜。截彼淮浦，王師之所。

王旅嘽嘽，如飛如翰，如江如漢，如山之苞，如川之流。緜緜翼翼，不測不克，濯征徐國。

王猶允塞，徐方既來。徐方既同，天子之功。四方既平，徐方來庭。徐方不回，王曰還歸。

赫赫然盛也，明明然察也。「王命卿士，南仲大祖」，王命南仲於大祖也。「大師皇甫」，皇甫爲大師也。「王謂尹氏，命程伯休父」，尹氏掌命卿士，程伯休父始命爲大司馬也。浦，厓也。「不留不處，三事就緒」，誅其君，弔其民，爲之立三有事之臣也。赫赫然盛也，業業然動也。嚴，嚴然而威。舒，序也。保，安也。「匪紹匪遊」，不敢繼以敖遊也。繹，陳。騷，動也。此謂「騷」即「慅」之叚借。《説文》曰：「慅，動也。」虓虎，虎之自怒虓然也。濆，涯。仍，就。虜，服也。截，治也。嘽嘽然盛也。如飛，疾如飛。如翰，摯如翰。苞，本也。緜緜，靚也。翼翼，敬也。濯，大也。猶，謀也。來庭，來王庭也。

《瞻卬》七章，三章章十句，四章章八句。

《瞻卬》，凡伯刺幽王大壞也。

瞻卬昊天，則不我惠。孔填不寧，降此大厲。邦靡有定，士民其瘵。蟊賊蟊疾，靡有夷屆。罪罟不收，靡有夷瘳。　人有土田，女反有之。人有民人，女覆奪之。此宜無罪，女反收之。彼宜有罪，女覆説之。　哲夫成城，哲婦傾城。懿厥哲婦，爲梟爲鴟。婦有長舌，維厲之階。亂匪降自天，生自婦人。匪教匪誨，時維婦寺。　鞫人忮忒，譖始竟背。豈曰不極，伊胡爲慝？如賈三倍，君子是識。婦無公事，休其蠶織。　天何以刺，何神不富？舍爾介狄，維予胥忌。不弔不祥，威儀不類。人之云亡，邦國殄瘁。　天之降罔，維其優矣。人之云亡，心之憂矣。天之降罔，維其幾矣。人之云亡，心之悲矣。　觱沸檻泉，維其深矣。心之憂矣，寧自今矣？不自我先，不自我後。藐藐昊天，無不克鞏。無忝皇祖，式救爾後。

昊天，斥王也。填，久。厲，惡也。瘵，病。夷，常也。罪罟，設罪以爲罟。瘳，愈也。收，拘收也。説，赦也。哲，知也。寺，近也。此謂「寺」即「侍」之叚借。忮，害。忒，變也。「婦無公事，休其蠶織。」休，息也。婦人無與外政，雖王后猶以蠶織爲事。古者天子爲藉千畝，冕而朱紘，躬秉耒。諸侯爲藉百畝，冕而青紘，躬秉耒。以事天地山川社稷先古，敬之至也。天子、諸侯必有公桑蠶室，近川而爲之，築宫仞有三尺，棘墻而外閉之。及大昕之朝，君皮弁素積，卜三宫之夫人、世婦之吉者，使入蠶于蠶室，奉種浴于川，桑于公桑，風戾以食之。歲既單矣，世婦卒蠶，奉繭以示于君，遂獻繭于夫人。夫人曰：「此所以爲君服與！」遂副褘而受之，少牢以禮之。及良日，后、夫人繅三盆手，遂布于三宫夫人、世婦之吉者，使繅，遂朱緑之，玄黄之，以爲黼黻文章。服既成矣，君服之以祀先王先公，敬之至也。刺，責。富，福。狄，遠。忌，怨也。類，善。殄，盡。瘁，病也。優，渥也。幾，危也。藐藐，大貌。「藐」訓「小」，亦訓「大」。小極則大形也。鞏，固也。

《召旻》七章，四章章五句，三章章七句。

《召旻》，凡伯刺幽王大壞也。旻，閔也，閔天下無如召公之臣也。

旻天疾威，天篤降喪。瘨我饑饉，民卒流亡。我居圉卒荒。　天降罪罟，蟊賊内訌。昏椓靡共，潰潰回遹，實靖夷我邦。　皋皋訿訿，曾不知其玷。兢兢業業，孔填不寧，我位孔貶。　如彼歲旱，草不潰茂，如彼棲苴。我相此邦，無不潰止。　維昔之富不如時，維今之疚不如兹。彼疏斯粺，胡不自替？職兄斯引。　池之竭矣，不云自瀕。泉之竭矣，不云自中。溥斯害矣，職兄斯弘，不烖我躬。　昔先王受命，有如召公，日辟國百里。今也日蹙國百里，於乎哀哉！維今之人，不尚有舊！

圉，垂也。訌，潰也。椓，夭椓也。潰潰，亂也。此謂「潰潰」即「憒憒」之叚借。靖，謀。夷，平也。皋皋，頑不知道也。訿訿，窳不供事也。貶，隊也。潰，遂也。苴，水中浮草也。「維昔之富不如時」，往者富仁賢，今也富讒佞也。「維今之疚不如茲」，今則病賢也。「彼疏斯粺」，彼宜食疏，今反食精粺。替，廢。兄，茲也。引，長也。瀕，厓也。「泉之竭矣，不云自中」，泉水從中以益者也。辟，開。蹙，促也。

皇清經解卷六百二十四終　漢軍生員樊封校

毛詩故訓傳　卷二六

金壇段大令玉裁訂

清廟之什故訓傳第二十六　周頌

《清廟之什》十篇，十章，九十五句。

《清廟》一章，八句。

《清廟》，祀文王也。周公既成雒邑，朝諸侯，率以祀文王焉。

於穆清廟，肅雝顯相。濟濟多士，秉文之德，對越在天，駿奔走在廟。不顯不承，無射於人斯。

於，歎辭也。穆，美。肅，敬。雝，和。相，助也。「秉文之德」，執文德之人也。駿，長也。不顯，顯於天矣。不承，見承於人矣。「無射於人斯」，不見厭於人矣。

《維天之命》一章，八句。

《維天之命》，大平告文王也。

維天之命，於穆不已。於乎不顯，文王之德之純。假以溢我，我其收之。駿惠我文王，曾孫篤之。

「維天之命，於穆不已」，孟仲子曰：「大哉！天命之無極而美周之禮也。」美周之禮，總釋全篇，非謂首二句也。純，大。假，嘉。與「假樂」同。溢，慎。收，聚也。「曾孫篤之」，成王厚之也。

《維天》一章，八句。

《維清》，奏《象》舞也。

維清緝熙，文王之典，肇禋。迄用有成，維周之禎。

典，法也。肇，始。禋，祀也。迄，至。禎，祥也。

《維清》一章，五句。

《烈文》，成王即政，諸侯助祭也。

烈文辟公，錫茲祉福，惠我無疆，子孫保之。無封靡于爾邦，維王其崇之。念茲戎功，繼序其皇之。無競維人，四方其訓之。不顯維德，百辟其刑之。於乎前王不忘！

烈，光也。「錫茲祉福」，文王錫之也。封，大也。靡，累也。崇，立也。戎，大。皇，美也。競，彊。訓，道也。前王，武王也。

《天作》一章，七句。

《天作》，祀先王先公也。

天作高山，大王荒之。彼作矣，文王康之。彼徂矣，三字句。岐有夷之行。五字句。《韓詩外傳》《説苑》引皆然。子孫保之。

「天作高山，大王荒之。」作，生。荒，大也。天生萬物於高山，大王行道能大之，文王又能安天之所作也。《晉語》：叔詹曰：「《周頌》曰『天作高山，大王荒之』。荒，大之也。大天所作，可謂親有天矣。」箋云「大王能尊大之」，今本傳云「能安天之所作」。蓋誤奪六字，今補。「大」訓「荒」，「安」訓「康」。夷，易也。

《昊天有成命》一章，七句。

《昊天有成命》，郊祀天地也。

昊天有成命，二后受之。成王不敢康，夙夜基命宥密。於緝熙，單厥心，肆其靖之。

二后，文、武也。基，始。命，信。宥，寬。密，寧也。緝，明。熙，廣。鄭云「廣」當爲「光」。單，厚。肆，固。鄭云「固」當爲「故」。靖，和也。

《昊天有成命》一章，七句。

《我將》，祀文王於明堂也。

我將我享，維羊維牛。維天其右之。儀式刑文王之典，日靖四方。伊嘏文王，既右饗之。我其夙夜，畏天之威，于時保之。

將，大。享，獻也。儀，善。刑，法。典，常。靖，謀也。

《我將》一章，十句。

《時邁》一章，十五句。

《時邁》，巡守告祭柴望也。

時邁其邦，昊天其子之。實右序有周。薄言震之，莫不震疊。懷柔百神，及河喬嶽。允王維后！明昭有周，式序在位。載戢干戈，載櫜弓矢。我求懿德，肆于時夏。允王保之。

邁，行。震，動。疊，懼。懷，來。柔，安。喬，高也。高岳，岱宗也。明昭，明矣，知未然也。昭然不疑也。戢，聚。櫜，韜也。夏，大也。

《執競》一章，十四句。

《執競》，祀武王也。

執競武王，無競維烈。不顯成康，上帝是皇。自彼成康，奄有四方，斤斤其明。鍾鼓喤喤，磬筦將將。降福穰穰，降福簡簡，威儀反反。既醉既飽，福禄來反。

無競，競也。烈，業也。「不顯成康」，不顯乎其成大功而安之也。顯，光也。皇，美也。「自彼成康」，用彼成安之道也。奄，同也。斤斤，明察也。喤喤，和也。將將，集也。穰穰，衆也。簡簡，大也。反反，難也。反，復也。

《思文》一章，八句。

《思文》，后稷配天也。

思文后稷，克配彼天。立我烝民，莫匪爾極。貽我來牟，帝命率育，無此疆爾介，《釋文》云：「介，音畍，大也。」按：箋以「汝今之經畍」釋經「爾」字，以「大有天下」釋經「介」字。淺人遂以箋之「經畍」易正文。「介」字唐石經初刻「畍」，後改「介」，是也。陳常于時夏。

極，中也。來牟，麥也。「來」字補。率，用也。

皇清經解卷六百二十五終　漢軍生員樊封校

毛詩故訓傳　卷二七

金壇段大令玉裁訂

臣工之什故訓傳第二十七　周頌

《臣工之什》十篇，十章，一百六句。

《臣工》一章，十五句。

《臣工》，諸侯助祭遣於廟也。

嗟嗟臣工，敬爾在公。王釐爾成，來咨來茹。嗟嗟保介，維莫之春。亦又何求？如何新畬？於皇來牟，將受厥明。明昭上帝，迄用康年。命我衆人，庤乃錢鎛，奄觀銍艾。

嗟嗟，敕之也。工，官也。公，君也。田二歲曰新，田三歲曰畬。康，樂也。庤，具。錢，銚。鎛，鎒。銍艾，穫也。「艾」字今補。「艾」同「乂」「刈」。箋云：「終久必多銍艾，勸之也。」

《噫嘻》一章，八句。

《噫嘻》，春夏祈穀于上帝也。

噫嘻成王！既昭假爾，率時農夫，播厥百穀。駿發爾私，終三十里。亦服爾耕，十千維耦。

噫，歎也。嘻，勑也。成王，成是王事也。「駿發爾私。」私，民田也。言上欲富其民而讓於下，欲民之大發其私田耳。「終三十里」，言各極其望也。

《振鷺》一章，八句。

《振鷺》，二王之後來助祭也。

振鷺于飛，于彼西雝。我客戾止，亦有斯容。在彼無惡，在此無斁。庶幾夙夜，以永終譽。

「振鷺于飛，于彼西雝」，興也。振振，群飛貌。鷺，白鳥也。雝，澤也。客，二王之後。

《豐年》一章，七句。

《豐年》，秋冬報也。

豐年多黍多稌。亦有高廩，萬億及秭。爲酒爲醴，烝畀祖妣，以洽百禮，降福孔皆。

豐，大。稌，稻也。廩，所以藏齍盛之穗者也。數萬至萬曰億，數億至億曰秭。皆，徧也。

《豐年》一章，七句。

《有瞽》，始作樂而合乎祖也。

有瞽有瞽，在周之庭。設業設虡，崇牙樹羽，應田縣鼓，鞉磬柷圉。既備乃奏，簫管備舉。喤喤厥聲，肅雝和鳴，先祖是聽。我客戾止，永觀厥成。

瞽，樂官也。業，大板也，所以飾栒爲縣者也。「者」字補。捷業如鋸齒，或曰畫之。「或曰」二字當作「以白」，字之誤也。《説文》「業」字下曰：「大版也。所以飾縣鍾、鼓捷業，如鋸齒，以白畫之，象其鉏鋙相承也。」植者爲虡，衡者爲栒。崇牙，上飾，卷然可以縣者也。「者」字補。樹羽，置羽也。應，小鞞也。田，大鼓也。縣鼓，周鼓也。鞉，鞉鼓也。岳本、宋本、元本、葉林宗抄宋刻《釋文》皆作「鞉鼓」。柷，木椌也。圉，楬也。

《潛》一章，六句。

《潛》，季冬薦魚，春獻鮪也。

猗與漆沮，潛有多魚。有鱣有鮪，鰷鱨鰋鯉。以享以祀，以介景福。

漆、沮，岐周之二水也。潛，槮也。疏从「木」，《釋文》依古本从「米」。《釋文》是也。此「本無其字，依聲托事」。

《雝》一章，十六句。

《雝》，禘大祖也。

有來雝雝，至止肅肅。相維辟公，天子穆穆。於薦廣牡，相予肆祀。假哉皇考，綏予孝子。

宣哲維人，文武維后。燕及皇天，克昌厥後。綏我眉壽，介以繁祉。既右烈考，亦右文母。

相，助。廣，大也。假，嘉也。燕，安也。烈考，武王也。文母，大姒也。

《載見》一章，十四句。

《載見》，諸侯始見乎武王廟也。

載見辟王，曰求厥章。龍旂陽陽，和鈴央央。鞗革有鶬，休有烈光。率見昭考，以孝以享，以介眉壽。永言保之，思皇多祜。烈文辟公，綏以多福，俾緝熙于純嘏。

載，始也。「龍旂陽陽」，言有文章也。和在軾前，鈴在旂上。「鞗革有鶬」，言有法度也。昭考，武王也。享，獻也。

《有客》，微子來見祖廟也。

有客有客，亦白其馬。有萋有且，敦琢其旅。有客宿宿，有客信信。言受之縶，以縶其馬。薄言追之，左右綏之。既有淫威，降福孔夷。

白馬，殷尚白也。亦，亦周也。萋且，敬慎貌。一宿曰宿，再宿曰信。「以縶其馬」，欲縶其馬而留之。淫，大。威，則。夷，易也。

《武》一章，七句。

《有客》一章，十二句。

《武》，奏《大武》也。

於皇武王，無競維烈。允文文王，克開厥後。嗣武受之，勝殷遏劉，耆定爾功。

烈，業也。武，迹。劉，殺。耆，致也。

皇清經解卷六百二十六終　漢軍生員樊封校

毛詩故訓傳　卷二十八

金壇段大令玉裁訂

閔予小子之什故訓傳第二十八　周頌

《閔予小子》之什，十一篇，十一章，百三十七句。

《閔予小子》一章，十一句。

《閔予小子》，嗣王朝於廟也。

閔予小子，遭家不造，嬛嬛在疚。於乎皇考，永世克孝。念兹皇祖，陟降庭止。維予小子，夙夜敬止。於乎皇王，繼序思不忘。

閔，病。造，爲。疚，病也。庭，直也。序，緒也。此謂「序」即「緒」之叚借。

《訪落》一章，十二句。

《訪落》，嗣王謀於廟也。

訪予落止，率時昭考。於乎悠哉！朕未有艾。將予就之，繼猶判渙。維予小子，未堪家多難。紹庭上下，陟降厥家。休矣皇考，以保明其身。

訪，謀。落，始。時，是。率，循。悠，遠。猶，道。判，分。渙，散也。

《訪落》一章，十二句。

《敬之》，群臣進戒嗣王也。

敬之敬之！天維顯思，命不易哉！無曰高高在上，陟降厥士，日監在兹。維予小子，不聰敬止。日就月將，學有緝熙于光明。佛時仔肩，示我顯德行。

顯，見。士，事也。小子，嗣王也。將，行也。光，廣也。佛，大也。《爾雅》：廢，大也。古「佛」「費」「廢」音同。仔肩，克也。

《小毖》一章，八句。

《小毖》，嗣王求助也。

予其懲而，疏於「而」字句絕，各本皆云「《小毖》一章八句」。毖後患。莫予荓夆，《釋文》：「蜂，本又作『夆』。」葉抄作「峯」，加山。宋、元本附音同，明監本、毛本附音作「夆」，不誤。自求辛螫。肇允彼桃蟲，拚飛維鳥。未堪家多難，予又集于蓼。

毖，慎也。荓夆，摩曳也。桃蟲，鷦也，鳥之始小終大者。堪，任。予，我也。我又集于蓼，言辛苦也。

《載芟》一章，三十一句。

《載芟》，春藉田而祈社稷也。

載芟載柞，其耕澤澤。千耦其耘，徂隰徂畛。侯主侯伯，侯亞侯旅。侯彊侯以，有嗿其饁，思媚其婦。有依其士，有略其耜，俶載南畝。播厥百穀，實函斯活。驛驛其達，有厭其傑。厭厭其苗，綿綿其麃。載穫濟濟，有實其積，萬億及秭。爲酒爲醴，烝畀祖妣，以洽百禮。有飶其香，邦家之光。有俶其馨，依沈重作「俶」。胡考之寧。匪且有且，匪今斯今，振古如兹。

除草曰芟，除木曰柞。畛，埸也。主，家長也。伯，長子也。亞，仲叔也。旅，子弟也。彊，彊力也。以，用也。嗿，衆皃。士，子弟也。略，利也。達，射也。「有厭其傑」，言傑苗厭然特美也。《說文》所謂䅬也。麃，耘也。此謂「麃」即「穮」之叚借。《說文》曰：「穮，耘禾間也。」濟濟，難也。「濟」同「擠」。飶，芬香皃。香，《釋文》作「芳」。俶，猶飶也。按：俶，尺叔反。芳香始升觸鼻之皃。士部埱，昌六切，氣出土也。意同。沈說是，陸說非也。胡，壽也。考，成也。且，此也。振，自也。

《良耜》一章，二十三句。

《良耜》，秋報社稷也。

畟畟良耜，俶載南畝。播厥百穀，實函斯活。或來瞻女，載筐及筥。其饟伊黍，其笠伊糾。其鎛斯趙，以薅荼蓼。荼蓼朽止，黍稷茂止。穫之挃挃，積之栗栗。其崇如墉，其比如櫛，以開百室。百室盈止，婦子寧止。殺時犉牡，有捄其角。以似以續，續古之人。

畟畟，猶測測也。笠，所以禦暑雨也。趙，刺也。蓼，水草也。挃挃，穫聲也。栗栗，衆多也。墉，城也。黃牛黑脣曰犉。「有捄其角」，社稷之牛角尺也。「以似以續」，嗣前歲，續往事也。

《絲衣》一章，九句。

《絲衣》，繹賓尸也。高子曰：「靈星之尸也。」

絲衣其紑，載弁俅俅。自堂徂基，自羊徂牛，鼐鼎及鼒。兕觥其觩，旨酒思柔。不吳不敖，胡考之休。

《釋文》作「吴」，正義作「娱」，《泮水》同。

絲衣，祭服也。紑，絜鮮貌。俅俅，恭順貌。基，門塾之基。「自羊徂牛」，言先小後大也。大鼎謂之鼐，小鼎謂之鼒。吳，譁也。考，成也。

《酌》一章，九句。唐、宋、元古本皆作「九句」，岳本於「公」字句，正合箋意。

《酌》，告成《大武》也。言能酌先祖之道以養天下也。

於鑠王師，遵養時晦。時純熙矣，是用大介。我龍受之，蹻蹻王之造。載用有嗣，實惟爾公，允師。

鑠，美。遵，率。養，取。晦，昧也。龍，和也。亦見《長發》。蹻蹻，武貌。造，爲也。公，事也。

《桓》一章，九句。

《桓》，講武類禡也。桓，武志也。

綏萬邦，婁豐年，天命匪解。桓桓武王，保有厥士，于以四方，克定厥家。於昭于天，皇以閒之。

士，事也。閒，代也。

《賚》一章，六句。

《賚》，大封於廟也。賚，予也。言所以錫予善人也。

文王既勤止，我應受之，敷時繹思。我徂維求定，時周之命，於繹思！

勤，勞。應，當。繹，陳也。

《般》一章，七句。

《般》，巡守而祀四嶽河海也。般，樂也。此三字依《集注》及正義本。

於皇時周，陟其高山，嶞山喬嶽，允猶翕河。敷天之下，裒時之對，時周之命。

高山，四嶽也。嶞山，山之嶞嶞小者也。翕，合。裒，聚也。

皇清經解卷六百二十七終　漢軍生員樊封校

毛詩故訓傳　卷二九

金壇段大令玉裁訂

駉故訓傳第二十九　魯頌

《駉》四篇，二十三章，二百四十三句。

《駉》四章，章八句。

《駉》，頌僖公也。能遵伯禽之法，儉以足用，寬以愛民，務農重穀，牧于坰野。魯人尊之。於是季孫行父請命于周，而史克作是頌。

駉駉牧馬，駉駉，當依《釋文》所引《説文》作「駫駫」，下當云「薄言駫者」。在坰之野，薄言駉者。有驈有皇，有驪有黃，以車彭彭。思無疆，思馬斯臧。

駉駉牧馬，在坰之野，薄言駉者。有騅有駓，有騂有騏，以車伾伾。思無期，思馬斯才。

駉駉牧馬，在坰之野，薄言駉者。有驒有駱，有駵有雒，以車繹繹。思無斁，思馬斯作。

駉駉牧馬，在坰之野，薄言駉者。有駰有騢，有驔有魚，以車祛祛。思無邪，思馬斯徂。

「駉駉牧馬。」駉駉，良馬腹幹肥張也。坰，遠野也。邑外曰郊，郊外曰野，野外曰林，林外曰坰。牧之坰野則駉駉然。驪馬白胯曰驈，黄白曰皇，純黑曰驪，黄騂曰黄。諸侯六閑，馬四種：有良馬，有戎馬，有田馬，有駑馬。彭彭，有力有容也。蒼白雜毛曰騅。黄白雜毛曰駓。赤黄曰騂。蒼騏曰騏。「蒼騏」即「蒼綦」也。《小戎》傳「騏，騏文也」，正義作「綦文」，李善《赭白馬賦》注引同。《尸鳩》傳「騏，騏文也」，《釋文》作「綦文」。《顧命》馬、鄭本作「騏弁」，枚本作「綦弁」，是古通叚「綦」爲「騏」。此傳俗本作「蒼祺」，誤。今依正義及岳本。伾伾，有力也。才，多材也。青驪甐曰驒。白馬黑鬣曰駱。赤身黑鬣曰駵。黑身白鬣曰雒。繹繹，善足也。作，始也。陰白雜毛曰駰。彤白雜毛曰騢。豪骭曰驔。《説文》：「騽，馬豪骭也。驔，驪馬黄脊也。」與毛異。正義「骭」下有「白」，恐衍。一目白曰魚。依《釋文》作「一目」，毛傳與《爾雅》異。祛祛，彊健也。

《有駜》三章，章九句。

《有駜》，頌僖公君臣之有道也。

有駜有駜，駜彼乘黄。夙夜在公，在公明明。振振鷺，鷺于下。鼓咽咽，醉言舞。于胥樂兮！

有駜有駜，駜彼乘牡。夙夜在公，在公飲酒。振振鷺，鷺于飛。鼓咽咽，醉言歸。于胥樂兮！

有駜有駜，駜彼乘駽。夙夜在公，在公載燕。自今以始，歲其有。君子有穀，詒孫子。于胥樂兮！

駜，馬肥彊貌。馬肥彊則能升高進遠，臣彊力則能安國。振振，群飛貌。鷺，白鳥也，以興絜白之士。咽咽，鼓節也。「夙夜在公，在公飲酒」，言臣有餘敬而君有餘惠也。宋本。青驪曰駽。「歲其有」，歲其有豐年也。

《泮水》八章，章八句。

《泮水》，頌僖公能修泮宮也。

思樂泮水，薄采其芹。魯侯戾止，言觀其旂。其旂伐伐，鸞聲噦噦。無小無大，從公于邁。思樂泮水，薄采其藻。魯侯戾止，其馬蹻蹻。其馬蹻蹻，其音昭昭。載色載笑，匪怒伊教。思樂泮水，薄采其茆。魯侯戾止，在泮飲酒。既飲旨酒，永錫難老。順彼長道，屈此群醜。穆穆魯侯，敬明其德。敬慎威儀，維民之則。允文允武，昭假烈祖。靡有不孝，自求伊祜。明明魯侯，克明其德。既作泮宮，淮夷攸服。矯矯虎臣，在泮獻馘。淑問如臯陶，在泮獻囚。濟濟多士，克廣德心。桓桓于征，狄彼東南。狄，毛蓋以爲「逖」之叚借，訓遠。與《瞻卬》同。烝烝皇皇，不吳不瘍。不告于訩，在泮獻功。角弓其觩，束矢其搜。戎車孔博，徒御無斁。既克淮夷，孔淑不逆。式固爾猶，淮夷卒獲。翩彼飛鴞，集于泮林。食我桑黮，懷我好音。憬彼淮夷，來獻其琛。元龜象齒，大賂南金。

泮水，泮宮之水也。天子辟廱，諸侯泮宮。言水則采取其芹，宮則采取其化。戾，來。止，至也。「言觀其旂」，言法則其文章也。伐伐，言有法度也。噦噦，言其聲也。噦，歲聲。歲，戌聲。《說文》引此詩作「鸞聲銊銊」，今《說文》譌作「鉞鉞」，大誤。傳曰「言其聲也」，作「鉞鉞」則於聲不似矣。銊，辛聿切。鉞，王伐切。《采菽》傳曰：「鸞聲嘒嘒中節也。」不與此傳同者，字殊則義殊也。「其馬蹻蹻」，言彊盛也。色溫潤也。茆，鳧葵也。屈，收。醜，衆也。假，至也。囚，拘也。桓桓，威武貌。烝烝，厚也。皇皇，美也。瘍，傷也。觓，弛貌。五十矢爲束。搜，衆意也。翩，飛貌。鴞，惡聲之鳥也。黮，桑實也。憬，遠行貌。琛，寶也。元龜，龜尺二寸。補一「龜」字。賂，遺也。南，謂荆揚也。

《閟宮》八章，二章章十七句，一章十二句，一章三十八句，二章章八句，二章章十句。

《閟宮》，頌僖公能復周公之宇也。

閟宮有侐，實實枚枚。赫赫姜嫄，其德不回。上帝是依，無災無害，彌月不遲。是生后稷，降之百福。黍稷重穋，稙穉菽麥。奄有下國，俾民稼穡。有稷有黍，有稻有秬。奄有下土，纘禹之緒。后稷之孫，實維大王。居岐之陽，實始翦商。至于文武，纘大王之緒。致天之届，于牧之野。無貳無虞，上帝臨女。敦商之旅，克咸厥功。王曰叔父，建爾元子，俾侯于魯。大啓爾宇，爲周室輔。　乃命魯公，俾侯于東，錫之山川，土田附庸。周公之孫，莊公之子，龍旂承祀，六轡耳耳。春秋匪解，享祀不忒。　皇皇后帝，皇祖后稷。　享以騂犧，是饗是宜，降福既多。周公皇祖，亦其福女。秋而載嘗，夏而楅衡。白牡騂剛，犧尊將將。毛炰胾羹，籩豆大房。《萬》舞洋洋，孝孫有慶。俾爾熾而昌，俾爾壽而臧。保彼東方，魯邦是常。不虧不崩，不震不騰。三壽作朋，如岡如陵。公車千乘，朱英綠縢，二矛重弓。公徒三萬，貝胄朱綅，烝徒增增。戎狄是膺，荆舒是懲，則莫我敢承。俾爾昌而熾，俾爾壽而富。黃髮台背，壽胥與試。俾爾昌而大，俾爾耆而艾。萬有千歲，眉壽無有害。　泰山巖巖，魯邦所詹。奄有龜蒙，遂荒大東，至于海邦，淮夷來同。莫不率從，魯侯之功。　保有鳧繹，遂荒徐宅。至于海邦，淮夷蠻貊。及彼南夷，莫不率從。莫敢不諾，魯侯是若。　天錫公純嘏，眉壽保魯。居常與許，復周公之宇。魯侯燕喜，令妻壽母。宜大夫庶士，邦國是有。既多受祉，黃髮兒齒。　徂來之松，新甫之柏，是斷是度，是尋是尺。松桷有舄，路寢孔碩。新廟奕奕，奚斯所作。孔曼且碩，萬民是若。

「閟宮有侐。」閟，閉也。先妣姜嫄之廟在周，常閉而無事。孟仲子曰：是禖宮也。侐，清靜也。靜，俗本作「淨」。依《釋文》正。實實，廣大也。枚枚，礱密也。此與《東山》「枚，微也」同意。「上帝是依」，依其子孫也。先種曰稙。後種曰穉。緒，業也。翦，齊也。翦所以齊物，故釋「翦」爲「齊」。實始齊商，謂其气象始與商齊等。《説文》引「實始戩商」，「戩」乃「翦」之叚借耳。如「竹箭」之爲「竹晉」。虞，誤也。此謂叚借。王，成王也。元，首。宇，居也。「周公之孫，莊公之子」，謂僖公也。耳耳然至盛也。騂，赤犧純也。「秋而載嘗」，諸侯夏禘則不禴，秋祫則不嘗，唯天子兼之。楅衡，設牛角以楅之也。白牡，周公牲也。騂剛，魯公牲也。犧尊，尊有沙飾也。補一「尊」字。毛炰，豚也。「炰」當作「炮」。「炰」即「炰」字。胾，肉也。羹，大羹、鉶羹也。大房，半體之俎也。洋洋，衆多也。震，動也。騰，乘也。壽，考也。「公車千乘」，大國之賦千乘。朱英，矛飾也。縢，繩也。重弓，重於鬯中也。貝胄，貝飾也。朱綅，以朱綅綴之。增增，衆也。膺，當。承，止也。詹，至也。龜，山也。蒙，山也。荒，有也。鳧，山也。繹，山也。宅，居也。「淮夷蠻貊」，蠻貊而夷行也。俗本脱「蠻貊」二字，今補。上章已言「淮夷」，故此言「蠻貊」。如「淮夷蠻貊」者，劣於夷者也。而夷行則進矣。南夷，荆楚也。諾，順。諾，若聲。故其義同「若」。若，順也。常、許，魯南鄙、西鄙。徂徠，山也。新甫，山也。八尺曰尋。桷，榱也。舄，大貌。路寢，正寢也。新廟，閔公廟也。「奚斯所作」，有大夫公子奚斯者作是詩也。「詩」舊作「廟」，誤。「奚斯所作」句，不上屬。與《節南山》《巷伯》《崧高》《烝民》末章文法皆同。毛與《韓詩》説同。至鄭箋乃爲異説。曼，長也。

皇清經解卷六百二十八終　漢軍生員樊封校

毛詩故訓傳　卷三〇

金壇段大令玉裁訂

那故訓〔一〕傳第三十　商頌

《那》五篇，十六章，百五十四句。

《那》一章，二十二句。

《那》，祀成湯也。微子至于戴公，其間禮樂廢壞。有正考甫者得《商頌》十二篇於周之大師，以《那》爲首。

猗與那與，置我鞉鼓。奏鼓簡簡，衎我烈祖。湯孫奏假，綏我思成。鞉鼓淵淵，嘒嘒管聲。既和且平，依我磬聲。於赫湯孫，穆穆厥聲。庸鼓有斁，《萬》舞有奕。我有嘉客，亦不夷繹。自古在昔，先民有作。温恭朝夕，執事有恪。顧予烝嘗，湯孫之將。

〔一〕「訓」，底本無，據七葉衍祥堂本補。

猗，歎辭。那，多也。鞉鼓，樂之所成也。夏后氏足鼓，殷人置鼓，鄭云「置」讀曰「植」。周人縣鼓。衎，樂也。烈祖，湯，有功烈之祖也。假，大也。嘒嘒然和也。平，正平也。依，倚也。磬聲，聲之清者也，以象萬物之成。周尚臭，殷尚聲。「於赫湯孫」，盛矣，湯爲人子孫也。大鍾曰庸。斁斁然盛也。奕奕然閑也。嫺習，叚「閑」爲之。夷，說也。先王稱之曰自古《魯語》閔馬父曰：「先聖王之傳恭，猶不敢專稱曰自古。古曰在昔，昔曰先民。」韋注引傳亦云「先王稱之曰自古」。然則各本作「在古」，誤也。日本古本有作「自」者。古曰在昔，昔曰先民。有作，有所作也。恪，敬也。

《烈祖》一章，二十二句。

《烈祖》，祀中宗也。

嗟嗟烈祖，有秩斯祜。申錫無疆，及爾斯所，既載清酤。賚我思成，亦有和羹，既戒既平。鬷假無言，時靡有爭。綏我眉壽，黃耇無疆。約軧錯衡，八鸞鶬鶬，以假以享。我受命溥將，自天降康，豐年穰穰。來假來饗，降福無疆。顧予烝嘗，湯孫之將。

秩，常。申，重。酤，酒。賚，賜也。戒，至也。「戒」訓「至」者，謂「戒」爲「艐」之叚借也。《釋詁》曰：「艐，至也。」許权重曰：「艐，讀若莘。」「鬷假無言，時靡有爭。」鬷，總。此謂叚借。即《陳風》之「鬷，數」也。

假，大也。總大無言，無争也。「八鸞鶬鶬」，言文德之有聲也。「以假以享。」假，大也。又言「假，大也」者，以别於下文之「來叚」訓「至」也。《玄鳥》《長發》「假」字毛不釋者，蓋皆訓「至」。

《玄鳥》一章，二十二句。

《玄鳥》，祀高宗也。鄭云「祀」當爲「祫」。

天命玄鳥，降而生商。宅殷土芒芒。古帝命武湯，正域彼四方。方命厥后，奄有九有。商之先后，受命不殆，在武丁孫子。武丁孫子，武王靡不勝。龍旂十乘，大糦是承。邦畿千里，維民所止。肇域彼四海。四海來假，來假祁祁。景員維河，殷受命咸宜，百禄是何。

「天命玄鳥，降而生商。」玄鳥，鳦也，春分玄鳥降。湯之先祖有娀氏女簡狄配高辛氏帝，帝率與之祈於郊禖而生契。故本其爲天所命，以玄鳥至而生焉。芒芒，大貌。正，長。域，有也。九有，九州也。武丁，高宗也。勝，任也。畿，疆也。景，大。員，均。此謂叚借。何，任也。

《長發》七章，一章八句，四章章七句，一章九句，一章六句。

《長發》，大禘也。

濬哲維商，長發其祥。洪水芒芒，禹敷下土方。外大國是疆，幅隕既長。有娀方將，帝立子生商。　玄王桓撥，受小國是達，受大國是達。率履不越，遂視既發。相土烈烈，海外有截。帝命不違，至于湯齊。湯降不遲，聖敬日躋。昭假遲遲，上帝是祗。帝命式于九圍。　受小球大球，爲下國綴旒，何天之休。不競不絿，不剛不柔。敷政優優，百禄是遒。　受小共大共，爲下國駿厖，何天之龍。敷奏其勇，不震不動，不戁不竦。百禄是總。　武王載旆，有虔秉鉞，如火烈烈，則莫我敢曷。苞有三蘖，莫遂莫達。九有有截，韋顧既伐，昆吾夏桀。　昔在中葉，有震且業。允也天子，降予卿士。實維阿衡，實左右商王。

濬，深。洪，大也。諸夏爲外。幅，廣也。隕，均也。與《玄鳥》「貟」同。有娀，契母也。將，大也。「帝立子生商」，契生商也。玄王，契也。桓，大。撥，治。履，禮也。相土，契孫也。烈烈，威也。「至于湯齊」，至湯與天心齊也。不遲，言疾也。躋，升也。九圍，九州也。球，玉。綴，表。「綴」與「埻」雙聲，故得訓「表」。旒，章也。絿，急也。優優，和也。遒，聚也。共，法。駿，大。厖，厚。龍，和也。龍者木德，故爲「和」。戁，恐。竦，懼也。武王，湯也。旆，旗也。虔，固。曷，害也。以「曷」爲「害」，猶以「害」爲「曷」，互相叚借。苞，本。蘖，餘也。有韋國者，有顧國者，有昆吾國者。葉，世也。業，危也。阿衡，伊尹也。左右，助也。

《殷武》六章，三章章六句，二章章七句，一章五句。

《殷武》，祀高宗也。

撻彼殷武，奮伐荊楚。罙入其阻，裒荊之旅。有截其所，湯孫之緒。維女荊楚，居國南鄉。昔有成湯，自彼氐羌，莫敢不來享，莫敢不來王。曰商是常。天命多辟，設都于禹之績。歲事來辟，勿予禍適。稼穡匪解。天命降監，下民有嚴。不僭不濫，不敢怠遑。命于下國，封建厥福。商邑翼翼，四方之極。赫赫厥聲，濯濯厥靈。壽考且寧，以保我後生。陟彼景山，松柏丸丸。是斷是遷，方斲是虔。松桷有梴，旅楹有閑。寢成孔安。

撻，疾意也。殷武，殷王武丁也。荊楚，荊州之楚國也。罙，深。罙，篆體作「突」。古深淺字如此。傳以「深」釋「罙」，以今字釋古字也。同式針切。罙，从网米，聲面規切，其義冒也。此則鄭本如是。《釋文》不能分別，誤也。裒，聚也。鄉，所也。辟，君。適，過也。嚴，敬也。「不僭不濫」，賞不僭，刑不濫也。封，大也。商邑，京師也。丸丸，易直也。遷，徙。虔，敬也。梴，長貌。《釋文》曰：「柔、梴物同耳。」《老子音義》曰：「挻，《字林》云『長也，丑連反』。又：一曰：『梨，挻。』」合此二音義觀之，則《毛詩》本作「挻」，而《說文》木部「梴」字恐後人羼入。旅，陳也。寢，路寢也。

《毛詩故訓傳》三十卷，懋堂先生訂定之册。以近人所云《毛詩》乃朱子《集傳》，而非毛傳也。編入經解，誰曰不宜？後之人有專爲毛傳作疏者，宜以此爲定本云。錢塘嚴杰識。

工部都水司郎中臨川李秉綬

《中華經解叢書·清經解（整理本）》書目

詩經編

詩本音　詩説　（清）顧炎武　著，（清）惠周惕　著，劉真倫、岳珍　點校

毛詩稽古編　（清）陳啓源　著，劉真倫、岳珍　點校

毛詩注疏校勘記　（清）阮元　著，劉真倫、岳珍　點校

毛詩故訓傳　（清）段玉裁　訂，岳珍　點校

詩經小學　毛詩補疏　（清）段玉裁　著，岳珍　點校；（清）焦循　著，劉真倫　點校

毛鄭詩考正　杲溪詩經補注　三家詩異文疏證　（清）戴震　著，（清）戴震　著，（清）馮登府　著，劉真倫、岳珍　點校

毛詩紬義　（清）李黼平　著，劉真倫、岳珍　點校